U0148292

红　柯　著

准噶尔之书

河南文艺出版社
·郑州·

有人怀疑庄子是不是中原人，认为庄子或许是一个生活在游牧部落的草原智者。其实，先秦那个大时代，就有大生命意识，生命气象，庄子骨子里很热，热得要命。洗冷水澡的人都知道，冷水浴过后，身体有多么热！文学是什么？写生存、写存在、写生活，也写生命呀，以作者的气质各取所需吧。

我是个行动大于思维的人，做了许多事情后也不会去想为什么要这么做。在上中文系的写作课、文艺理论课、美学课之前，我非常幸运地读到了《金蔷薇》。以后的好多年里，我一直教书，到现在我还是业余作者。我的职业是教书，每年有许多课要上。我没有详细的创作计划，大概有一个方向，率性而为，比较随意，很少刻意去做一件事。我教写作课，告诉学生写文章的一个原则，就是提纲不要太细，粗粗一个轮廓即可，或者不要提纲，也不要想得太透，必须给自己动笔时留下空间。陶行知先生说过：做就是劳力上劳心，写作归根是一种做，要动手的，动手的事情，就不要有那么多的"道理"。你写出来了，写多了，读的人读出了浪漫，读出了写实，这就是对的。

想想西部的花儿，各民族的几大史诗、神话传说，不想浪漫都不行，回避不了的。

评论家有评论家的道理。

生逢其时，生也要逢其地，逢其时逢其地就活得旺，不逢其时不逢其地就活不旺，就僵硬，甚至心如死灰。古人所谓天地人三才就是这个道理。小说本身是这个城市的产物，是一种交流，是动态的，是工商业的需要。城市文明与大漠草原外在的反差中也有内在的一致性，那就是流动，就是开放性，不是封闭与静态。大漠草原的诗性抒情是含有大量叙事成分的，神话传说浓于历史。中国二十四史中最有浪漫气息的当数《史记》，《史记》为中国传统小说提供了最初的技术装备，《三国演义》就是一例。纯粹的史书应该是《汉书》之类。《三国志》与《三国演义》完全是两种眼光，也就是非虚构与虚构的区别。

说到故事推动叙事与情感推动叙事，我在写作课上给学生总结为因人写事与因事写人。情感是人的成分，对小说来讲，不能用情感把人活埋，人是第一位的，以人物为主，让人物活起来，活下去，活得有声有色，甚至由不得作者，"独立"了，儿大不由爹了，也就成功了。

因为我的早期小说大多都是短篇，短篇可以不要故事，写一种氛围、一种情绪即可。写中篇《库兰》时就有故事了，当时还写了一个创作谈，大意是要写新疆的百年风云。我也是由易而难，大材料，怕浪费，脑子里琢磨很久了，迟迟不敢下笔。长篇是一种积累，创作的、生活的、生命的，长篇是对整个世界的一个表达，有哲学的东西，有理性的东西了，结构就是一种眼光，一种价值观。

非虚构的西部我可以理解为民间社会。我觉得我很幸运，我 1983 年开始发表作品，但我一直没有在文艺单位工作。大学毕业在某宣传部干过一年编辑，算是新闻工作者吧，到新疆教书，又是个技校教师，上学时也不脱离劳动。我一直接触的是质感很强的人。回陕西后虽在高校工作，但与单位的同事没有任何交往，上完课就回家，或者回农村老家。2002年以前，我与文学界的人很少接触；2002年上鲁院，平生第一次知道了世界上有一群这样的人。回到前面提到的非虚构的西部，讲个笑话：阿勒泰布尔津县一个老汉去了一趟北京，回来后对家乡人说，北京什么都好，就是太偏僻了。其实这也不是笑话。偏远地区的概念本身就是文化人捣腾出来的。偏远地区的老百姓所在的民间社会跟文化人的是两个完完全全不同的世界。我说我很幸运，是因为这个道理是我这几年才琢磨出来的。人跟树一样，长高了长粗了，从深深的大峡谷里长出来，长几十年，很坚硬了，只冒出一个树冠。我同情早熟的生命。西部有大美，就因为西部有原始的民间社会。十几个民族，世界几大文明交汇于此，大概是地球上最有活力的地方了。我从二十四岁到三十四岁这个人生最美好的阶段生活在这里，实在是一种幸运。前边谈过，我是个行动大于思维的人，1994年，我已经在新疆生活八九年了，一位编辑问我离开陕西去新疆的更深的诱因，我才开始想我为何来西域，我才意识到我的祖父抗战时曾在内蒙古待过八年，我的父亲曾在藏区待过五六年。2000年走马黄河，到甘南，有个藏族小镇就叫红柯，我半路返回。我过了三十岁就比较迷信了，古人好像也有一个人不能去与自己名字相同的地方的说法。在大漠的习惯吧，天离人那么近，静静的准噶尔大地上，我常常感觉到苍天跟帽子一样扣在头顶，天灵盖跟窗户一样会自动开合，灵魂飘出去，如在梦中。我上大学时读了《圣经》《金刚经》，1986年去西域时买了马坚译的《古兰经》，给学生讲课的教材也是《老子》《论语》《庄子》。伊犁州所属的地区，基本上是新疆自然条件最好的地方，伊犁是西域名城，塔城是粮仓，阿尔泰是《江格尔》所歌唱的"宝木巴"圣地；而我的家乡陕西岐山，是《封神演义》之地，是凤鸣岐山之地，也是汉族历史上神话色彩最浓的地方，我又那么喜欢野外生活。这些非虚构因素综合起来就是我的想象力的基础了。

最早评价我创作的是李敬泽，1997年他写了一篇文章《飞翔的红柯》，其中就讲新疆绝对是红柯想象世界中的新疆，多少人在写新疆，就有多少个新疆。文学本身就是作家创造的第二现实。西部是我考古文学梦想的一个途径与通道。想象必须有所依托，必须有根。飞机上天应该有跑道，但也不能一味地跑，那样子就成汽车了，就上不去了。扎根的目的是昂首蓝天，是头顶的星空，康德说的吧，我们心中的道德律以及头顶的星空。

可以这样理解，物质世界本身是艺术的原材料，艺术本身就是加工，就是一种工艺，即古代文论《文心雕龙》这个大题目，文心才能雕龙，不是雕虫，不是小技。材料无优劣无大小，关键是成形后的气象与神韵。中国志人志怪小说《搜神记》搜的都是外在的神，到《世说新语》就讲神韵了，就不单单讲故事了，是人物的精神世界，是魏晋风度。什么是风度？人的内在气质呀！所以说中国历史有三个伟大的时代，先秦思想、魏晋风度、五四精神，思想也好，风度也好，精神也好，都是很内在的东西，都是穿越现实穿越物质的东西，都是能留下来的东西。我在戈壁滩第一次碰到白骨时心中一片荒凉，在老家挖土时也碰到过白骨，可在茫茫戈壁滩上就感觉不一样了，太本质化了。自那以后，我对本质这个词有了异样的感觉。《伊利亚特》说到底不就是一个苹果、一个水性杨花的女人，还毁掉了一座城市，打十年的仗，死那么多人，这太本质了，可荷马，这个盲人让这些白骨长上了肉，给他们注入了血液，就不再是非虚构意义上的特洛伊战争了，就是史诗了，就是一种希腊民族的精神了。越是技术的时代，越是物质的时代，精神的诗意的因素相对就稀薄、就弱小，这才是文学存在的最充足的理由与意义。美是不实用的，是一种无用之用，是非功利的，无用之用是为大用，是世界的大气层。

文学就是一个人看待世界的眼光，我所理解的西部，就是我所写的那些文字，一个陕西人眼中的西域，西域是西部之西，西天了，唐朝人取经的地方。我在那里生活了十年，如我所见如我所思如我所想，我思规定了我做，主体与客体不是对抗性的，是共生共荣的。

刚开始我没有这种意识，写了许多作品后，慢慢就有这种意识了。我读《红楼梦》比较晚，大学时开始读，读一半，又开始读胡适的《中国章回小说考证》什么的，胡先生评《红楼梦》结构不完整，那时候年轻呀，幼稚呀，一下子就没兴趣了。自己动手创作，到了三十岁，再读《红楼梦》，发现老胡错，胡先生是大学问家，学问跟文学是两码事，胡先生不大懂文学，胡先生的文学修养跟朱光潜、李长之、李健吾相比有天渊之别。如果一个有很大建树的人出了差错，就不是一般意义上的缺陷了，就不是一道裂缝了，那是大峡谷，要摔死人的。《红楼梦》是全息式结构，我教写作课，我太明白结构是怎么回事了，结构就是主题，就是语言，就是叙述方式，结构、主题、语言是一体化的，是骨肉相连的。《红楼梦》是写一群不想长大的小孩，跟儿童文学似的，肯定了少儿世界，同时否定了成人世界，大观园里一群少男少女，如果长大了，结婚了，大观园外边的成人世界就是他们的未来，这就是他们不想长大的理由。两个世界同时展开，又交叉又分开，完整的东方式的结构方式。胡先生用欧式眼光看中国小说，用牛眼睛看马，怎么看都不适服，牛眼大而无神呀。

大概在 1998 年吧，那时我出了第一本小说集《美丽奴羊》，有评论家好意提醒我，新疆题材还能写多久？其实那时我对西域的创作刚刚开始，所谓九牛一毛，这种提醒是很必要的。2000 年我发表了中篇《库兰》，2001 年写了长篇《西去的骑手》《老虎！老虎》，中篇《喀纳斯湖》，2002 年写了中篇《古尔图荒原》，后来就是长篇《大河》和最新的长篇《乌尔禾》。就长篇而言，《西去的骑手》《大河》《乌尔禾》，三种题材，三种格调，区别很大。2003 年我出过一本短篇小说集《野啤酒花》，收入三种格调的小说，诗意小说、批判现实的小说和荒诞幽默小说，一个集子三种味道，也是少见。西域题材还有许多，留到以后写吧，太早怕写不好，西域是个富矿区，我倾心收集思考的素材能在有生之年写出来就很不错，常常感到时间不够用。与人交往，若是闲人来，我就怕自己太忙了，没工夫与闲人周旋。恨不能生有十只手同时写。

到这个年龄，上有老下有小，又是个业余作者，大量时间是上课，从业以来没有专业作家那么幸运的创作时间，我所有的作品都是半夜熬出来的，节假日挤出来的。所以从时间上讲，我读书写作的时间仅占我所有时间的十分之一。2002年在鲁院半年，有一种在天堂般的感觉，世界上竟然有这种好事，不用上班，完全摆脱杂务，一个人一个房子，我就很集中地写出了《大河》。最近读历史书、宗教书，都是业务所需，要给学生上课。

我大三时就读完了图书馆的文学书，以后的岁月里与时俱进地读文学书的同时读了大量非文学的书。有一次开会，有学者给我建议该读什么书，我点头，心想这些书我好多年前就读过了。《围城》购于 1980 年，《万历十五年》读于 1983年，《大师和玛格丽特》1987 年购于新疆昌吉，《普宁》1983年购于旧书店，一毛五分钱。上中学时在小县城的几家图书馆就读了普希金、莱蒙托夫、别林斯基等。上大学时手抄王弼注的《老子庄子》，抄《迦陵论词丛稿》《哈菲兹诗选》，大约有几十个大本，满满一箱子，后来写了一篇《抄书》。自然科学的书就更多了，不讲了，讲多了惹人烦。打住。

太初有为，今生永世——代序

目 录

第一部

《新疆植物志》之一：一年生短命植物在当年完成其生活周期后，整个植株干枯死亡，来年再由种子繁殖，生根出芽长出新苗。它们主要沿天山北坡，从伊犁谷地由西向东分布，且大多生长在广阔的准噶尔盆地边缘。

乌拉乌苏的银月之夜

那次寒流，我们学校死了三个人。

值班员把校长叫来，校长接电话。是伊犁那边打来的，实习的学生喝酒误车被冻死在路上。打电话的老师说：没想到寒流会是今天晚上。校长摸根烟，几口吸完。值班员说：每年都有寒流，学生太大意了。校长抽另一支，烟团像他的呼吸。值班员说：往年是三月中旬，今年都四月份了还来寒流。校长说："它要来，谁也没办法。"

寒流从西伯利亚越过西天山，横扫北疆。寒流一年两次，冬天那次最厉害，可没人怕它，冬天我们习惯了，挺得住。另一次在春天，最多加一件毛衣。

寒流每年都来，每年都要死人。谁也懒得去理它。今年这次，学校很重视，我们就记住了。我们在这儿上三年学，很自然想到前两年冻死人的事情。

学校在城市西郊，我们住楼上。林带前边是大戈壁，那里趴着许多石块。公路很远，滑动的汽车有点像石块。汽车经常翻到路边，就像那些冻死的学生。司机没事，最多磕破脑袋，在州医院住几天，单位用小车接走。小车从我们宿舍楼下过，喇叭山响，神气无比，我们很羡慕。

谁也没想到四月份会来寒流。我们感到冷，加上毛衣。积雪消一半不肯再消了，地上像镶了一层玻璃，走路打滑。我们在林带边看见蜷缩的树芽，它们肯定长不大，它们刚露出一点点，就遇上寒流。送奶子的老头说："我的牛倒霉了，草长不好。"他说："天暖烘烘草才发芽，阳光跟奶子一样，喝不到嘴，长个屁。"老头说的有理。哥哥他们1962年生的，喝不上奶子喝玉米糊糊，个子小小的，哥哥比我们低一个脑袋。

我们刚来那年春天，汽修班那个女生死在医院里。她是第一个穿裙子的。当时我们挤在食堂买饭，女生都看她，我们男娃娃才发现她穿裙子了。丫头细高个，穿裙子很带劲儿。我们看见丫头在食堂外面被陶科长堵住。陶科长穿毛呢大衣，把丫头训得一愣一愣的。我们出来时，陶科长还在训。丫头打喷嚏，陶科长说："就要叫你打两个喷嚏，你是臭美。烫头发是你，穿裙子还是你。"丫头说："街上早有人穿了。"陶科长说："你是学校第一个穿的，你败坏了学校的风气。"陶科长脖子短，大衣领像芭蕉扇，我们看不见她的表情。她说话带戏腔，她以前唱戏，因为脖子短才来学校。

丫头的父亲来学校闹。校长说："我们科长亲自批评她，来寒流的消息我们说了三遍。"丫头的父亲说："把娃娃叫到屋子里头么。"医生说:"发烧是感冒引起的。"校长说:"我们科长也住院啦,也是发烧,我们找谁去?"丫头父亲说:"科长穿大衣,我们娃娃穿裙子。"校长说:"谁叫她穿裙子来?"我们在窗外趴着。丫头的父亲离开时望校长一眼,校长低头看报。

各班派代表去医院看望陶科长,她烧得不厉害。电台记者来采访她,我们知道她要上电视了。那天晚上我们看到这组镜头,专题报道的大意是:陶科长整顿校纪效果好,事事防患于未然,有女生不听劝告患病身亡云云。

我们回宿舍后都不出声。班长突然说:"那丫头太漂亮了。《大约在冬季》就是她唱的。丫头比我们高一级,我们新生入学晚会上,她唱《大约在冬季》。她个子高,有一米七。"班长说:"那丫头,该穿裙子。"看着那两盒人参蜂王浆,我们很后悔。我们没去看那丫头,我们难受了好长时间。

打铃十分钟没老师来,班长去找老师。陶科长说:"王根老师上你们的课,我要去北京治病,你们上自习吧。"

那年暑假前,陶科长从北京返回。人们议论纷纷,那些说法大概是真的。陶科长三十四岁当科长,就是我们入校那年。陶科长当科长前做掉三个娃娃,没当科长前她不当妈妈,娃娃是个挺大的麻烦。我们入校那年,委任状从遥远的伊犁飞来,正好是春天。陶科长在这个季节要孩子非常吉利。

　　我们一直怀疑她的胖小子是那天怀上的。那天，穿裙子的丫头惹她不高兴。怀娃娃的女人要喜气洋洋。那丫头是个处女，女人的经验又不能提前，她傻傻地跟陶科长拌嘴，连自己的小命都搭上了。丫头不知道陶科长肚子里有"地雷"，没出世的娃娃恨你，你准倒霉。我们都没发现陶科长身上有敌情。后来听高年级同学说，女人有娃娃，男人一眼能看出来。我们那时还不是男人，都是十五六岁的毛孩子。我们班长二十二岁，谈过几个丫头，他吹牛皮说他当时就发现陶科长有情况，脸像树皮，有斑。他说他当时不说是怕有人给陶科长打报告，他技校三年就别想安生。班长这家伙对女人在行，我们把他当教授。班长说他在火车站碰见陶科长跟她老头，她老头像横路敬二。班长说："像根大虾，腰塌下去，肩膀溜溜的不挺。"班长说："不挺，你们懂不懂，男人不挺就完了。"我们听得迷迷糊糊。他说："陶科长到大地方找医生去啦。"他说："人工授精，肯定是人工授精。"我们听明白啦，有人嘀咕："造娃娃挺麻烦，还要机器帮忙。"我们都笑，笑得怪声怪气，边笑边说混账话。后来，我们看到那个胖小子，我们叫他机器娃娃。我们毕业时，机器娃娃快三岁了。

　　当时人们议论纷纷，说得像科幻小说。当时"黄祸"横行，校园里的粉色书刊多如牛毛。谣言正盛的时候，陶科长从容镇静，在楼道里很响地走着，皮鞋声像电影里的纳粹。

她在楼道底下抓抽烟的，在我们上课时突然搜查宿舍，从枕头底下、被子底下、床垫底下收缴坏书，战果辉煌。我们把战利品搬到垃圾坑前，校长神情严峻，说："点火。"陶科长划一根火柴，大火就烧起来，那情形像林则徐虎门销烟，我们很激动。一年后，中央"扫黄"，电视台记者才发现，"扫黄"的先声就在本市。陶科长再次上电视。我们对她肃然起敬。校长在全校大会上说："多好的同志啊，还有人造谣挖苦。"校长很激动，针对陶科长的娃娃问题讲了一个多小时。

我们那时迷恋毛姆的小说，《人性的枷锁》只剩下册，没有上册的长篇小说读起来很费劲。陶科长很信任我们几个学生。她叫我们几个抄学生处分材料，一大摞，二十七名。我们叫起来："这么多！"陶科长笑笑，她今天情绪好，毛姆就从我们身上苏醒了，我们说："毛姆烧得太冤了。"陶科长说："毛姆是谁？""是英国大作家，不是流氓，你把它给烧了。"陶科长当时没有生气，真的。陶科长用铅笔敲我们，"你给我老实一点。"她当时确实没有生气。

她后来生气了。

陶科长看着我们拉上门出去，陶科长没动抄好的处分决定。学生的话是无意的，正因为无意才说明问题的严重。她和校长只是把空气里的流言蜚语赶跑，可大家都在呼吸，大家心里的秘密无时无刻不在空气里倾泻，彼此流传。

陶科长走进办公室，学生下课了，到处是亮晶晶的眼睛，她像走在月亮底下。提开水的同事意味深长地望着她，那目光像信号弹，拖着尾巴。她快快上楼，砰地关上门。

她站在窗前，她看见张玉华掂着教案本往这边走，校园里空荡荡的。她想另外的问题：那几位女同事是七七、七八、七九这三届大学生，这些竞争对手在关键时刻都先后怀孕，纷纷退下阵去。等她们的娃娃两三岁时，她已经是她们的上司了。

丈夫叫她吃饭。她吃一小碗米饭，喝两口汤，她说："汤味不错，啥汤？"丈夫说："甲鱼汤，你补补身子。"丈夫收拾碗筷，她躺床上。丈夫避免谈这个问题，她肚里的娃娃足以使丈夫内疚终生。她并不恨他。丈夫躺她跟前翻杂志，她对丈夫很满意，这个问题她好长时间想不透。

那年春天，来寒流前一个星期。她的科长任命文件正式下达，她决定要娃娃。丈夫打量她好半天，她有点生气，说："怎么，你不是男人？"事后，她觉得她太厉害，安慰丈夫几句。自从大家盯上科长的空缺以来，她最怕怀孕，她看别人肚子就像看到火山要爆发。起先，只让丈夫来一会儿，后来干脆分开睡。丈夫熬不住，低声下气，她更恶心："熊样儿，馋死你啦？"再后来，她叫丈夫住单位，丈夫偶尔回来看她，她气得不行。她怕那火烫的目光，丈夫鬼精灵，拿目光烫她，把她烫化了。她啐丈夫，丈夫说："我眼睛里又没牙齿，不咬你。"她的意志很坚定，她下乡当知青那会儿就练出来了。他们修过地球的人都信这个，小小的生产队长就能叫他们满地打滚。丈夫没受过下乡的罪，丈夫那会儿在阿拉山口站岗。丈夫别的地方没说的，这一点太差啦。部队上官大一级压死人，地方上一样。拿上科长任命书的那一刹那，她的母性意识仿佛晴空霹雳，在灵魂深处大爆炸。她恨不能自己身上立刻跳出个娃娃，喊几声妈妈，让那帮盯她的人看看，老娘既能当你们的上司又能当孩子的妈。

她扒下教师服，在衣橱里找新衣服。新衣服不少，都不是她要找的。原来她发现她在翻找自己少女的影子。那都是记忆中的东西。她像个男人捶几下脑袋。她在丈夫的衣柜里翻到一对夫妻睡衣，苏州绸子做的，很性感。她穿上，躺被窝里。丈夫进来吓一跳，把她当作梦中佳人。丈夫傻傻的。她伸出光胳膊，白练似的把丈夫钩进被窝。丈夫硬胳膊硬腿像件机器。春潮涌动，她没法生气，心中一热她闭上眼睛。

轻轻盖一下，就什么都有了，校长把任命文件给她看，校长说什么她不知道。她没看上边的文字，她的目光倾泻到文件的右下角，她看到那颗红印。红钢印像出炉的红铁块，吱吱响，她手指碰一下，她就没有了，她变作一股烟轻轻直上。事后她回味很久，她身上还有那种嗡鸣声，像过电，像过电那样。她终于捕捉到那种感觉了。啜泣声像冬眠的泉水哗然涌开，艺术家捕捉灵感也不过如此啊……丈夫气喘吁吁埋头苦干，她有点奇怪，这傻子在干啥？跟团场的庄稼汉似的，仿佛在弄一大片耕地。丈夫完事后坐在床边抽烟，丈夫看她时怪怪的。她想起来了，丈夫刚才是对她倾注感情。丈夫那股子细流算什么呢，她是从大海上滚过来的女人，宦途如海，丈夫还不如一叶扁舟。她根本不知道丈夫在她身上捣腾什么劲儿。她对那颗红印印象太深了。她没有初恋，她的全部都是从男人身上开始的。她的初恋和婚姻是二连冠。那颗红印使丈夫黯然失色。丈夫期期艾艾："你真有点奇怪，你真是一鸣惊人啊。"她说："你满足不了我。"丈夫垂头不语，她昂昂然，像个凯旋的将军。

一天夜里，丈夫完事后说："你太深啦，像口井。"她抽丈夫一记耳光。丈夫说："井还有个底，你深不见底。"她撕丈夫的头发。"我修过坎儿井，我在井下走好长时间，总算走到底了，我用十字镐一刻钟就出来了。"丈夫突然不说了，屋里静悄悄的，楼里边静静的。窗外月光闪动，大街上传来的歌曲越来越清晰。

把我引到了井底下

割断了绳索你就走啦

你呀你呀你呀

她说："我只想要个娃娃，想要个娃娃。"丈夫情绪好点，抽烟。她说："我三十多了，你说晚不晚？"丈夫说："女人四十岁还生哩，不晚。""你骗我，我刮三次啦，怀都怀不住。"丈夫把她放枕头上，说："睡吧，你挺累的。"她不甘心地睁大眼睛。丈夫说："记住你是女人，女人就是生娃娃的，你又不是畸形人。"她安静多了。

她很少一个人散步，积雪开始消融，林带清晰疏朗，树枝湿漉漉的。她走马上任三天来，万事如意。心里实棱棱，可身体里空荡荡，像没人住的房子。女人本身就像舒心的房子，没人住很难保持室内整洁，没人住很难抵挡孤寂。这会儿她应该待在房子里，她不该到空旷的郊外来，身体里的空旷比郊外更可怕。风刮过林带，她感到她很薄，很薄，很薄，她薄得厉害。她第三次刮宫时，医生认出她，医生说："你的子宫薄得像一页纸，你想不想要孩子？把孩子放在这么薄的子宫里，孩子先天就缺少温暖。"当时她烦得要命，医生叨叨个没完："你记住，贫瘠的土地长不出好庄稼。"什么狗屁医生。她上厕所时看腹部，那块盆地丰厚无比，长一棵参天大树没问题。医生总是希望人得病，医生真可恶。

她身上的空洞越来越大，正像丈夫说的，像一口井。简直是《西游记》里孙悟空才能探到底的无底洞。以前她没有发觉，以前她只对仕途上的空洞感兴趣。她聚精会神全神贯注，人生之旅遥遥无期，科长的宝座可是个大码头，有了码头有了地盘，才能有开始。

她第一次来这座城市时，街道布满水坑，她像只鸭子在水坑间跳。那时她在乌拉乌苏团结大队当社员，她没想到这座城市能要她。乌拉乌苏是一个水草丰美的地方，是泉水密布的意思。她离开乌拉乌苏，到这所学校。她很满足，她的同伴大都在街道小工厂工作，她能在这所团级单位从事安静的教师工作，在 1975 年是很令人羡慕的。

她自己知道她是怎么来这里的。那秘密是跟乌拉乌苏公社团结大队的光头队长紧密相连的。队长的脑袋像五百瓦的大灯泡，照到哪里哪里亮，就看照在谁身上。光头队长照过的女知青，一瞬间就能长出翅膀，飞离这穷乡僻壤，飞到县城，飞到城市里去。她知道县长是团级公社是营级大队是连级，光头队长是排级。排级是最小的官，排级肩上只扛一颗豆。刚来时她看不起粗俗的光头队长，一颗豆在部队上算个官儿，在地方上算个屁。可这个屁显然是吃铁豌豆迸出来的屁，嘎嘣脆，很有力量。她的同伴给光头队长送东西飞媚眼，就能受表扬当先进干体面的工作。每年进城指标下来，光头队长脏兮兮的茧子手像华佗再世，给献身的女知青插上理想的翅膀，让她们升上天堂。同伴走得差不多了，她发现剩余几个知青都有坚挺的靠山，一有好工作眨眼就飞。她的父母跟戈壁滩上的石头一样，谁都能踹一脚。

这个发现影响她的一生。

她收拾一新，银月升空的时候，敲开光头队长的房门，进去汇报思想。她发现队长的光头浑圆硕大，能跟饱满的月亮媲美，那里边装的都是姑娘们的第一次。那时她很调皮，她说："你像小说中的牧师。""牧师，哈哈哈哈，我放过羊，放过羊叫牧师。"她说："戴十字架的牧师，不是放羊娃子。"光头队长当过兵，听明白了她的话。队长摁倒她，一件一件剥衣服。队长说："小丫头幽默得很。"轰一声她身上燃起大火，队长的火炕是松木墩烧的，她像受炮烙之刑。爆炸声响成一片，她忍不住要喊了。队长把一颗海棠果塞她嘴里，她喉咙里只能冒出啊啊声。她被自己身体里的爆炸声吓坏了。她有一种异样的感觉，全身虚虚的。一次，她乘坐的汽车从陡坡凌空而下，落到下边公路边上，身边的物理老师说那种虚虚的感觉叫"失重"。她重复一句：失重。只一声，就唤起了光头队长留在她身上的全部感觉。她弄不清，是失贞还是失重？

　　光头队长只照她两下，她就亮了，她就成熟了，她就从少女变成了女人。她在这座小城里谋到一个位置，她很满足。她不怎么恨光头队长，她没有必要对丈夫讲这个。新婚之夜，丈夫惊喜地看单子上那团红血时，她吃一惊。丈夫像读一本书似的努力着。光头队长给她的感觉刻骨铭心，丈夫的努力是那么的徒劳。这辈子不会有哪个男人再给她那种感觉了。光头队长那颗豆落进她的记忆。队长从枕头底下抽出招干表，她不信，队长以前给同伴的都是招工表。队长说："州上新设的单位，正缺人哩。丫头你运气好。"队长从兜里摸出图章，吐两口唾沫，在表格上摁两下："盖上啦，丫头你看清楚啊，你身上盖四颗印。"四颗红印一颗比一颗小，她说："你的算老几，不如一颗豆。""别小看一颗豆，老子以前是少尉呢，少尉一颗豆就是军官，没有一颗豆只能是兵了。"她带上这张盖满红印的表格，从生产队、大队、公社到县革委会，她离开县革委会大院时，才感到光头队长没骗自己。每一级的工作人员连看她都不看，他们只看那几颗红印。是这四颗印章带她离开乌拉乌苏的，别人拿上它也一样行。她把表格举起来对着太阳看，光头队长的名字是篆体字，那些花纹那团银月留在她身上。那么一戳就把她改变了。

那种刻骨铭心的快感不会再有了，她的满足感很短暂。跟她一起进校的女教师都有娃娃了，她理所当然也怀一个。这时，州上分来一批工农兵大学生的指标，四个，去新疆师范大学。她在办公室看那张表，上边有州上的大红印，盖上学校的红印，主管领导盖私人印章就可以去上学。她直扑医院，走得匆忙，兜里只带五块钱。还没等她跟自己生气，开票的医生就说："交钱，三块七毛钱。"这么简单，她幸福地笑了。手术室门口的年轻女性个个紧张得要死，她拨开众人挤前边去。她镇静自若，微露春色，医生瞥她一眼，她正处在瑜伽状态，她只看见盖满红印的表格。她的视觉猛然扩大，成了超级大国，控制了其他神经系统，她对身体的疼痛无动于衷，甚至很亢奋。医生用奇怪的目光看她走出手术室。四个指标，三男一女，其他女同事不是刚生孩子就是快生了，她稳操胜券。她揣上入学通知离校时，那些要强的女同事眼眶都快睁裂了。

再厉害的女人，有了娃娃没两三年爬不起来，她们学她的样子时，她把大家扔了好几圈。她再刮两次，入党当科长。

她走进办公室。她坐在软垫椅上，摸摸光滑的茶色办公桌，摸摸桌面黑色的毛玻璃板。她一个一个打开抽屉的暗锁，在左下边的小抽屉里，她看见那颗红印。印章是梨木刻的，圆圆的印把子磨成暗红色。她攥在手里，她想起乌拉乌苏的银月之夜。印把子浑圆饱满，迅速膨胀，把她椿圆了，她撑不住了，她无比亢奋。这就是女性梦寐以求的销魂之感吗？男子何尝不是，多少人虎视眈眈，渴望这颗印把子。她想到乌拉乌苏的银月之夜。丈夫带不来这种销魂之感，娃娃、漂亮的衣服都不能。她梦寐以求的就是这一瞬间，她抚摸印把子。把它摸熟之后你就会很快厌弃它，你会渴望更大的印章。这比男性的激情更吸引她。

洞继续扩大，超出光头队长捅破的限度。第一天，她用印章盖红印时满足极了，她乐不可支，了结了一段孽缘。洞是光头队长用他小小的权力打开的，她卧薪尝胆，获取了比光头队长大好几倍的权力。她是正科级，也就是营级，比少尉排长多了三颗豆，把光头队长捅开的洞里三层外三层围起来。第二天，印把子瘦一圈，她一咂摸，昨天的满足感烟消云散。洞口大开，像面窗户，野风哗啦啦刮进来，吹得她打哆嗦。她很清楚，从科级再升一级比登天还难。这是个团级单位，多少人在这一级上拼一辈子把头发都拼白了。她老了许多。

张玉华进来，她示意这个昔日的竞争对手坐下。张玉华把椅子往前挪一挪，脸上的冷傲没了踪影。女人天生会演戏，不同的是张玉华是名牌大学的毕业生，她陶科长在文工团干过两年，做起戏来游刃有余。这比你张玉华的狗屁文凭强一千倍。你现在不是求我们来了。什么？你弟弟，你弟弟要上技校？这事好说，你再找领导谈谈。张玉华不高兴，不高兴你也得高兴。张玉华果然强装笑颜，拉拉她的手，离开办公室。这个小妖精，脸子好，身材好，男人见了都贼贼的。她一直纳闷，张玉华各方面都比她强，为何败在她手里？刮娃娃只是一个机会，机会不等于现实。后来她从男教师的闲谈中知道了内情。他们说："科长本来是张玉华的，张玉华家庭太美满了，好处不能叫她一人独占。"她如梦方醒：张玉华的丈夫是州报记者，英俊潇洒，她见过一面。生于忧患，死于安乐，张玉华患的是安乐病。她想自己的男人，像一件过时的家具，扔了可惜，搁房子里又怕人见。丈夫心好，开汽车很实惠。她发现她的一切都是实惠的：丈夫、她的职务，整个家庭都暖烘烘热辣辣，像一盘红烧肉。浪漫情调在她身上有过，那很遥远，遥远得如同另一个世界上的事情。乌拉乌苏的银月之夜把她的浪漫情调推至极限，给她留下无法弥补的空洞。

她无法忍受这个空洞，下身像扇窗户。她以为有了丈夫就可以堵住，丈夫不行；她以为当科长就能堵住，也不行。印把子的满足感非常短暂。

丈夫跟小徒弟看录像，她问："啥片子？"小徒弟说："嫂子快来看，《武则天》，香港拍的。"她啊啊点着头，走进书房去。她弄一杯水喝一会儿，到客厅坐墙角的沙发里。小徒弟正给丈夫讲武则天的野史，丈夫听得津津有味，她也不免有所心动。小徒弟没发现她在场，讲得很放肆。

小徒弟讲的故事粗俗不堪，她还是若有所思所悟，武则天给自己心理上留一片余地。人不能太满足。留一点缺陷，人就能保持清醒，特别是女人，最容易陷入幸福。武则天很高明：淫而不乱。权力是人生的高峰体验。他们那一代都信这个，他们当红卫兵，他们造反，他们去广阔天地，他们深深体会到了权力的三昧。哪像现在的小青年，图享受图感觉图钱。他们那一代，把感觉和理念熔炼在一起。

一口气看完五集，小徒弟说明天把带子全部带来。她对丈夫说："可别拿黄的。"丈夫说："大家都看，就你怕事。""放屁，我刚当科长，家里放黄色录像叫别人咋想！""《武则天》不黄啊。"她用命令的口气说："《武则天》可以看，以后不许再放，听见没有。"丈夫啊啊两声。两口子一起弄饭，馏两个馒头热两个菜，吃得很随便。丈夫弄两杯热茶，给她一杯，说："张老师找你啦？""哪个张老师？""是个女的，她弟弟想上技校。"她嗯嗯啊啊，丈夫不高兴了："这是家里，你也啊啊。你看清了，饭桌是圆的，办公桌是方的。"她挺挺身子："你说下去，我听着。"丈夫说："这个忙你帮了吧，你主管这项工作，人家求了大半天，眼睛哭得红红的。"她凑丈夫跟前："你就动心啦，她可是个小妖精。"丈夫一下子噎住了。她想象不出张玉华流泪的样子，她很想看这一幕。不到我跟前流眼泪，还想留一点骨气。丈夫拎起一大堆东西放桌上，说："不行就算了，东西送还人家。"四瓶伊犁特曲，一大包海虾。她还知道进贡，避开我，还是为那点可怜的骨气。她说："东西留下，没必要弄那么难堪，我考虑考虑。"

她身上麻酥酥流过一阵快感，乌拉乌苏的银月像熨斗烫得她好舒服。乌拉乌苏的银月简直是绝妙的艺术品，每次从记忆中复出，都能带来全新的感觉。这一次，她从张玉华的泪水中出乎意料地捕捉到那刻骨铭心的快感，正因为出乎意料，才使得这种快感动人心魄，达到了乌拉乌苏银月之夜光头队长创造的水准。幸福突如其来，追求权力是一种快乐，使用权力更快乐。

她坐在办公室里，那种快感依然存在。缪干事进来打开文件夹，轻声问："张老师弟弟的指标咋办？"她问："还有谁的？"缪干事说："目前没有。按往年的经验，要留几个空额。说不定哪个头儿的熟人考不上大学，又要临时突击咱们技校。"她啊啊两声，说："留一个吧。""一个？"缪干事站一阵，轻轻走开。

她看见张玉华向教学楼走来。这个骚货，穿白裙子，把校园当舞台了。她知道张玉华的步态真正的"轻盈自如"。她翻开报纸，放桌上，半闭门出去，到没人去的后勤办公室。里面没人，她掩上门，拿起报纸，从第一版看到第四版，看到中缝。她听见张玉华的皮鞋声，叮、叮、叮，鞋跟像手指头，你慢慢戳吧。她听见张玉华在各办公室打问她的去向，有人回答，有人嘻嘻笑。小脸蛋涨红了吧？呼吸急促了吧？她听见张玉华的脚步声，那声音不轻盈了，她达到了前所未有的满足。张玉华在她的遥控之中，却不知道遥控的中心位置。一只手在她心坎上抚摸，像是梦，她下意识抚一下桌子，桌面光滑，阳光涂在上面像酒精灯上的火焰。

　　她从窗户看到张玉华向家属楼走去。张玉华沮丧得无以复加，学生问候她，她只点头。你跟学生攀谈什么，显你风度么？你不是全校公认的风度最佳的女性么？学生望着张玉华的背影，大惑不解，议论纷纷。昨天学生会干部开会，她很有分寸地给几个心腹学生透出消息：张玉华老师走后门呢，让她在团场的弟弟上技校。冲击波悄悄涌上地面，在人们的舌尖上颤动，像火焰。张玉华走到教师家属楼跟前，大楼隔开太阳，一团黑影像只大蜘蛛爬在张玉华的背上，吞噬那苗条的背影。她从窗户里看得清清楚楚，她看见一副空洞的骷髅，脊椎骨像条白带子左右摇晃。她愤怒了，臭娘儿们，到这份儿上挣什么气，还是你那四两重的贱骨头。那些骨头疙瘩被筋串着，像古雅的大吊钟，钟声悠扬，刚才所有的欢欣散失在这钟声里。

　　第二天，她觉得火候到了。她拿起报纸，有人敲门，她停一会儿哗啦翻过一页，说："请进。"那人进来，掩上门走到她跟前，她闻到淡淡的幽香。她又翻过一页，那人好长时间不吭声。她身子一仰，靠住椅背，眼睛始终在报纸上。她看电视剧《红楼梦》的评论，她很随便地说："什么破玩意儿，比王文娟演的越剧差远啦。"她抬头一惊："哦，是张老师，请坐。"张玉华一直望着她，坐下时也没有移开目光："大科长真难找啊。"她眉毛一扬谈《红楼梦》，就此打断张玉华的愤怒："《红楼梦》里说，女人的骨头是水做的，现在的男人都没有骨头啦，女人充什么好汉，好汉的骨头最多四两重。"张玉华说："太极讲四两拨千斤，四两也算骨头呀。"她拿起报纸，字都小了，看不清了，她说："找我有事？"张玉华说："你好健忘呀，我弟弟的事前天才给你讲的。""噢，那事我早考虑好了，我当啥大事情。""对我们百姓来说，有条活路就是天大的事情。""是吗？"她意味深长地瞥张玉华一眼，手指敲着玻璃板，"我研究研究，很快会有结果的。"张玉华不走，静了好长时间，压低声音说："陶科长，我只有一个弟弟，团场生活艰难你也知道，给他一个机会啊。"她点头，不停地点头。

张玉华走后，缪干事进来。她问："头儿们有没有消息？"缪干事说："书记的干儿子，没预选上，刚打过招呼，现在填上吧。"她说："别着急，书记的一定要办。"报名卡和准考证考试那天再办。缪干事说："张老师弟弟的咋办？"她说："你知道咋办！"

考试前一天，缪干事找张玉华说："陶科长好不容易给你挣一个名额，书记刚托来熟人，书记还把陶科长训了一顿。"

张玉华说："我们知道是咋回事了。"缪干事说："你不要误会。"张玉华说："这是误会吗？这是一场戏，一场拙劣的双簧戏，陶科长文工团没白待啊。""人家是领导，要注意团结。"缪干事笑得很尴尬。

她在办公室里看得一清二楚，张玉华高挑的身影从林带边渐渐远去。她有点惆怅，这娘儿们想跳出去，她要真跳出去自己也没办法。招生结束，张玉华像个没事人，出出进进，说说笑笑。她讨厌这种声音，张玉华好像看出她这一点，频频光顾她的办公室。她忍不住说："你并不轻松，何必这样。"张玉华嘻嘻一笑："我不轻松吗？你看我哪儿不轻松，你体验过一个人解脱后的感觉吗？"张玉华轻轻飘走出去，张玉华走出她的范围，像在国界以外，她一点办法都没有。

不久，她听说张玉华的丈夫给内弟谋到一份好工作，在石油局开车。小伙子开着带空调的美国车，到学校来看姐姐。小伙子从油罐车上跳下来，油罐车比"东风"高一倍。小伙子瞥她一眼，对姐姐说："科长老头开解放车，嘿，解放车在我们那里跟玩玩具车一样，小孩开的。"她还听说，张玉华丈夫背着张玉华搞的，张玉华从不求人，自己的丈夫也不例外。别人闲谈时，她怅惘得如同黄昏的太阳。闲谈的人意味深长地说："记者，啧啧，记者都是通天的人物。"

她拉开抽斗，掂出大印，挺沉，像枚手榴弹。可它的杀伤力太有限了，只给张玉华擦破点皮。她的有效射程不超过五十米，张玉华三蹦两蹦就蹿出来了。

她和丈夫去广场看喷泉，丈夫买冰淇淋，她看见张玉华领着娃娃，张玉华的丈夫胸前挂着照相机。他不像那些小青年，蹲地上乱眯眼睛乱瞄，他让张玉华和小孩坐水池边上，他后退几步，根本不看照相机，他举起一只手，说句什么，闪光灯一亮，女儿就蹦下来。她知道跟这样的男人过日子，妻子再累再委屈，回家几秒钟就能恢复元气。她太徒劳了，她的大印所产生的威力，有时巨大无边，有时竟没有作用。

那年春天来得很早，人们都感到意外。我们男娃娃都换上牛仔裤和足球鞋，我们开始在残雪里踢足球，女娃娃开始穿毛衣。寒流要来的消息一周前就通知了，没人管它。

我们通知各班班长来办公室开会，我们进去时看见陶科长手捧大印，仔细地端详。印把子露出来像左轮手枪的枪柄。陶科长打量我们一眼，啊啊两声叫我们坐，我们就坐了。陶科长把大印在纸上戳一下，白纸上渗出红红的疤，好多年我们一直忘不了，那个疤就像砍过头的脖颈。陶科长一连戳三个，三颗脑袋疤。那天的会开得很沉闷，寒流要来，我们都知道。我们不相信寒流真会来，我们不知道陶科长真会把印把子当左轮手枪，我们不知道她要给印把子开荤。我们那些当过兵的父亲告诉我们，只有枪弹是吃荤的。我们当时确实不知道，穿裙子的丫头也不知道。

陶科长把学生打发走。她看纸上血淋淋的红印，一共三个。学生进来时，她正想她刮掉的三个娃娃，她是第四次做母亲，她随便在纸上摁几下。她发现这枚印很入眼，整洁清晰，像古元的木刻。她在乌拉乌苏下乡时看过《革命烈士诗抄》，对古元的木刻印象很深。学生显然把这三颗印当作画了。她搞不清自己弄这幅图案的含义，如果是艺术品，它的含义就没个准儿。

丈夫下班回来，望她半天，突然说："你好漂亮。"她鼻子酸涩。乌拉乌苏银月之夜后，她再没听过这句话。光头队长干过她之后很兴奋，光头队长说："娘儿们被干的时候才露真面目，真金不怕火炼，是朵花儿那时才显灵气。"丈夫过来亲她，丈夫说："今天你真怪，水灵灵的。""我以前不水灵吗？""以前你有点干，好像吃不饱，别人都说我饿着你了。"乌拉乌苏银月之夜以后，她一直是块旱地，她不相信自己会成为水浇地。她说："你没那个能耐。"丈夫期期艾艾："以前行呢，刚结婚那会儿行呢，后来你不干了。上大学刮一个，入党刮一个，提科长刮一个，医生说我憋过劲儿了。"丈夫白她一眼，很委屈。她长出一口气："我现在要娃娃，现在就要。我放过去三个，不能再耽搁了，我没机会了。"她一件一件剥衣服。丈夫像个傻子，她躺被窝里，身子虚虚的，仿佛打开石盖的千年古井，等待万物去填去堵。她伸出光胳膊，白练似的把丈夫拥进被窝。她不知道丈夫折腾什么，她不知道用什么力量能驱散淤积在身上的空旷。她像没有门窗的房子，像没人住的房子。她望着窗外，圆月哗一声从林带里蹿出来，滴溜溜转，像猎人枪口下的野兔，奔跑得通体透红，红月亮像只野兔，蹿出老远，她望洋兴叹。乌拉乌苏的银月之夜既不消失，也不亲近，她无可奈何，推开丈夫。丈夫虽然达不到光头队长的水平，可丈夫能给她娃娃。她猛然坐起来："你看我脸色咋样？"丈夫说："水灵灵的。""是不是我怀孕啦？""不是，女人怀孕脸上有斑。"

　　她赶到医院。手术室外站许多愁容满面的年轻女人，她小腿抽一下，她再也不能保持镇静了。她刮了三个，医生认识她，没容她开口，医生就说："想要孩子是不是？"她点点头。医生说："那几次你像个英雄。上手术台男人都打哆嗦，我忘了许多人，可把你记住了。"她躺下，由医生摆布。她很反感受人摆布。医生给护士叮咛两句，匆匆离开。她很紧张，问护士："咋啦？""没事，你不用怕。"她反而更怕，腿上的肉先跳，随即全身的肉都跳起来，身上仿佛爬满青蛙。护士大声说："叫你别怕，你咋回事？""你不要这样子跟我说话。""咋样子说话，你教教我！你大概是个干部吧，告诉你，州长、市长躺这儿也一样听我的。"州长、市长四个字把她烫熨帖了，她长出一口气。进来一个老大夫，不看她，走跟前俯身直接看她下边，捣鼓一阵子，擦擦手往外走，另两个医生跟出去。她脑子里空空的。护士说："穿上衣服，到医生那儿去。"

　　医生捏一杆圆珠笔轻轻敲打桌子，示意她坐下。医生说："你们学校以前跟我们有公费医疗关系，我刚才看你的卡片，你三十四岁了吧？"她轻轻点点头。医生说："刮过三次，这很危险。""我怀不住吗？""不，不是这个问题。"医生说："我们主任看了，同意我的看法。你属于特殊病例，主要是你自己造成的。""什么意思？你想推卸责任？""你误会了，你听我讲完。根据你的身体状况，刮三次官不影响你怀孕。你最近感到你好像怀孕了，那是你的主观幻觉。你有这个愿望，愿望强烈到一定程度就产生幻觉，精神变物质么。你的子官里空空的，明白吗？""空空的，我的是空的？""你把自己压抑得太久啦，夫妻常年不同床对你不好，对你丈夫也是个损害。"她期期艾艾："以前为工作，少一些，可不是没有，最近有啊，要不我能到医院来？"医生问她丈夫的情况，医生说："实际上跟没同床一样，你丈夫没毛病。意志过于强烈就会影响身体。叫你丈夫来一下。""我会不会有孩子？""你生育功能正常，会有孩子的。"

　　丈夫从医院回来，猛抽烟。她问半天，丈夫说："医生开了证明，想要孩子去北京中日友好医院。日本人有那个技术。娘的小日本，能造彩电，娃娃也能造。"她说："是不是人工授精？""人工授的没问题，机器帮忙么。""你声音小点。"丈夫偏不，丈夫像个大喇叭："剖宫产的娃娃没过产道挤压，长大缺乏战胜困难的勇气；机器撒的种没爸爸的劲儿，长个屁。生娃娃的学问多得很，你懂多少？大女人你懂多少？"她没想到丈夫的柜子里藏那么多《家庭医生》《育儿手册》，她从来不翻那些破烂玩意儿。她说："今天给你个机会，你跳啊，跳啊。"丈夫不跳了。她推开窗户指着蓝天："你跳啊，跳啊，跟杜丘一样跳下去么。你不是高仓健。"丈夫的脸色由白变青变紫。她说："熊样儿，变什么脸，放幻灯吗？"丈夫轰地倒沙发里，翘几下后像汪洋中的小船，慢慢稳住。

丈夫去乌鲁木齐买卧铺票。陶科长知道要来寒流，给丈夫带上毛衣。丈夫走后，她想去办公室，稍一犹豫就把毛呢大衣穿上了。

天空呜呜响起风声。这座城市在凹地里，风吹不到地面，风带来的寒冷像炸弹，命中率百分之百。寒流滚滚而来，像轰炸机群。今天校园里全是丫头，全是年轻女性。她格外注意那些人的身材，她看见的全是圆臀细腰的高挑女性，她们比她年轻比她肥沃。今天，她第一次用母性的目光扫描世界，女人的世界全部真实地袒露出来，山岭、平原、盆地，她们把大地的形态体现得惟妙惟肖。那温馨的盆地只需一条细流，就能萌发生命。她想她的盆地，医生鉴定哪里没水哪里干旱，丈夫的水流不到那里，那里需要钻探机打洞打深井需要高压水泵。乌拉乌苏的银月一下子就出来了，乌拉乌苏在蒙古语里是泉水密布的地方，银月跟鱼一样在水里翻滚，怎么能没有水呢？她满眼怒火，这些丰满肥沃的娘儿们，这些骚货！别说一条细流，落一滴雨星她们就能长出一片绿叶。女人不能创造生命多么悲哀，竟然需要机器帮忙。

她看见一个穿裙子的丫头从食堂出来。她认出那丫头是汽修班的，她上任第一天丫头就烫发。她站台阶上盯着丫头，学生都察觉到她的目光了，学生都看那丫头。丫头也察觉到了，直直走过来，没有停下的意思，或许丫头想到了，转眼又认为没这个必要。丫头走到她跟前，她说："你站住！"她的声音凌厉无比，学生纷纷退回宿舍楼。从校门口涌进一群带纸片带草枝的大风，人影晃动，纷纷逃离校园。饭厅里的学生不敢出来，隔着玻璃边吃边看陶科长训丫头。陶科长站台阶上，山墙挡住大风。丫头在风地里瑟瑟发抖。丫头想上台阶避风，陶科长尖叫一声。丫头站那里望陶科长，丫头不抖了，裙摆闪动像面旗。几个男生跑过来，朝丫头做鬼脸，丫头咻咻笑。陶科长又尖叫一声，丫头打个激灵。丫头太小，不知道这是凶相。风把裙摆送她手上，她看见她的裙子是黑色的，她比燕子提前半月来到这里，雪才消一半。她太小，她不知道在燕子之前有乌鸦，乌鸦是冬天的鸟，乌鸦的翅膀上驮着真正的黑夜。她太小，她看见石头都觉得它有温情，她这种年龄，乌鸦的翅膀长她身上也是美丽的。她初中毕业时在晚会上朗诵爱伦·坡的《乌鸦》，那是个美丽的童话，她没想到童话里有魔鬼；她在迎新生演唱会上唱《大约在冬季》，她没想到冬天会在这时候落在她身上。

　　她没想到她会死。即使想到了，那也很光滑很优美。

　　后来我们才知道，陶科长训丫头时没怀孕。陶科长身上空空的，娃娃作为一种想法在她脑子里。娃娃最早都在脑子里，被父母想好，父母开始行动开始把娃娃从观念里搬到创造生命的地方，再搬到肚子里，医生稍微帮点忙，娃娃就得了。那时我们错了。以为丫头跟陶科长吵，把肚子里的娃娃惹翻了，其实娃娃在脑子里。不过这一吵，把陶科长给吵醒了，吵坚定了。丈夫办好车票，拍个电报，陶科长拎起包就走，直扑北京中日友好医院。

日本人示意她脱裤子，她褪下裤子躺铁床上。日本人把床头的轮子转几下，冒出来一架奇怪的小机器，上边红灯一闪一闪。小机器贴上她的身体温乎乎的，类似牛角的一个东西伸进去，在她里边鬼鬼祟祟寻找什么，她像泡在热水池里，全身软塌塌。墙壁很白，屋子很静，日本人盯着仪器上的指示灯。突然牛角在里边撒野，转换方向狠跑。她听见自己身体里边的爆炸声，她看见圆圆的月亮像野兔，跑得通体透亮，她啊一声喷出泪水，乌拉乌苏的银月升起来，熨烫她，那刻骨铭心的感觉再一次苏醒。

她这时候一定很漂亮。光头队长说女人被干的时候最漂亮。女人被干的时候是火中的凤凰，凤凰五百年一涅槃，她的期待绝对超过五百年。现在她简直是个女王。

医生感到吃惊。日本人对他的中国同事说："这是个奇怪的病例。在西方国家，她绝对是一流的性感明星。她丈夫可怜了，男人没法给她带来快感。"中国医生大惑不解，日本人说："那是一种精神上意志上的渴望，不是医学上的。"日本人翻一阵仪器的记录数字，说："她最先是生理上的，说明她的渴望有生理基础，以后又转了。"日本人按一下电钮，进来两个护士，日本人朝护士示意一下，带两个中国同事进另一个房子。

医生给她打麻醉剂，医生趁她不备，用小剪刀在她里面铰。她恨死日本人了。后来她知道那小手术旨在破坏她的感觉神经，破坏她的记忆，降低她的渴望。果然，她对乌拉乌苏的银月之夜迷糊不清了。

按照医生的吩咐，丈夫做了相应的治疗。据丈夫讲，那是个坚挺的机器，像拖拉机，牵着他满屋子跑。按照医生的吩咐，他们同床一周，效果很好，丈夫终于攻进她的身体，她怀孕了。

生了个胖小子，肉乎乎很可爱。两口子亲亲热热，丈夫说："这才像个家。"她生气，丈夫说："就等这个小子，他不来，家里总缺一样东西。"她不再生气，跟儿子一起闹。她给儿子起名涛涛。她的涛涛很快长起来，跟张玉华的女儿走在一起。她看见张玉华眼中飘出一丝嫉恨。张玉华看她的涛涛，张玉华不相信这是陶科长的儿子。她很大度，装作没感觉，心里冷笑，我儿子长大偏要娶你丫头。

同事偶尔提及穿裙子的丫头，她啊啊两声，说："违反校纪，就该处理。"她差一点忘了那丫头，丫头跟她吵，影响她的情绪，情绪不好会对娃娃产生不良影响。她说："幸好她毕业了，要不然处分她！"别人很惊讶："她死掉了，你不知道？噢，那时你在医院接受记者采访，好事一多就想不起晦气事了。""晦气事儿。"她把几个字嚼一遍，喉咙发痒。晦气不能落在她的涛涛身上。

吃中午饭，她骂丫头是骚货。丈夫劝她别跟死人计较，她甩筷子："她死给谁看，给我看吗？放'文化大革命'那会儿，这叫自绝于人民自绝于党。""都啥时候了你还提'文化大革命'？""你别打哈哈，你说'文化大革命'完了就完了？那是钻进骨子里的东西。"丈夫大吃一惊。她说："你吃惊了，你没有发现我这么深刻是不是？我下过乡插过队，我啃土坷垃时，你在阿拉山口放哨呢。你光知道牛奶好喝羊奶好喝马奶好喝，你就不知道狼奶对人最有用。解放军大学校里你喝不到狼奶。我们插过队的喝了十年狼奶。你知不知道，喝牛奶羊奶马奶只长牛马精神不长心劲，长心劲要喝狼奶，喝狼奶肚子里长牙。"丈夫期期艾艾，她诡秘一笑："你又不行了。"丈夫说："行呢，治好了么？我是说我们涛涛咋样才能长心劲肚子里长牙？""这个你别管，有我呢。"丈夫傻笑，蹲下来摸摸儿子的大脑壳，丈夫说："听妈妈的话，这里头装的都是智慧。"

陶科长很讨厌我们驾驶班，我们班主任王根老师是刚分来的大学生，看不惯她那一套。她对我们几个挺好，我们参加硬笔书法函授，一手漂亮的柳体字带来许多方便，我们经常出入各办公室。多数情况下是帮陶科长抄写学生处分决定。办公室没人的时候，陶科长就向我们打听班上的情况，打听班主任王根老师的情况。陶科长有意味有分寸地提示几句，我们一点就通。晚上在宿舍里把陶科长的意思一说，天不亮全班就会知道。第二天，我们挺正直的班主任王根老师就会蒙在鼓里，陶科长就会拎着鼓槌来敲打。这法子很灵验，我们经常碰见别班的学生在办公室，听陶科长面授机宜，好多班主任束手就擒。

我们是一帮二球，我们要在学校里混得人模狗样，我们得听头儿的话，将来我们当工人也一样，头儿们找你是看得起你，你总不能狗肉不上台面。后来我们读了唐人的《金陵春梦》，冯玉祥在上海打日本人，蒋委员长就用这法子治冯玉祥，蒋委员长越过冯玉祥打电话直接给军长师长，冯玉祥就没戏唱了。我们对陶科长肃然起敬，我们觉得她是个大人物，给大人物当差是很体面的，那时我们很卖力。我们都知道希特勒是战争魔王，可我们都觉得他挺威风挺有能耐的。后来我们发现自己不大对劲，晚上睡不安稳。人家骂我们："儿子娃娃最讨厌当小人，给头儿们告黑状，时间长了养成习惯，一辈子就得靠头儿们的山墙爬，这辈子就别想站起来，就别想抬起头。"我们很害怕。可后来不行，到时候还那样子，工作后还改不了。

那时，我们把陶科长当作大人物，她抓汽修班两个喝酒的，要给他们处分，要扣他们生活费。两个小子不服气，扭脖子。陶科长说："我叫你扭，告诉你，记大过。"小胖子不敢扭了，大个子张英杰还在扭，陶科长尖声叫道："你，就是你，留校察看。"张英杰也望陶科长，望一会儿，又扭一下，陶科长蹦起来："你给我滚，滚回去，我要开除你。"

张英杰刚滚出去，我们也出去了。陶科长叫我们注意他，看他服不服气。我们跟在张英杰的后边。张英杰走出教学楼，对小胖子说："她儿子是机器娃娃，她见男娃娃就想收拾，再收拾她儿子还是机器娃娃。"我们转回来，陶科长说："我看见了他不老实，在路上嘀咕什么？"我们说："没说啥，他声音小，我们听不见。"陶科长敲我："连你们也不老实啦，对老师要说实话，你说他说什么啦？""她说你们家涛涛是机器娃娃。"陶科长腮巴抽一下，说："出去吧，我知道了。"

对这件事，我们一直很懊悔。张英杰后来死了。他在伊犁实习时喝醉酒，睡路边，雪和寒流把他盖严了。后来我们听说，张英杰父母感情不和，一直等着离婚。儿子快毕业了，他们认为时机成熟，给儿子写信，问儿子愿意跟爸爸还是愿意跟妈妈。张英杰很为难，借酒消愁。后来，他们班主任找陶科长求情，他父亲也从伊犁赶来求情。陶科长让一步，改开除学籍为劝其自动退学；班主任和家长再求情，陶科长见好就收。我们看见张英杰又扭脖子，他个子大，对不理解的事情都这样子。他父亲对陶科长说："这是个倔家伙，你千万别计较。"陶科长笑："我会计较吗？"家长反而不好意思。

　　对这事我们一直懊悔。我们去伊犁，到张英杰死的地方，那是片桦树林，有块大石头，张英杰靠石头上睡着了。张英杰下去实习那天，处分决定贴在报栏里。我们至今还记得学生管理细则第二十三条，喝酒者给予警告处分。他们班主任就凭这一条据理力争，争不成反而得罪了陶科长。他们班主任以后被陶科长搞得很狼狈。张玉华对这位班主任说："你刚工作，时间长了就习惯了。"张玉华轻易不招惹陶科长，更不敢觊觎科长的位子。

　　张英杰是受处分半年后死的。他们班长找过一次学生科，他们班长说："处分决定上写着扣半年生活费。"陶科长说："听说他还喝过一次酒么，10月23日下午，你这个班长也喝了，对不对？"他们班长脸红了，他们班长扫我一眼，还有另几个学生，我们都是陶科长的人。他们班长说："要罚罚我们，我们买的酒，张英杰连吃饭的钱都没有，喝啥酒呢？他跟我们吃饭是真的，他没喝。""你包庇，你还是班长呢，给你记过处分，张英杰生活费再扣半年。"我们笑这傻小子，狗肉没吃上还赔了铁绳。后来，张英杰冻死了。他们班主任和班长从伊犁赶回来，他们班长说："张英杰想不通，借钱请我们看电影，看完电影就一个人喝闷酒去了。"张英杰说："不就是一句话么，说她儿子是机器娃娃又咋啦。我们又不是机器娃娃。"他们班长说他们查出了给陶科长告密的小子，他们把那小子砍了八刀。那小子在陆军医院躺了四个月。他们班长盯着我们看，我们慌得不行。我至今不敢去伊犁，不敢一个人走夜路。

寒流每年都来，每年都要死人。我们没想到四月份会来寒流。我们听见楼外呜呜响，我们趴窗户上，天空灰暗，像来了敌机。我们钻进被窝里，呜呜声过去后，我们翻箱倒柜，我们准备了皮大衣，我们穿暖和，这才感到离死亡远了点。我们嘻嘻哈哈开始打闹。

这时我们听见楼道里陶科长的尖叫声，全楼都静了，像她一个人在走。她走了好几圈，她的皮鞋声很脆，叮当叮当像电影里的纳粹。陶科长从背影看，脖子并不短，她下巴很大。以后我们很注意这点，见了大下巴的人你别惹。

陶科长往家属楼跑，跑到楼梯口，听见涛涛大叫："妈妈，我怎么办？"涛涛扒着地下室的窗户看她，像个小囚犯。涛涛已是第三次被关地下室了。她对娃娃有严格的规定，稍有冒犯就要处罚，处罚很严厉。她打开地下室铁门，说："想通了没有？""想通了，妈妈。""下次再这样就关你一晚上，听见没有？""听见了，下次再这样就关你一晚上。""关谁？"涛涛想了大半天，用手指着自己的小鼻子说："关你。""关谁？再说一遍。""关，关我。""这就对了。跟我上去，快点。"她前边走，涛涛在后边跟着。

她叫涛涛看动物图片，她下去买馍馍。涛涛从凳子上站起来："妈妈，我怕。""你给我再说一遍。""我不怕了。"她回来时，涛涛抱着图片盒子，缩着脑袋像个小教徒在做祈祷。涛涛看着她，僵硬的小脸一点点变软和，舌尖挣几下挣出声音："妈妈。""干什么？""妈妈，我好想你呀。""你给我老实点。"后来她进厨房做饭，没再听见儿子的响动。她端菜出来，儿子抱图片盒躲在一边，她说："快去拿凳子。"她希望儿子多吃带鱼，儿子对青菜感兴趣。儿子看脸子不敢动勺子，她吃得正香，发现儿子不动，她有些生气："吃，快吃呀，看着我干什么呀？"儿子啃带鱼像啃一块木头。她希望儿子吃得胖胖的。第二天她炖羊肉，儿子只喝肉汤。她夹几块肉疙瘩给儿子："吃，吃不完就给我坐着。"儿子坐着看她，儿子说："妈妈，我不爱吃羊肉，我吃不下。"她不吭声，她站起来看儿子，儿子动一下，低头啃羊肉，啃得很艰难，像冬天在沙地里啃草根的羊。儿子终于把羊肉吃光，儿子长出一口气说："妈妈，我不爱吃羊肉。"

她在办公室里训抽烟的学生，学生耍赖，她打开小本本念：某月某日在教室后边，某月某日在男厕所。学生低下头，她说："以后给我老实点，认不认罚？""我们认了。""第二节课把检查交来。"她有点愤怒，这些学生跟她的涛涛一样，检查很深刻，几乎都是痛心疾首，以后照样抽烟。幸亏她在各班有眼睛，对学生的举动了如指掌。

陶科长问我们："你们不知道来寒流吗？""知道呢。""知道怎么还出事？""以后不会出事了。"陶科长将信将疑，我们说："老生大多在社会上混过，偏得很。我们小班娃娃老实，不会出事。"陶科长说："明明死了两个学生，为啥有人说死了三个，是不是以后又要出事？""我们都小，我们不敢胡来。"陶科长说："他们说死三个，难道会再死一个？"

我们好长时间没想到要死去的第三个人。毕业后，我们被一帮哥们儿用麻袋蒙住头带到戈壁上，他们给我们放血时，我们想起自己是第三个。后来，我们碰到学生会那帮干部，他们都被人放过血，有两个被挑了筋，成了残废。老同学不跟我们来往，他们说我们是奸细，是特务，他们说我们是奸细的时候我们就完了。我们是死去的第三批，我们不是一个。我们跟那两个不一样：那个穿裙子的丫头，那个倔牛张英杰。

那时，校园里流传着关于我们的种种说法，大家都知道我们以后的结局，阴谋像蜘蛛网把我们包围起来。有好几次，我们的班长脸色阴沉盯着我们好半天，他命令我们从宿舍滚出去。我们没敢告诉陶科长。陶科长似乎有所察觉，盘问我们，我们不敢说。我们实在太害怕了，我们怕刀子怕被人放血，特别怕在同学中"臭"了，那比放血更糟糕。

那年，校园里的目光阴森可怕。我们在这里快三年了，快毕业了，我们长高了，开始懂事了，我们是怎样一种心理？我们再也不好意思去学生科了，陶科长狠训我们，我们不敢吭气。

新生入学，很快有了新干部。新干部喜气洋洋，换下我们。他们跟我们几年前一样，傻乎乎的，像所有大人物手下的兵。

毕业前那段时间，我们闲着没事干，追涛涛玩。我们领他到南森林公园，他指着鸟儿问："那是什么鸟？""是百灵鸟。"涛涛说："它胆子真大，它妈妈训它咋办？""它有翅膀，它飞掉它妈妈就没办法了。"有人嘀咕："这小子真是机器造的。"我们走进草原，小家伙对烂漫的野花无动于衷，眼睛迷迷糊糊。

我们去采花，天山北麓准噶尔盆地的南缘，寿命只有一年的荒漠草原植物，花期更短，花就开得很灿烂。我们采好小天仙子、矢车菊……我们在公路上看油田来的车队，那都是进口的空调车，司机们好神气。我们驾驶班快毕业了，我们要开车子了。"石油鬼子"好神气。我们看着车队开向独山子，我们看见涛涛蹲在公路边，津津有味地欣赏自己的杰作。小家伙把野花扔车轮底下，花瓣烂在沥青里，像壁画里残损的小飞天。小家伙站起来："叔叔，我妈妈叫我了。"我们伸长脖子，我们听不到什么，这儿离学校好几里地。涛涛径直往回跑："妈妈叫我了。"我们离开草原，追上那小子。

陶科长不理我们，朝涛涛喊一声。小家伙不声不响走进地下室，他妈妈大喊："关你一天一夜。"

杂　种

翔子在酒店喝酒，听人说营级给撤了，他撒腿就走。他妈的小百货店在汉人街。他妈说："又喝酒，到学校不许喝。"翔子说："营长给撤啦。"他妈说："该撤。"翔子说："全撤了。"他妈听明白了，团场撤销营级建制。翔子说："刘叔干不成，店里咋来货？"他妈拍翔子，翔子说："货不好弄。"他妈笑："莫事①。"

老刘当营长时把她变成婊子。从那时起，她老头就蔫溜溜的。那年夏天，刘营长把她摁倒在麦田里，麦秸儿金黄，嘎吱吱倒下一大片，她怕肚子大。刘营长拧她下巴颏："莫事，莫事。"刘营长一枪打十环，她怀孕生下翔子。

老刘把她一家办出兵团。老刘管供销，给她货源，她的百货店很红火。翔子生日，老刘送台收音机，那时兴这个。翔子打架用脑袋撞人，老刘从小车里看见，刹车下来助威，

——————————

① 莫事：西北方言，意为"没事"。

用小车送翔子回家。老刘进门哈哈笑："小侄儿是条汉子，放在和平年代亏啦。"翔子受到刘叔的称赞，又蹦又跳往老刘身上爬。老少一热乎，笑炸的脸竟对着纹路；翔子吊在老刘浑圆的脖根上，仿佛老树吐出嫩芽。她转过脸。翔子睡熟，她发现娃娃的后脑勺像老刘。

老刘高兴，就想吃东北老家的炖肉。她知道东北人吃菜都是炖的，都是大块的。翔子就有这个嗜好。她老头是山东人，跟东北是近老乡。翔子的个头、举止目前还看不出来，声音也听不出来随老刘。这个秘密她自己知道。

老刘把她往麦田撸的时候，她本想喊，林带那边有十来个小伙子在打机井。她没喊。生下来是小子，正缺小子，她前两个娃娃是丫头。偷来的果子好吃，就是这个理。来之不易，长势喜人。她不怨老刘，老刘再来她不拒。熟了更好。

老刘像树栽在她身上。她老头蔫溜溜，老刘粗壮，把她老头遮得没影儿。跟老头过日子时，她是独家小院，院外一棵大树，她就是一片地了，一片很大很大的地。

老刘豪爽，朋友多，路面广。老刘不在的时候，把她的事托给朋友，朋友办事痛快利落。这些朋友偶尔也会跟她闹出点故事。老刘大度，一笑了之。翔子是他的种，撒得不是地方也得让他长，长得壮壮的。

她见过老刘的娃娃，五大三粗，只长个儿不长心眼。老刘对她说："翔子长错地方啦。"她说："啥地方长错啦，是你家房子邪乎。"老刘忙说："对，对，正不压邪。"

翔子妈至少跟三个男人睡过,翔子弄不清自己有几个爸爸。小时候有人指着刘叔的背影说:"那是你爸。"他很迷惑,他爸是家里那个蔫老头。那人说:"是你安腿爸。""啥叫安腿爸?""你的腿是他造的。"他小小年纪善于察言观色,他觉察出那人的恶毒,猛不防唾那人一脸臭唾沫撒腿就跑。

跑进林带,他看自己那双小腿,铁棍似的很结实,疯跑起来跟大黄狗打平手。他的腿显然不是爸爸的,爸爸全身都是瘪的。那人说得不错,他的腿是刘叔的,只有刘叔才有这样飞快的腿。他见到刘叔总是盯刘叔的腿,刘叔见这情形顿觉惶然。透过裤缝,他看见刘叔腿上的筋肉,筋是白的,肉是红的。头呢?胳膊呢?小鸡鸡呢?那都是谁安的?他这样想的时候,他妈也想到了。他妈悄悄出去做饭喂鸡干别的,留他一个在屋里,他从窗户里看见老爸在院门口坐着,卷莫合烟抽。老爸整天罩在烟雾里,老爸整个人都是黄绉绉的。

他知道妈妈想这个问题,妈妈不说,这座小院子给他全说了。他们家的篱笆不很高,他们家的大黄狗光汪汪不咬人。

大姐二姐也这么想过。大姐二姐水灵灵像妈。以后的岁月里,他凭着生命的直觉知道,妈妈确实跟三个男人睡过觉。老爸像林带里所插的树秧,露不出头。

这些秘密妈妈不说也等于说了。妈妈本身是个大秘密。妈妈对三个娃娃很满意,他姐弟三个没有私娃娃的感觉,主要是因为妈妈自豪无比像个女皇帝。

他很感激妈妈。好多年以后，他一直认为妈妈了不起。

他很小就感应到老刘与自己的关系。人们把奇异荒诞的故事送进他的耳朵，他愤怒之后都相信了。人们知道他这一点，不怕他闹，他总会相信那些话的。人们在小巷子里讲那些荒诞的故事，并没有蔑视他母亲的意思，仅仅说明他的来历有些曲里拐弯："所以你小子脑子里的道道多，是憋苗儿。""憋苗儿。"他把这几个字嚼得嘎嘣响。他穿过林带，踩着积雪，小皮靴踢踏踢踏，踩开的雪地里露出麦苗。这么说他是锁在冬天里。这些麦苗跟他一样憋着，憋整整半年，憋到明年五月才开始疯长。这帮狗娘养的说得有点道理。

他被这些故事弄得挺高兴。好多年以后，他才觉察到他被这些故事弄得多么惨。它们像鬼魂把他引到他自己也弄不明白的地方，他不知道自己是咋回事。

有一次他碰到一帮长舌妇，她们个个像炒瓢，翻着个儿炒他们一家。他站她们身后。她们说他妈时咬牙切齿，他看得清楚，她们钦佩母亲，嫉妒像火焰一蹿千丈。他悄悄退回去。他听见了她们的弦外之音：她们诅咒丈夫，诅咒房子，她们没有勇气成为母亲那样的人。她们用荒诞不经的故事反复作践自己向往的事情。这是人们对生活的全部渴望。

他很少理父亲，父亲是一个代号，父亲不能跟母亲相提并论。

人们从不在他面前讲姐姐的故事，人们知道他的想法，他们说："听你自个儿的，操那么多心做啥？"姐姐很神秘，他在姐姐眼里肯定也是秘密，姐姐对他的那些事不感兴趣。老刘叔来家里，姐姐把老刘跟一般叔叔待，不像他，蹿出蹿进像喝了长虫油。

姐姐对父亲也不像他，她们跟母亲一样，对父亲很温顺。这个家一切都是母亲张罗，父亲吃吃喝喝，晒太阳，父亲有晒不完的太阳，妈说他骨头寒。

父亲黑亮干瘦，像块树根。太阳在他脸上脖子上晒出许多肉瘤子，像葡萄串。父亲对世界不感兴趣，对家对娃娃对老婆对他身外的一切都不感兴趣。根据那些纷乱的民间传说，娃娃身上没有他的东西。以前他在团场种玉米，是种玉米的能手，上海知青把他叫印第安人，玉米是印第安人对世界的贡献。后来，老刘叔把他们家搬出团场，父亲只能在院子里种玉米，而且一年不如一年。最后，父亲的玉米跟芍药牡丹一样成为院子里的花卉。那年秋天，父亲发疯似的磨刀子，父亲灌一瓶子酒，冲向那排玉米，噼里啪啦把它们砍得粉碎。父亲再没种过玉米。

偶尔有几个老战友从特克斯来看父亲，他们对父亲说："特克斯团场自老兄走后，再没长过那么好的玉米。"父亲听到往事，脸黑黑的，凝然不动，像草场上的石马。

特克斯河两岸是一望无际的牧场，牧场与山麓之间是农场。他们最早的家在那里。翔子还记得那里的雪松、桦林、玉米和麦子。特克斯河谷庄稼茂密，牛羊乱跑。兴起城市，有门路的人离开团场，到城市里去，人人都想当城里人。老刘叔把他们家办到伊宁市。父亲那双种玉米的手起先喂奶牛，市区扩大，他们的小巷被围在市中心。父亲得跑到老远的伊犁河边去割草，父亲指望他帮忙。他喜欢妈妈的百货店，生意兴隆，老刘叔的车子常来送货。他坐车子兜风，在学校门口按喇叭，隔着车窗喊同学，同学不知道他在啥地方。车子呜儿蹿上大街，警察挥大棒给老刘叔指道儿。他讨厌父亲的奶牛。父亲干不动了，把牛送到屠宰场。父亲扒掉牛棚在那里种花，蹲在花圃里一蹲就是一整天。父亲的床头贴着一张奶牛图片，是从铁罐上撕下来的商标，仿佛奶牛的遗像。他说："那不是你的。"父亲望他，眼睛像戈壁上的石头。他说："那是商标，是外国牛。"父亲很淡漠，他对自己的喊叫失望极了。父亲把奶牛的图案摸一遍，证实这牛是他的。他被父亲的愚顽弄得很难受，难受好长时间。

父亲对外界不感兴趣，父亲眯着眼卷莫合烟，把自己罩在烟雾里。太阳离父亲很近，几乎贴上他的额头，阳光在他黑亮的纹沟里溢金流彩。父亲这时候像童话里的老人。父亲闭着眼睛。他不是晒太阳吗？可他不理太阳，大地像托盘，把鲜嫩的太阳捧到他跟前，粗粗的呼吸在喉咙里咕噜噜响，像炉上的茶炊，把太阳煮烂了。阳光从老头脸上流下来，像稠厚的树脂。

在他出生之前老头就是他父亲了，他没法回避，他绕不过去。几年后，他杀了这个老头，警察没抓他他就后悔了。

父亲在竭力遗忘自己，首先得把身边的事情忘干净。

翔子路过一片地。条田玉米，一行高一行矮，矮玉米顶上扎着纸袋。干活的农工说："这是杂交玉米。"他嘴张得老大，农工说："杂交品种产量高。我们是从特克斯学来的。""我们家以前在特克斯。""你小子是特克斯人，看看我弄得咋样？""我不会，我爸爸会。"农工摸他的大脑袋："特克斯玉米，棒子像娘儿们的奶，特克斯的娃娃壮得像马驹子。你小子是不是杂交的？""呸！"他唾那人一脸，那人嘿嘿笑："真是杂毛儿，杂毛儿都是良种。"

他跑老远。玉米地夹着公路，大半玉米扎纸袋。纸袋像旗，很威风很像老刘叔，老刘叔在爸的头上盘着。他跑到没人的地方，扳倒一棵玉米取下纸袋。袋里的花粉被风吹得乱跑，眨眼吹光了。袋子里有他的秘密。穿过这些地，他看见农工们在前边扎袋子，农工们把高玉米上的花粉装进袋里，扎矮玉米上。杂交的程序很简单。翔子那时多么失望，他的生命不会比这程序更复杂。秋天，他来这里看收获，那些棒子个个像娘儿们的奶。农工们掰棒子的手很放肆。

那时，翔子上小学五年级。这些事情繁杂纷乱，超出他领悟的范围。他曾对我说：自己的事迟早会明白，不用问别人。他们家的好多事情都是他感觉出来的。他这套本领是天生的，以后他把这套本领运用得奇妙无比，令人瞠目结舌。

他家的小百货店是伊宁市最早的个体店。小学毕业时他就能独自办货。他跟老刘叔出入官场，那时他就具备与头儿们打交道的才能。他从老刘叔身上得到的东西太丰富了。他找人帮忙，打群架总忘不了我。我们是一条街上的。

那年我们一起上初中，在伊宁八中。八中离汉人街很远。翔子在汉人街是一霸，在八中就不行了，这里的爷儿们多。刚开始他不吭气，第二学期他做东在大酒家包四桌，宴请各班的小王爷。他开老刘的"巡洋舰"，我们汉人街的哥们儿吆三喝四抬下两箱伊犁特曲。宴会很成功。请来的那帮有司令部的，有师部的，有局子里的，都是自小霸王惯了的"老匪"。那帮人喝到高兴处，拍我们肩膀："汉人街有英雄么，咱们算认识了，以后有事找我们。"

我们坐"巡洋舰"回家。车子开到百货店门口，翔子妈在那里站着，翔子跳下车很得意："那帮傻小子给震翻了。"我们几个舌头发硬："婶子，让你破费了。"酒是打店里扛的，翔子妈说："不碍事不碍事。"

翔子给我一把手电。我们几个磕磕绊绊，走好一阵，凉风一吹，醒了许多。那天晚上，我怎么看父母都不顺眼。那几位也是，我们消沉了好几天。翔子问咋啦，我们异口同声："你有个好妈，我们的妈算个屁。"翔子拍我们肩膀："都是自家兄弟，有酒同喝，有肉不叫你们啃骨头。"

翔子说，那天晚上他心也悬着哩。他妈不知道他拿酒，老刘叔也不知道他开车子。

我们在八中站稳脚跟。这年月，谁用心念书啊，我们都想去挣大钱。我们都知道翔子他妈当过婊子。刚来八中那会儿，想看他笑话，没等故事传开，翔子先声夺人，把头面人物请一顿，关于他身世的传言大家嘀咕一阵就没影儿了。翔子经常请客，钱这东西太厉害了。翔子像个大公子，头面人物的儿子很巴他。我说："翔子，你真有办法。"翔子说："人么，有酒有肉就是朋友了。"

那时，有个叫严武的小子不尿他。翔子请客，严武撇撇嘴。我们知道是咋回事。到初二，有能耐的小子都轧女朋友，学校里数得着的几个丫头都有了主儿。我们为翔子着急。他不动声色。我说："翔子，弄个漂亮妞儿，给咱汉人街出口气。"翔子说："不慌不慌。"其实他已经慌了，轧女朋友的那几个小子是市上真正有头有脸人家的娃娃。严武轧的那个最漂亮。严武的爸爸是市里一个委办的主任。严武在上海待过几年，举止言谈像个绅士，为人绝顶聪明，是学习尖子又是体育尖子。这些方面翔子没法比。

翔子有钱，鬼点子多，会打架。翔子看中的丫头就是严武领的那个——市医院赵大夫的丫头。翔子看他俩待一起，眼神幽暗凶狠。我们在医院见过那丫头，那是真正有教养的上等人胚。我说："翔子算了吧，女人多的是，那丫头不是一般丫头。"翔子吐唾沫，踢树根。我说："她不是咱们汉人街娃娃的。""你龟孙子啦。"我说："我们好好干，上大学吧。喝足墨水才有条件跟她打哈哈。"

我带我姐的娃娃到公园玩，碰上严武跟那丫头。严武这小子处处像个绅士，他见谁都彬彬有礼。他给娃娃一块巧克力。我想走开，丫头抱起娃娃朝草地走去。他们在草地上张一把花伞，搁好多书。我叫那些书迷住了。我以前看的都是李白杜甫。我姐是中学教师，整天逼我背唐诗。他俩带的都是外国诗。我跟他俩吹一阵，渐渐招架不住了。我走时带了两本——《里尔克抒情诗选》和《野玫瑰》。

我对翔子说："他俩不光跳舞听音乐，还看书呢。"翔子出气很粗。我说："其实有丫头喜欢你，你跟严武过不去何必呢。""我就对那丫头有兴趣。"我知道要出事了。

那桩事把我也陷进去了。我姐姐上过中师，好像我不上大学就对不起全世界。老爹老娘对我无所谓，只要警察的三轮车不在我家门口停他们就满意了。我从严武那里读洋玩意儿，姐姐很高兴，她说我好不容易出息了。我想严武这小子还有点分量。严武邀我去他家。他有自己的书架。他爸爸上下打量我："你懂唐诗？"我背几首李白杜甫，他爸爸接着往下背。老头背杜甫，背完后对严武说："多交这样的娃娃对你有好处。你们谈，不打扰了。"我说："你小心，翔子要收拾你。""他？他跟我较过劲儿。他素质不如我，我会两下呢。"这小子在上海待惯了，不知道伊犁娃娃咋样子打架。我跟翔子自小是朋友，我不能把他全卖了。我给严武打个招呼，对你小子就算够朋友了。

那天晚上，汉人街的娃娃全体出动。翔子没叫我。我在半路被他堵住。他骑一辆摩托，停我跟前："你听着，今晚的事与你无关，你他妈少掺和。"我赶到电影院时已经打起来了。那丫头吓得直哭，一群小街痞追打严武。翔子跳下摩托，用手盔狠击严武的脸。我捡石块砸灭路灯，围观的人四处乱跑。

严武在医院躺半年，他的朋友有两个被打成残废。我们汉人街的被判刑的好几个，翔子是首犯。老刘四处奔波，翔子妈票子开路，翔子被关半年后出狱。

翔子说："我知道你会砸路灯，一百公尺以外百发百中不会是别人。"我说："我们自小是朋友，喝酒拼刀子没啥意思。""看书有意思你就看吧。你姐那一套吃不开，上大学又能咋样？咱们汉人街好几个呢，那么点工资还不够我抽烟。""这不是你心里话，你心里恨严武，是因为他那种高贵劲儿，我们没有那种东西。市长的娃娃司令的娃娃也没有，他们也恨。高贵的东西我们没有，何必要打碎它。"翔子没吭声，真的没吭声。

这是翔子唯一一次向那种丫头进攻。从此以后，他对她们敬而远之，她们与他无缘。跟他交往的丫头个个漂亮，能吃能跳，都是摩托后边驮的那种。

汉人街的小巷子黑乎乎的，泥巴那么肥厚，雪水里漂着烂菜叶子。娃娃们粗野不堪，个个像父辈。好多年后，想起那里就心烦。

老刘为翔子的事闹砸了。

老刘的家在巴彦岱。他觉得翔子是他的儿子。他不指望老婆膝下的几个笨头笨脑的家伙。他的精华在夏天的麦子地里全都给翔子妈了。他在麦子地里撂倒的女人很多，翔子妈是最后一个。很不注意地戳一下，留下的疤竟那么鲜烈那么逗人心疼。他跟老婆过了几十年，弄下的娃娃像一团草。他迷信邪法子，正不压邪么。

老刘就这样贴在翔子身上。

翔子爱惹事。公安系统里都是老刘的战友，一个电话就能解决问题。翔子来办公室玩，同事们说这小子不像汉人街的小娃娃。汉人街是平民区，可翔子举止大方，脑子灵活，这派头不是他爸的。他爸只会种玉米喂奶牛，这骨子里的东西是天分，是他老刘的。

老刘为此得罪不少人。老刘拼到团级没问题，他手里的好货都流到翔子妈那里，上边知道，没动他。他的流域面积很大。

翔子打严主任儿子，老刘让公安局长撑下来。局长是他的战友，给他暗示，这回可能要倒霉。

老刘没回家。老刘到翔子妈的小店住一夜。翔子妈把儿子当心肝宝贝，两个丫头不怎么管。老刘很镇静，翔子妈对他言听计从。百货商店盘出去，能弄来现金。一礼拜后，翔子妈在天山街开理发店，二丫头烫，她理发。

老刘看一遍很满意。老刘说："安顿好，我就放心啦。"翔子妈说："这些年幸亏你帮衬。"老刘说："叫翔子好好干。"老刘留下一张纸条，是托战友帮她的。老刘说："有事找他们，给翔子弄个工作没啥问题。"

老刘走回去。老刘坐几十年的小车，腿老摆不顺当。他兴致很高，他在斯大林街等翔子，翔子放学打这里过。老刘到果子摊，伊犁果子粉粉的不脆，他要奎屯123团的果子。他一个个摸，光圆光圆的果子摸一大兜。他拉上果子坐林带里朝八中那边瞧。这模样很像兵团的农工。他看见翔子骑车子过来，他招呼一声。翔子脚板挨地，车子就地打旋，到他跟前。他拉翔子进维吾尔族人开的小馆子，要五十个烤包子两碗奶茶。老刘说："翔子啊，以后要听你妈的话，不要再淘气了。"翔子说："你要出事了？""叔没事。""听说兵团要取消营级建制。"不仅仅是这档子事，老刘知道这回栽狠了。他不知道自己哪枚子儿没下好，下错地方有时要紧有时不要紧。最近单位里安安静静，内行人知道要出事了。翔子不愧是他的种，悟性好极了。老刘说："官儿们的事你别问，吃吧。"翔子知道老刘不是官儿了。翔子说："刘叔你保重啊。"翔子骑上车子，老刘说："果子带回去给你妈。"翔子骑车向南边滑行，一点也不潇洒。

检察院的两位干部等他，都互相认识。老刘跟着他们离开巴彦岱。房子里很静，他老婆子突然大哭起来，仿佛狂风扯破了窗户。老刘手里的账有好几万。老刘交代一半，封死一半，半年后被判死刑。

老刘在囚车上看见他的翔子。翔子脸色发白，望着他。过一会儿他就消失了，他该想起些什么。他想半天，想起翔子的后脑勺。他想给翔子讲一个故事，讲完再让他死。那是个老掉牙的农村故事：父亲下种的时候，窝窝里埋两颗籽，一颗发芽一颗不发芽。碰上两颗都不发芽的时候就会出现灾荒，就要死人。

翔子爸在家晒太阳。太阳浮在蓝蓝的空气里像刚生下来的娃娃，样子很笨。他爸张大嘴巴，嘴巴像用石头磨出来的，像北京猿人的嘴。他爸这么古老，出乎他的意料。他爸嘴黑黑的，里边呼噜呼噜响像在煮茶，煮一块茯砖。他今天特别注意他爸。他爸像石头狮子，不容置疑地蹲在门口，接受全家的膜拜。阳光稠乎乎毛茸茸像虫子沾在老头的眼皮上。这时，蓝色的空气抽一下又平静了。老刘叔被打死了，死在伊犁河边的草地上。太阳无动于衷，太阳的大眼睛漂亮极了。他爸的全身都在毋庸置疑地对天空对大地对圆圆的太阳表示：我是你爸。太阳的大眼睛漂亮极了。枪毙老刘叔的不光是警察，空气把他毙了，大地把他毙了，太阳把他毙了。它们全都闭上眼睛，把老刘叔抹掉。

他家门开着，炉火烧得很旺，大铁壶"噗噗"冒白汽，汽团像波斯菊。

他到天山街。他妈正抱着一个肥壮的男人。那男人很牛，嘴里噙着红雪莲，他妈一刀一刀刮那肥厚的脸。里边坐好多娘儿们，娘儿们头发卡着，个个像丑八怪。一个年轻女人对着镜子嘻嘻笑："丑死了，嘿嘿。"别的娘儿们也都叽喳："就是贱啊，再丑也得来。"二姐瞅他一眼，二姐手里有个娘儿们，脑壳上扣着烫发的大盔，看不见脑袋的女人像塑料桶。空气滑腻腻像在脸上擦香皂。那个胖男人开过钱，离开时恋恋不舍。

老刘叔死了。他妈忙乎着，二姐忙乎着。他妈说："翔子挑水去。"他到对面厂子挑一担水。

晚上，妈和二姐去巴彦岱老刘家，第二天回来。老刘叔的弟弟把孤儿寡母接回老家。老刘叔的弟弟专程到学校来看翔子，把翔子叫到馆子里吃一顿。小刘说："我哥把你当干儿子，你好好干。"他一愣："干儿子？"他头回听这字眼，心里一热想流泪。小刘说："你也算我半个儿子。"小刘留下五百块钱走了。

小刘在大连当船长。翔子去大连坐过他的船。小刘酷似老刘，是亲兄弟，老刘叔一家待他不错。老刘叔没死，老刘叔不会死，只要心诚，老刘叔就复活有望。

元旦前，他妈备好礼物，说："翔子啊，以前有老刘叔，现在靠你啦。"他妈拿出小纸片，上面是联络图，密密麻麻，像铁路，老刘的魂儿在上边，老刘的血流得汩汩响。

翔子骑上摩托在城外转一圈。天黑，摩托驰过伊犁河大桥，市区灯火通明，他把纸片上的路线记熟。上第一家他很紧张。楼道没人，他拎着纸箱，里边是鸡和酒，很沉。开门的中年妇女迟疑一下放他进来。他转两圈，把箱子放厨房里。他看见一个老头在客厅里逗小孙子玩。中年女人用围裙擦手，他说："阿姨，你辛苦了，过节么，一点点小意思。"

他没看大纸箱，也没理那女人。他到客厅里，小孙子抓着老头的白胡子拼命号，老头不会玩积木。翔子三弄两弄摆出一栋大楼，孙子蹲他跟前不理老头。翔子又摆出一只大象，小孙子把玩具全搬出来。翔子把动物排成队列，两个洋娃娃挎冲锋枪，跟秦始皇陵兵马俑差不多。小孙子乐得直跳，把翔子当作英雄。

快吃饭了。一家人从各个小房子里冒出来，小孙子大叫不让动他的玩具队列。一家人缩在沙发上、凳子上吃。翔子起身走，小孙子又号。他不能留，老头留不住，送他下楼。老头忽然想起什么："小伙子你是……？"他说了老刘叔的大名，又说了他妈的名字。老头想起来了，感慨万千。没等感慨完，翔子的摩托车"突突"响起来。

他随便找一家酒店，要一瓶白酒，狠灌一气。前后想一遍，走门子的路数跟老刘叔见识过。其中要领略知一二：东西放下，把气氛弄起来就走，要办的事不到时候不开口，一开口非办不可。他感觉良好。跨上摩托，"轰"一声，腿有一股风。

妈一遍一遍抹桌子，桌上空空的。他朝妈点头，拎起另一个纸箱，一共五个。他妈知道事情办成了，松一口气："吃饭，明儿送。"他摆摆手，不等妈反应，"轰"一声，摩托飞得没影。

不到两小时，五箱礼品顺顺当当送完。二姐和妈忙打开彩电，上菜上酒。老爸从角落里冒出来，坐椅子上谁也不理，吱喽吱喽自酌自饮。第一道菜是炖鸡，是给老刘叔的。他妈说："翔子，替你叔吃了。"翔子的腮巴让鸡腿撑个大包。二姐说："翔子今晚上像个大男人。"他妈说："翔子是大男人了。"

老爸吱喽吱喽，小酒盅里像卧了一只鸟。老爸只吃那盘炒豆腐。老爸从来不动炖菜，老爸的菜盘子一旦伸进别人的筷子，老爸就不吃菜、干喝酒。

翔子觉得自己确实是大人了。

提起老刘叔，这些人骄傲得不得了，骄傲得像昂首阔步的大公鸡。这些半大老头喜欢让人捧着，捧他们的人他们看不起，他们对翔子例外。翔子以为是诓他，嘴上甜，心里犯嘀咕，时间长了，他发现他们把他另眼相看。秘书、主任之类也不如他，老头子们就喜欢他。隔天相聚，由翔子牵头，挨家轮。家里人高兴，个个喜欢翔子。翔子嘴上的蜜，人人爱尝，尝了乐不可支。老头们跟翔子玩得火热。这是一种才能。同学们争看外国人写的攻心术、社交术，他满脸睥睨，他什么都不看，他比谁都怵得厉害。秘书们主任们还要常常求他。他把老头子们的作息时间、高兴与否等要秘书有分寸地泄露一点。秘书们主任们既怕他又恨他，他对他们说："能让人恨是一种才能，让全世界恨你三分钟我看看。"秘书们骂他是头儿们的干儿子。他不由一愣，老头们都把他叫"内侄"，不当外人看。他成为诸多家庭的一员，不免太容易了。容易得让人怀疑。

他想起老刘叔。老刘叔把他当干儿子当内侄。老刘叔死后，老刘的弟弟把他接大连去玩两个月，情同父子。老刘叔仅仅是躲在暗处，那些人提起老刘叔就激动，一激动就对他好得不得了。

好多年后，翔子到特克斯。他五岁在那里。那里大片大片的草场，大片大片的玉米地，大片大片的桦树林和潮润的野花把岁月折回去，从五岁那段重新播放。特克斯河静悄悄，岸边的草地慢慢地爬上远处的山顶，山顶白花花，像一片极乐世界。草地、林子与庄稼地在河与高山之间的缓坡上。他说他妈的名字，农工们都说："知道知道，特克斯的石头都认识你妈。你妈那时候，简直是简直是……"老农工没"简直"出什么。他知道他妈那时候是特克斯最出色的女人。农工们说："你爸那双手，嘿嘿，不知咋弄的，他弄出来的玉米就是不一样。棒子长得馋死人了。"他听到的是种玉米的爸爸。人们的故事离奇古怪，他们说：老爸那双手是摸妈妈的奶子摸出了灵性。老爸茅塞顿开，捉住了特克斯河谷的灵气，把气吹进玉米豆。

农工们不知道老刘叔，不知道那些老头。农工们说："有了城市，头儿们干上几年都到伊宁去了，像住旅馆，多了，记不清了。"他们说："你妈是特克斯一枝花，人人知道，石头都知道。"

他看见他爸卷莫合烟抽，卷得很熟练，夹一片小纸条，从兜里捏一撮烟丝撒一下，手一合就别嘴唇上，熏出一长串咳嗽。老爸像台烂机器，身上的坏零件太多了。

老爸蹲在花圃里一蹲就是一整天，手指像柴棍，抠泥土里的杂草像捉动物身上的虱子。老爸搂虚软的土，泥土的潮气蒙在脸上，老爸只有那时是潮润的，眼睛闪动灵光，像个娃娃。老爸的皮肤跟土是一个颜色。

他看见妈抱着一个男人的头，动作麻利干净，大把的黑毛噗噗落地，像打断脊梁的狗，趴在地上。二姐手里有一排卷毛女人，二姐把她们塞进钢盔里，开了电源，女人的脑袋立即飘出臭味。香水、汗垢、虱子、头屑被电流咬得乱叫。二姐一个一个塞她们进去。二姐像母亲，干净利索，把地上的黑毛三下两下拥到门后。那里站一个大塑料桶，塞得满满的。男人们坐在条凳上翻杂志，眼睛邪乎乎盯二姐看。二姐像妈，二姐身上有特克斯河谷的馨香。翔子刚从特克斯回来，翔子知道这股子香气是咋回事，那都是特克斯河谷大片大片的草场、大片大片的玉米、大片大片的桦树林子以及潮润的野花酿制成的。男人们希望二姐给他们理发，希望二姐的纤手和剪刀在他们的黑毛里穿梭如鸟。妈不让他们得逞。妈只让他们跟二姐斗嘴，不让二姐碰他们。他们结实健壮个个像钢碳，个个像长脸大驴，稍稍一激动精液就会喷薄而出引起骚动。男人们个个想爆炸。妈把他们收拾得服服帖帖，妈把他们的脑壳当鸡巴拨得滴溜溜转。男人完事后，兴高采烈，打着响指打着饱嗝，跨上摩托，结实的屁股把摩托垫子压得很紧……消失在大街深处。

一年当中，老头们的小车在店门前停那么两三回，妈给他们免费服务。妈给他们唠叨特克斯河谷的往事，老头们兴致很高，像节日里的焰火往天上蹿。翔子知道，他们跟老刘叔一样，当年在特克斯待过，翔子的眼前晃出特克斯静悄悄的河水、静悄悄的草场、静悄悄的庄稼地、静悄悄的桦树林，桦树洁白俊美，树顶上挂着婆娑的风。羊的脑袋垂得很低，嚓嚓啃着草叶，羊嘴巴像是伸到地层深处，嚓嚓声像土里渗出来的，在蓝幽幽的河谷里回声很大、很清晰。老头们从妈的手指上感受到这些，老头们有些激动。临了，连连说下次还来、下次还来。下次真的来了，老同志喜欢这里。宾馆的理发生意冷落了，市里的头头给这家理发店输一点血。妈妈脸色红润，年轻了十来岁。这一片的警察、税务员认识这些小车。小街痞不敢在这里当王八蛋。这一溜有饭馆有商店有修理铺，家家的小老板不敢小看妈，把妈叫大老板。她这人，到哪儿哪儿红。

　　节日来临，家里忙乱。他妈备好礼物，他用摩托驮上挨家转。到哪家哪家欢天喜地，他们压根儿不看他的东西，他的东西交给保姆，他被人迎进客厅，一起用餐，一起搓麻将。他先赢后输，或者赢输间开。输赢是调料，他很能把握分寸，弄得大家好高兴。大家喜欢这个懂事的娃娃，老头老太太都说这娃娃乖，多乖。俺们二小子三丫头，老头子老太太不敢想自己的娃娃，他们瞧着他，无限之感慨涌上心头：你是俺家的娃娃该有多好！老头们干脆，生活他妈的嘎嘣臭：给你的没用，有用的不给你。他们瞧这娃娃，左瞧右瞧瞧不够，这娃娃像一贴膏药，贴哪儿哪儿舒服。后来他们听保姆说，翔子送东西啦，他们很生气。翔子说："不是糖衣炮弹，过节图个吉利。家里有，咱这儿就得有。家里没有，我还要往回掂呢。"老头老太太拉开酒柜、烟柜，这都是不对外的秘密，翔子真拿了，掂两条外烟、两瓶洋酒。抱怀里昂昂然离开，洒脱得像个王子，像天上下来的人儿，真正的宝贝儿。老头老太太说："这娃娃不简单。"

简单等于饭桶。他知道自己复杂，他杂得有名堂。他到老刘叔受刑的地方。今天是老刘叔的忌日，他跳下摩托走过去。伊犁河在几百米外静悄悄的，河面冰凉苍白。他打开酒，撕开烟，连打火机一起扔进大火里。酒很纯，几乎看不见焰。烟味很香。地上烧出一块黑疤，像人的残骸。他漠然地注视了一会儿，跨上摩托，蹿上公路。

今天没有太阳，老爸晒什么呢？老爸蹲在门口，他今天发现老爸的头发全白了，这是没下雪的缘故。入冬两个月了，没有雪片，地上灰尘快赶上往年的积雪了。老爸的破军帽丢在一边，老爸抄着双手眯着眼，老爸脸黑黑的。白头发飘在风中，白头发疏朗零乱，头皮像红苔皮。他说："天冷，你进屋里去。"他爸让风吹得怪舒服，他爸对风微微笑。他说："今天没有太阳，等到天黑也不会有。"他爸对着风笑。风吹向四面八方，又从四面八方吹到这里来，吹在老爸脸上，白头发一扬一扬，吹皱的脸皮黝黑发亮。

他爸的头发是今天变白的，他想起伊犁河边的草滩。草滩上没雪，干草叶子自己发白了。他祭老刘叔时放的火烧掉大片干草，火从草叶上蹿过去，渺无踪影。草叶发白，虚虚的一层白灰，泥土被烧得黢黑。他祭老刘叔时，他爸的头发跟干草一起白了，一根不剩。

其实老爸的头发是太阳晒白的。太阳晒干的东西地道。

风这么吹着，冬天没有雪。他爸的白头发被风一扬一扬地吹着，像杂乱的雪片。

雪片闪烁，发出哨音……他五岁时在特克斯，他爸给他养一群鸽子。鸽子闪烁，在蓝幽幽的河谷里，河谷很深，哨音像河水一样冰凉。再远一点，听不见哨音，鸽子在雪松和桦树尖上晃动：那些小白点再小也看得见，好像小到了天外。他一直望着，潮润的瞳孔好像被捅破了，湿湿的一大片。

他说："今天没有太阳，你回去吧。"他爸撇撇嘴，发出的声音他听不懂。他爸对风说话，对树对玉米对花园里的土坷垃说话。他突然没话了，他发现他不可能跟老爸再说什么。

他哐啷推门进去。老头惹得他好不痛快，他发现这老头很讨厌。他搁下碗，又有一个新发现。他刚才跟老头频频搭话，没叫爸。老头给他的不痛快顺着穴位大串联，他喝点酒后更厉害。他怀疑血道是不是叫老头给搅乱了，身体里有一头野牛四处乱撞，撞得心烦意乱。其实老头并没说什么，也没表示什么，老头压根儿就没感到他的存在。他不应该跟老头唠叨，老头不吭不哈连眼皮都不抬，干脆利落让风吹着。

翔子出去时没敢朝墙角看。他知道老头在那儿。

他到八中，他是八中的学生，他已经上初三了。他想班上那些娃娃，那些娃娃好像永远长不大。他正好相反，他长得太快了。那些学生娃娃说他世故，老师也说他复杂。他知道自己杂出了名堂，他知道自己神通广大。有时他替老师解决两个棘手的事情，比如煤气灶，娃娃入托，老师就请他到家里给他设计远大前程。老师信誓旦旦，要给他开小灶，要纳他为一号种子选手，要好好地加工他让他去北大清华溜溜。他心里冷笑：书呆子怎么炒都是这盘菜。他脱口而出：老师，你营养不良。老师发现自己的脸是瘪的，腮是凹的。老师笑笑不说了。

他走到校门口，看门的老头笑嘻嘻，"翔子翔子"地喊叫。看门老头是个烟鬼，翔子给他发过万宝路。翔子把老头从漫长的莫合烟历史中解放出来，老头知道天外有天，烟外有烟。翔子今天脸上没有傲气。翔子给老头一盒红牡丹，老头在手里掂掂，放鼻根闻闻，把烟装进兜里。翔子说："叔叔你抽啊。"老头说："放着待客，这么好的烟，首长才抽哩。"翔子在身上摸摸还有半包，递给老头。他今天见老年人有点怯，他老爸的怪模样着实扎了他一下。他发现大地上的老人都一样，都是太阳晒黑的，都是岁月的遗像。

他没进八中。他顺着校园的围墙转，一半是砖墙一半是铁栅子。透过林带他看见操场上正进行一场足球赛。娃娃们踢得热火朝天。今天，没有太阳。他老爸固执地等，等什么劲儿？喊声震天，足球场上娃娃们左奔右突，足球圆溜溜像一团气飘忽不定，萦绕着那些踢踏有力的脚，娃娃们面红耳赤、汗珠晶莹，他们头顶挂着飘忽不定的太阳。他爸固执地等，他爸不知道这帮娃娃把足球踢红了，踢成了太阳。

绕过铁栅栏，他走到砖墙那边。在八中这些年，他很少步行，不是摩托就是自行车。车子把他与大地隔开了，他怎么走都摆不顺双脚，脚上没弹性。耐克鞋把树叶踩碎，踩出干燥的响声，没有一丝儿韵味。他顺着围墙转一圈，他走开时在林带里稍等一下。他听见墙那边梆梆的打球声，是羽毛球。他把脑袋抵在砖缝里。啄木鸟啄树就是这种声音，他在特克斯的桦树林子里听见过，是十多年前的事情了。他看见自己的鼻尖，他看见自己的睫毛，他把眼珠都转疼了。睫毛宛如羽毛球上的翼。高级羽毛球不是塑料的，是带鸟儿羽毛的那种。他们在打球，他们打的是不是这种？他听见他们说话，一男一女，大概是刚来的一对学生。他们有没有彩电、摩托车？或许他们要拼好多年才会有。这些问题简直有些愚蠢。他们有没有有什么关系？你听，你听仔细了，他们打出来的球声——梆！梆！像桦树林子里鸟儿敲打树干的声音，球飞起来像鸟儿平展展的翅膀。

他拍一下冰凉的砖墙，三跳两跳蹦到公路上。他抬头看天空，没有太阳。天空荡荡，他像半夜三更走在大街上。

家里热热闹闹。二姐的对象来他们家正式求婚。小伙子的父亲是那些老头中的一个。小伙子陪他爸常来理发店理发。小伙子进理发店，二姐破例给他理发。只一次，小伙子就明白了好多问题。老头堂堂正处级干部，不去宾馆的高级理发室，坐小车频频光顾这地方。他要看个究竟，这地方使小伙子怦然心动。他陪老头子来，他在纤纤玉手的拨弄下，心里咒起老爸，姜还是老的辣。老头子在另一个发椅里，老板娘干净利落，收拾老头。老头舒服得直哼哼，老板娘神韵十足，怪不得养出这样的女儿。小伙子和老头的小车刚到，理发店里的顾客惶惶然离去。小伙子知道他们还会来的。小伙子去过西安华清池，全国老百姓都挤在贵妃池里，巴望着圣水沐浴，洗去卑琐洗出娘娘的高贵。老头是伊宁市的一个人物，能称得上人物的人如今不多，给头面人物理过发的手肯定不一样。小伙子第二次单独驾车，接二姐去兜风，二姐犹犹豫豫。小伙子腾愣一下胸炉里燃起火，小伙子吃一惊，他没想到自己精瘦的躯体里装的全是汽油。汽油激动了，激动得直叫。老板娘洞若观火，给女儿一句话，女儿放下活路，进内室略收拾，对妈说："妈，我去去就来，你别累着。"兜了几次风，小伙子感觉极好，禀告老父老母，便正式求婚。二姐的婚礼堪称边城一绝。十八辆小车拥进汉人街，给平民区的历史写下辉煌的一页。

老爸从容镇静，不苟言笑，与亲家握手，言辞诚挚简短。毛头女婿不禁瞧岳父半天。

二姐温婉聪明，姐夫是回头浪子。小夫妻恩恩爱爱，游遍全国名胜。二姐私下给两家老人各备厚礼。老人们交口称好，公婆更是欢喜，说亲家教女有方，如今这样的闺女难找。

妈长长出一口气。妈说大姐嫁得太急，大姐夫开车，不体面，可实惠。妈想一会儿不再叹气。

妈说："翔子你别念书了，你二姐夫肯帮忙。"翔子说："不用他帮忙，老求他，他们家会看不起咱家。求亲戚不如求别人，不欠谁的。"他妈觉得这话有理，给他两千块。翔子出去转两圈，回来说："成了。先上技工学校，弄个工作指标再进银行。那两千元，人家替我交学费了。集资指标，不看成绩。下周考试过过场。"翔子掏出准考证晃晃，找人代考。他妈放心了。

翔子妈把理发店盘出去，只收利钱，准备等儿子毕业全部卖掉。二丫头被公公招干招进办公室。翔子妈在斯大林街买一块宅基地，盖一院新房子。这是迁出汉人街的最佳时刻。十二年前，她拖儿带女带着不中用的丈夫，离开特克斯团场。大女婿的卡车跑了八小时，把他们一家拉进伊宁市，老刘在汉人街给她盖好房子。他们在这儿住了整整十二年。这片平民区数他们家的房子最好。红砖房子，小土块垒的围墙、葡萄树把院子罩得挺严实。屋内宽敞洁净。大女婿入冬前拉一车煤。他们把这个院子弄得像花园，翔子妈真有点舍不得。当年在特克斯也是这样，特克斯那个家比这儿更漂亮。那个院子很大，围在白杨树林子里。那时她刚成家，她能干好强，她有一头花牛、一百只鸡。可她还是离开了那里。

斯大林街住的是伊宁市有头有脸的人家。她手里有钱，好几年前就能搬到这里。那时不是时候，现在是时候了。汉人街的房子卖出去，卖给邻居的亲戚，要价不高又是好房子。邻居说好多感谢话，邻居带全家帮她收拾东西。屋里的东西，能送人的都送人，她人缘好。这回是二女婿带一帮人搬家，加上左邻右舍，浩浩荡荡离开汉人街。老邻居们抹眼泪，翔子妈也忍不住抹两把。看看浩浩荡荡的阵势，她安静了。她高兴。那年，离开特克斯正是冬天，一家人孤零零在车上，娃娃冻得乱叫。现在这阵势，翔子妈想想自己五十岁，该有的都有了。她感慨万千。

天刚亮，送奶子的老头吆喝一声，翔子妈就打开院子门。各家的门都开了。主妇们点点头，主妇们个个干净利落，拉几句闲话就轮到跟前了。在煤气灶上煮好奶子，再煮上鸡蛋。儿子和老头用早餐。翔子妈把屋里屋外收拾一遍。翔子骑摩托出去。老头手捏钢球，唧唧出去散步。老头不等太阳了，老头知道这里不是等太阳的地方。他晒足了。他很能适应环境。他捏保龄球，手指灵巧自如，很像回事。

翔子妈喊出左邻右舍的主妇们。老娘儿们兴高采烈，顶着晨风去市政广场跳老年迪斯科，市长夫人教大家。中午，翔子妈骑上女式轻便车到农贸市场买菜买肉。晚饭时，三口血性。"她想从儿子身上唤起些什么，儿子没动静。儿子说："妈，你咋啦？你怕我受欺负？我是受欺负的人吗？我从小就不是省油的灯，我不知道害怕是啥滋味，我还真想尝尝呢。"

他妈很快收到儿子的信。可怕的事变成现实——儿子被马校长正式收为干儿子。儿子信中暗示：国外的干哥不回来，老头子一大笔存款可能让他继承。老头在边防部队干了一辈子，存款的数目大得惊人。他妈打病急电报。儿子进家门，妈向前冲几步，看清楚了，方松口气。妈说："马校长的钱不能要，你是我的儿子。"妈打开小盒子，里边跳出一沓绿纸片，都是存折。妈说："乖儿子你数一数，看是多少？"儿子像打扑克牌，一页一页码好："妈，整整五万，都是我的，别人抢不去。"妈说："自己有，要人家的干啥？"儿子说："人家愿意，又不是我抢的。马校长看得起我，我不识抬举行吗？"儿子说："你见过马校长么，老头太像老刘叔了。"儿子动感情，脸上挨妈一个耳光。儿子摸一下脸蛋："妈，你别生气了，我明年毕业就待你跟前。马校长家我不去了。"

哄妈高兴，第二天他返校，妈送他到车站，上车后他给妈招手，手到头顶停住了。他看见严武和女朋友向候车室走，他看见他们的侧影，周围一下子黑了，他俩像电影里的男女主人公，像一部爱情故事片。他看见男主人公脸侧的伤疤，那是他用手盉打的，那是他三年前的杰作。那狠命一击，没能击散他们，他们反而靠得更紧。后来，严武去内地上大学，那丫头也去上大学，他们还没有毕业。翔子被那伤疤刺得睁不开眼，像大理石的裂缝，你无法逾越。他们消失的时候，翔子在车站停了一会儿，长出口气，顷刻间，他疲惫不堪。车子离开伊宁，荒原望不到边。人们睡了醒醒了睡。"四棵树。"卖票的丫头喊出一个站名。翔子一棵树也没看到，他说："没树么，咋叫四棵树？"丫头说："那是以前的树。""以前的树也算树？"丫头白他一眼："你少跟老娘耍流氓，四棵树五棵树关你屁事？神经吧叽的。"他趴在窗玻璃上，看见一个孤零零的老人，老人的背影很像一棵树。

四棵树一晃即过。那个没有树的小站，就凭班车抛下的旅客而占有一个站名。他身边的哈萨克老头说："这里以前到处是树，马都走不过去。"哈萨克老头想起那些消失的树，眼睛湿漉漉下起雨。老刘叔死后，翔子很少像今天这么难受。

他在家属楼前站一会儿，回学生宿舍。他在这儿站了三次，心里乱得不行。他进教学楼。他发觉气氛不对劲儿，一楼办公室有一场阴谋。人们交头接耳，议论马校长。马校长走过来，马校长目光呆滞，仿佛刚下审判台。翔子从人们的闲谈中知道，局领导在搞民意测验，马校长有可能下台。翔子想起很久以前，他在酒店听到老刘叔的不幸消息。闲言碎语像蚊子，能咂干一个人的血。马校长背都驼了，马校长处在旋涡的中心。翔子那时候没有多想，他知道该怎么干。

晚饭前，各班班长被他请进大酒家。鸡鸭鱼虾呼啦啦蹿上桌面，啤酒沫嘭溢下来，像白晃晃的瀑布。小伙子们个个好胃口，开始划拳，划大拳。酒过三巡，拳打两圈，翔子拱动，他推我一把："滚一边去，这点酒弄不动我，我吐不了吐不了。"翔子哭一会儿，自动安静。"马校长跟老刘叔一模一样。我这人，我这人挺迷信，小时候听人说，一个人有安腿爸安手爸，肯定有安头安眼睛的。我这会儿让老师骂糊涂了，找不到了，找不到就得完蛋。"翔子用眼睛问我，有点像祥林嫂问作家：人有没有灵魂？其实我们的脑袋和眼睛早不在阳世了，在另一个世界里。说实话准挨揍。我说："你别把老师的话当回事。别让他把水搅浑了误大事。"我吟诵屈原的诗："路曼曼其修远兮，吾将上下而求索。"翔子问我咕叽啥，我说："古人说，路很长，要找好多爸爸才能走下去。"我心一沉：屈原走到昆仑山不走了，他回头瞧见楚国又转回去了。他要过了昆仑山，说不定会平步青云兴旺发达。他这一回头，把几千年的读书人都弄成了呆子。翔子看我的眼神那样殷切，我的包里是书，是借图书馆的精装本，封面的英文字母把翔子弄得羡慕。书底下是两瓶五粮液，这是最后两瓶了。我不知道该把它送给谁。酒是好东西，并不是人人喝了都能醉。我知道翔子能办到。我得用通俗的语言打动这小子。他现在像个圣徒，我得打消他的自卑和忏悔心理。我说："树挪死，人挪活，国家都开放了，你守个鸟。"

后来，翔子牵头，我拜见马校长，成为马校长忠实的下属，五粮液是见面礼。玻璃瓶典雅优美，透明的酒液来自大地来自金黄的麦粒，像血打通了陌生人之间的隔膜。在以后的生活中，马校长会尽力帮我，我会得到父亲般的关怀，酒真是好东西。那一刻，我心嗵嗵跳，我很快适应了心脏的新节律。我看马校长像看一座钟，我抬起手腕拨快时针，那一刻，父亲古老的声音从我身上消失了。

后来，翔子出事了。翔子出事前找我。我们没心思去宾馆，我们跑到奎屯河下游。周围全是石头，我们喝酒，喝好多酒。翔子说："我妈跟人睡觉，跟三个男人睡觉。"翔子说他是婊子养的，翔子全身的肉突突跳，像匹累倒在草原上的牝马。他找不见爸爸，那几个男人都到他妈那地方去过，他的小命就是这样开始的。翔子哇哇直吐，胃液像黄酒，有股子药味。

翔子看见他爸在花坛边兜圈子，健身球像一对钢鸟欢快地叫。他爸穿毛布中山装，戴黑呢鸭舌帽，背影斯文像教师，正面看腮帮坚实黢黑，像战火里烤出来的老干部。他爸很像回事。他爸肯定知道老刘叔，以及给他们家流过汗的叔叔们，那些人跟他妈干好事就像赴愉快的晚会。他爸心平气和地挺过来，他爸仿佛一座石像。

翔子后来知道，他爸跟他妈是一对恩爱夫妻。他爸种的玉米长满了特克斯河谷，玉米豆叫，他妈把他爸当神话里的人物。夫妻俩有自己的房子，包的地产量很高，有自己的奶牛自己的羊，有自己的彩电。有一天，夫妻俩去了一次伊宁，伊宁多年没去，今非昔比。夫妻俩一路无话，走进他们半亩地大的院子里，葡萄藤和葵花黯然失色，这里像田野。妻子说："我们在野地里住了这么多年。"夫妻俩思前想后，这些年他们当真生活在野地里。庄稼秸秆的拔节声，鸟儿的叫声他们听烦了。丈夫说："他们叫我印第安人，印第安人其实是野蛮人。"这是人们对他们的嘲弄。丈夫说："十年前我们随便进伊宁市。那时伊宁不大，破破烂烂的。"妻子说："怪不得有门路的人都往城里挤。"妻子心疼花园似的院落："这都是咱们一块一块垒起来的，咱从口里来时空着手。"妻子泪水流得哗哗响。一夜无话。

林带那边有公路。以前夫妻俩把路上的车子很不当一回事，现在看这条路很神秘，柏油路通着城市。谁都想活得舒服、活得受人尊敬、活得人模狗样儿。这一天，妻子在公路上碰到一辆小车，车上跳下来的大个子男人，几年前给她塞过纸条。大个子男人笑眯眯的，跟她握手，问这问那，大个子现在是营长了。营长挥挥手，北京吉普开走了。大个子说他在师部工作，管供销。"别种玉米了，我把你们办到伊宁去，开个店就能养活一家子。"

麦子黄了，大个子的车又来了。在金光闪烁的麦田里，大个子营长走不动了，用劲儿扳她，咔嚓一声像掰丈夫种的玉米棒子，她嫩嫩的落在地上。大个子营长咂她苞米豆似的牙齿……她有两个丫头，她跟丈夫计划好最近要个儿子，没想到大个子把"籽"撒上了。大肚皮的时候她紧张得要命。丈夫很自信："儿子，绝对是儿子。"那年是他们的本命年，虽然是野种，毕竟是儿子呀。儿子周岁，刘营长大功告成，他们在伊宁落户。

丈夫没有丝毫的怀疑。丈夫有理由这么认为。刘营长把她变成婊子的那天中午，丈夫喝了点酒，在她身上激动了一会儿，就一会儿，很随便。翔子绝没想到自己的生命这么随便。刘营长也是一时冲动。

妻子这些年才发觉，丈夫是个了不起的人。丈夫的沉默里埋着信念，丈夫的花岗岩脑袋坚定不移地相信：翔子是我的，你也是我的。婊子也好，烈女也好，非他莫属。

儿子的后脑勺很尖，跟老刘的一样，也跟马校长的一样。她跟马校长没有瓜葛，但人们可以从一推到十，甚至更远。儿子看丈夫的目光有点怪，儿子看丈夫的后脑勺。丈夫仿佛得了神的启示，摘下黑呢鸭舌帽，低头喝汤，丈夫的后脑勺平坦无奇。儿子很失望。儿子在那片荒原上什么也没看到，那里什么也没有。没有树，人们却叫它四棵树。就因为有人在那里下车，就因为偶尔有人影晃动，班车就得停。这老头的后脑勺比荒原更苍凉。这老头是他爸，老头做他爸无须他的认可。在老头之外，谁都能做他的爸，谁都能主宰他。这老头决定他的一切。这老头绝不是他爸！翔子呼地站起来，他妈问他是不是病了，他说死不了。他脸色阴沉。老头从兜里摸出卫生纸，捂住鼻子，老头擤鼻涕的声音像嚎叫的野兽。有身份的先生不用手绢用卫生纸。老头很像回事，老头竭力要做他爸。翔子瞪着老头，瞪了好一会儿。翔子看见妈脸色发白，翔子就出去了。

翔子走在田野里。已经是春天了，苍穹飞过几只麻雀；

有色彩的鸟儿不会马上就来，寒气很浓。积雪不消融也不加厚，积雪白得可怕，一天天被风吹干了，路边的雪溅满黑点。积雪临近春天，像少女，眉宇间流荡着晦气。

翔子越过林带，皮靴踩开干雪。地壳硬朗空虚，冰凉的土缝里汁液饱满的种子像玻璃制品，晶莹透明。他老子弄过大地，弄过庄稼，所以他跟泥土有缘分。

他就这样走到巴彦岱。老刘叔的房子住了陌生人。大黄狗又跳又叫，仿佛要扯碎空气。女主人呵斥着狗，慌里慌张，把他当成坏人。他的手在大衣兜里，他的目光像西伯利亚狼。人人都怕他。

他穿过林带在栅栏边停下。他点一颗烟狠呷一口，烟柱从鼻孔里伸出来像钢青色的铁轨，他心里的怪念头一节连一节，火车似的呜呜叫着没完没了。

有人叫他。他看见窗户里有个中年人招手，他进屋里。屋里臊烘烘。中年人络腮胡子，嘴唇上叼指蛋大一截香烟，丢给他一根皮绳："小兄弟帮我一把，拉紧绳子。"他使劲儿拉，皮绳嗖嗖响，盘在手腕上。木桩那边有一匹灰马拼命跳。中年人跟他一起发死力拉，马脑袋垂下去，抵地上的干草，马屁股撅得老高。中年人说："兄弟，抓牢了，全靠这一回。"中年人打开马槽后边的门，一匹红马冲进来，咴咴叫着尥蹄子撅屁股，欢叫够了，前蹄搭在灰马背上。翔子看见，红马腿间的阳物像鱼雷，哧溜蹿进灰马的身体。中年人红光满面："成了，成了，嘿嘿，成了。"两匹马亢奋异常。中年人说："灰马可贞哩，只叫黑马干，别的马近不了身。我试了三回都不行，多亏你小兄弟帮忙。现在松手吧。"灰马扭过脖子跟红马的脑袋碰在一起。中年人说："牲口跟人一样，开始也讲个感情讲个浪漫，绑一起照样亲热。你瞧，这会儿真他娘的比小两口都热乎。"两匹马呢喃有声，燥热中有股子臭味。翔子看见灰马泪眼婆娑。灰马在想它的黑马，灰马后悔了，灰马很快就会下一匹小红马。黑马这会儿在草原上撕心裂肺地嚎叫。翔子伸手一摸，抓起马槽上一把刀子。中年人说："你要喜欢就拿去吧，朋友送的，是把好刀哩。"

翔子走在大野上，像天空滚落下来的雷。他的耳畔嗡嗡响。伊犁河划过草原，一直伸进山谷伸到国境以外。起先，他看见一匹黑马从远方奔过来，奔到眼前却是一座黑石山冈。他的父亲就是这匹不存在的黑马，在大气中自由驰骋。

四月，雪消光了。翔子孤零零来到郊外。他天天如此。同校的学生陆续返校，他待在伊宁市的郊外。他在果园外看那些老头嫁接果树，大剪刀"嚓"在树枝上剪一道斜口，再用小刀划开，插上另一种树枝。他们就这样把苹果跟梨子接在一起。老头们个个像妖怪，他们在林子里转一圈，林子就变样儿。

翔子在市中心花坛前边碰上老爸。老爸说："翔子，回去吃饭，你妈等你好半天了。"翔子望着他这个爸，一对钢球在老头手心里咯咯叫。翔子以为是那匹黑马。翔子看什么东西都是黑的，老头黢黑的脸像沥青。老头望着熙熙攘攘的大街，轻声说：

"你的个头模样像你妈，你的神态像我。人看不见自己的神态。"

老头矗立在他跟前，他无法接受这个巨大的现实。翔子认准了，那匹黑马是他真正的父亲，眼前这个老头是他低贱的根源。翔子大概想起我说过的话：人要有好几个爸爸才能长大，才能干事儿。翔子摸出那把蒙古刀，身子一纵，刀锋哗一声像只飞鸟，冲进老头的左肋。老头双眼暴出，悄声说道：

"玉米，特克斯，玉米熟啦。"

翔子穿过林带穿过汉人街。翔子把伊宁市甩开老远，这里是农四师的一个团场。他来过这里。这里是种马场，几匹牝马在地上打滚。一群脏兮兮的娃娃在栅栏上胡闹，娃娃们给种马场的牝马唱歌子。翔子听得清清楚楚：

> 驴日，
>
> 马下，
>
> 老鼠把你养大，
>
> 把你送给蔫娃，
>
> 蔫娃不要……

十多年前他也唱过这歌。这是婊子歌，唱那个来路不明的娃娃。那时翔子唱得好欢，翔子不知道唱的是他。现在他知道了，这歌子真痛快。警察的摩托车停在他跟前，蒙古刀落在地上，像结冰的泪。

第二部

《新疆植物志》之二：胡杨，杨柳科，居沙漠腹地，多年生落叶乔木，维吾尔语称"托克拉克"，意为最美丽的树；哈萨克语称"玉郎托格"，意为"蒙古包似的树"；我国古籍称之为"胡桐"。胡杨有四种叶子，有的细长如柳叶，有的椭圆如槐叶，有的边缘有齿有角像棉花叶，还有一种叶面较宽，厚实柔韧。叶子每年更新一次。胡杨活着一千年不死，死了一千年不倒，倒下一千年不朽！

雪　鸟

　　老婆子一夜没睡。她能听见落雪声。她等着雪进屋里来。她也不知道自己怎么会有这种怪想法。随着夜色加深，这种想法越来越强烈。

　　天就这样亮了。

　　铁皮门响了一下，有人进院子。老婆子坐起来。那人敲门。老婆子说："你是个丫头吧。""你怎么知道我是丫头？"敲门的人很吃惊。老婆子说："你使劲儿推。"门嘎吱嘎吱响好几下，那人跟门一起嘭一声冲进来，差点儿摔倒。

　　那人果然是个丫头，高个，白大衣，白帽子，就像个雪人。

　　"你不是新疆人吗？快把门关上。"

　　丫头关闭两次才把门闭严。

　　"你不是我们这儿人？"

　　"我是从乌鲁木齐来的。"

　　"噢哟，乌鲁木齐丫头，快到火墙跟前来，把你冻坏了。"

丫头很好奇地看火墙。看那个轰轰燃烧的大火炉。老婆子拔开炉子,火焰冲起有半人高,摇晃着,修长而健美。丫头说:"这么好的身段。""你的身段才好哪。"老婆子的眼睛跟鹰一样,在丫头身上抓几下,丫头的脸红起来,老婆子说:"红得还不够。"老婆子那双鹰眼一下比一下逼人,丫头说:"你不要这样看我,我受不了啦。""这么嫩的丫头包不住火呀,让火再高一点,从脚心烧到头顶才行啊。"炉子里的火焰越来越高,比人还高,做出热烈奔放的跳舞动作。老婆子说:"怎么样,丫头?"

"啊,这么高这么苗条!瞧,它的腿动作这么快!"

"它在跳舞。"

"这么好看的舞,我一直想跳这种舞,可我跳不出来。"

"新疆丫头跳不出这种舞简直是笑话。"

丫头脸又红了,她脸本来就红,火焰在她脸上跳舞呢。老婆子那双鹰眼很准确地抓住她脸上的那种红:"不要不好意思,这样的丫头多着呢,又不是你一个。"

"你总是这么说我。"

"你想出色一点,你有这个条件,可你没发挥出来。"

老婆子把铁壶放在炉子上,火焰消失了,火焰的舞蹈也消失了。丫头伸手想抓住火焰的影子,老婆子把她挡住了:"它该干活啦。"火焰从铁壶底下伸出手指,铁壶里的水吱吱响。丫头看自己的手,又看看火焰的手:"它跳得这么好,它的手是这样子，这样子。"丫头模仿火焰的动作。老婆子往铁壶里放一块砖茶。

"你没见过火吧？"

"没见过这么好看的火。"

"你家没炉子？"

"我们烧煤气。"

"煤气？煤气很了不起。煤气没火吗？"

"煤气的火只有这么一点点。"

"跟打火机一样，能做饭吗？不会跳舞的火做出来的饭是什么味道？"

老婆子望着屋顶，她实在想不出这种饭的滋味。

"我生过儿子没生过丫头，我要生丫头肯定是个仙女，你是来给我做女儿的吧？"

丫头笑着点头。

"你是来找我儿子的，不是找我的。"

丫头脸又红了。

"害羞的丫头都是好丫头，害羞的丫头不多了。"

丫头小声说："他不在？"

"他在，咋能不在。"

丫头四下瞧瞧，房子里什么都没有。

"你看的地方不对。"老婆子抓一下墙上的铁钉，那么大一根铁钉，跟树杈一样。"那是挂绳子的，一大盘绳子挂在那里。团场的丫头进门先看绳子，绳子不在她转身就走。还有门后边的十字镐。她们只看这两样东西。"

"那是干什么用的？"

"我儿子没告诉你吗？"

"他说他是水工团的。"

"多诚实的孩子，跟丫头交往净说实话。他都给你交底了，你怎么就不明白呢？"

"水工团，多好的工作呀。"

"水工团是不错。"

"一辈子跟水打交道，而且是河里的水。"

"是山上的雪水，还有石头里的水。"

"石头里有水？"

"泉水呀，泉是从石头里出来的。"

"他就干这工作？"

"他不干谁干！雪水和泉聚在一起就是一伙土匪，比猛兽还厉害。"

"他拿绳子捆它们？"

"捆他自己。"

"我明白了，绳子扎在腰里，下到悬崖上，用十字镐去抓那条不驯服的河。"

"丫头你真聪明。"

"他冲向河，河也冲向他，他拿的不是剑是十字镐，两把剑交叉，冲向他的不是牛，是一条咆哮如雷的河，太绝了，比西班牙斗牛士还要厉害。"

"我儿子不是大板牙，他的牙很整齐，又结实又整齐，你不知道我儿子的牙齿吗？你应该知道他的牙齿。"

"他牙齿不错。"

丫头被这话吓一跳，脸又红了。

老婆子煮好奶茶，她们喝奶茶，吃馕。丫头的脸红了好长时间。老婆子说："你其①，你其。"丫头吃馕就想起小伙子的牙齿，心就乱跳，她真担心心会跳出来。可她饿坏了，她不能光喝奶茶呀，她又紧张又兴奋，吃得反而快，一口气吃了三个馕："我吃这么多，我们全家才吃这么多呀。"

"摸摸你的肋巴。"

丫头摸一下没摸出什么。

"肋巴鼓起来没有？"

"没有。"

"肋巴没鼓起来算什么饱，再其点，再其点，其饱。"

"我吃不下啦。"

"肋巴没鼓起来么。"

"我的肋巴从来没鼓起来过。"

"你妈就这样养你吗？"

"城市的妈妈都这样养孩子。"

老婆子没去过城市，她想象不出肋巴没鼓起来的孩子怎么能长大。他们一定缺点什么。眼前这个丫头身体健康，老

---

① 其：方言，即吃。

婆子实在看不出什么破绽。

"我儿子喜欢你这样的城市丫头。"

"他有魅力。"

"他力气是不小，可我们是穷人，穷人力气再大也不顶用。"

"他力气大也很有魅力。"

"也许有你说的那个魅力，他身上好东西多啦。"

"他什么时候回来？"

"这可说不准，活儿干完就回来，你不着急吧？"

"我不急。"

"你等等，有些男人不值得等，有些男人值得你等一辈子。"

"现在已经没有这种人了。"

"你不是从乌鲁木齐来了吗？"

"你在抬举我。"

丫头身上发热，用手摩挲大衣扣子。

"我知道你为什么不肯解扣子，解开扣子心就会跳出来。"

丫头吃惊地看老婆子，好像她是个巫婆。

"我做丫头时心跳得比你厉害，衣服根本兜不住。"

"那怎么办呢？"

"用绳子呀，用麻绳一道一道缠住胸脯去见心上人，缠得越紧，心跳得越猛，就像一匹野马。幸亏在野地里，辽天大野，让它跳个够。"

老婆子拍着她干瘪的胸脯，那儿凹下去一个坑，那儿确实有过一颗很大的心。

"它跟一匹马似的让老头子骑走啦。"

丫头瞪大眼睛，看着老婆子，又看着自己的胸脯："我这儿能跑出一匹马吗？"

"女人那里都有一匹马，能让马跑出来的人可不多，好多马都窝死在里边了。"

"我要让它跑出来。"

"把它全交给心上人，让心上人牵走你的马。"

老婆子那么瘦，就像大火焚烧过的树。

"我又老又丑，我的样子挺吓人。"

"你确实跟一般老太太不一样，她们保养得很好，上了年纪，风韵犹存。"

丫头边说边脱大衣。

墙壁灰暗，没有丫头要找的衣架或挂钩之类的东西。

"我给你拿着。"

老婆子把白毛大衣放在膝盖上，捋一下，就像抱了一只大绵羊。

"这么好的皮子，花不少钱吧？"

"我哥从澳大利亚买的。"

"外国货，贵死了，贵了好哇，跟雪鸟似的。"

"你知道雪鸟？"

"我咋不知道，这里人人都知道，我儿子告诉你的吧？"

丫头点点头。

"我儿子是个诚实的人，你这么漂亮，很难听到诚实的话。"

"我很幸运我听到了。"

"这正是我不放心的地方，他给你讲的雪鸟肯定变味啦。"

"为什么？"

"听过雪鸟故事的丫头不会到这里来。"

那确实是个吓人的故事，在那个故事里雪是长翅膀的，天上的雪都经这里落。老天爷最疼爱的宝贝女儿也要下来。她可是个细皮嫩肉的小公主呀。老天爷吓唬她："下去就没命啦。"老天爷说的可都是实话，下去那么多雪，没见回来过。

小公主看着外边飞翔的雪花，羡慕得要死。那些雪在天上时都是一大堆一大堆的，往下一落就成了光彩照人的鸟儿，落在地上又变成一簇一簇的花。

小公主再也不想在天上待了，老天爷的话她一句都听不进去，一个人在天上美有什么意思？小公主纵身一跳，就从天上下来了。

老天爷气歪了嘴，就放出风把雪吹碎。风越大，雪越好看。离大地很远，小公主就成了花。

雪在地上待了整整一个冬天，在雪的梦幻里，它们还有一次开花的机会。在我们新疆，实现这个梦想不算太难。冬牧场里，鲜花不是压在雪底下嘛。只要不出意外，春天来临那一天，花儿会直接从积雪里长出来。

可春天一到，从天山里蹿出一条冰冷的大河。牧人的羊群全被冻死了，马大声咳嗽喘不过气，开天辟地以来谁也没见过这么暴烈的河，河里翻滚的不是浪花，是大块大块的冰，硬得跟铁块一样，前呼后拥，轰隆隆铺天盖地响着一个可怕的名字，"奎屯①，奎屯"。奎屯这个词儿是人们失魂落魄喊出来的。人们躲在地窝子里不敢动，这个恐怖的词传遍大地。

在那个春天，雪孕育出鲜花的蓓蕾，雪憔悴不堪，她要使出全部力量给她的美长上翅膀。翅膀就在她身上，她必须越过冬天到另一个季节去。跨越两个季节的生命才能飞翔。牧人和他们的牲畜，一年四季从冬牧场到春牧场到夏牧场不停地转场，暴风雪都挡不住他们，他们把一次次灾难和灾难后的喜悦看成一种信仰。他们信这个，雪也信这个。当那条凶猛寒冷的奎屯河吼叫着扑过来时，雪静静躺在地上，动都不动。河流扫荡过的地方白雪变烂泥，冰碴正乱七八糟扎在泥里还没有化开。雪遭到了灭顶之灾。

小公主是最后一个，奎屯河举着大块大块的冰对她吼叫，泥点子落到她脸上，她再也没有白脸蛋了，白脸蛋上的

---

① 奎屯：蒙古语，寒冷的意思。

娇红也没有了，小公主就唱起来：

> 我的鸟儿飞走了，
> 我的花儿开过了，
> 我的马儿长大了。

小公主被冰河淹没，变成一堆黑泥。

在大漠深处，河终于跑累了，河刚躺下就听见小公主的歌声：

> 我的鸟儿飞来了，
> 我的花儿开放了，
> 我的马儿长大了。

河抬头往四周看，它糟蹋过的地方长出了绿草，草地上开满鲜花。河干瞪眼没办法，只好等明年给小公主抹更多的泥巴。

"泥点子溅到你的小脸蛋上啦。"

"不是泥点子，是他的孩子，我怀了他的孩子。"

"叫我看看叫我看看，我的儿子哇你真能干。"

丫头根本拦不住老婆子的手，那双鹰爪毫不客气蹿到她身上，捋口袋一样把她捋一遍。

"你骗人，里边什么都没有。"

"这种事能说假话吗？"

"你的小脸蛋真的落了泥点子？"

"你怎么一口一个泥点子，这是一个小生命。"

"这么说你愿意要这个小生命，我还以为他蒙人家小丫头呢。"

"他没蒙我，他是个诚实的人。"

"我只剩下这么一个儿子了，我不能叫他蒙人，蒙人老天要报应的。"

老婆子的鹰爪又伸向丫头，丫头躲一下就不躲了。鹰爪梳她的头发，她的头发闪闪发亮。

"这么嫩一个丫头，你妈妈怎么养你的，是装在瓶子里吗？"

"住在房子里。"

"我们也住在房子里，我们这儿的丫头又黑又粗，跟男人差不了多少。"

"你这么说人家。"

丫头的嘴巴越张越大，像有人卡她脖子。

"轻点轻点，呵欠一定要打出来。"

丫头长长啊了一声。

老婆子把她领到里边床上。床挨着窗户，她从来没见过这么大的窗户，简直是个大橱窗，把戈壁滩和冰河全装在里边了。老婆子拉开内层玻璃擦外层玻璃上的霜，玻璃豁然大亮。丫头的手伸过去，"哎"叫一声，噗儿噗儿吹手指头。

"你别碰它，它咬人呢。"老婆子把丫头的手指噙在嘴里，就像一团稠厚的热糨糊粘在手上。丫头担心手怎么取出来，热糨糊啊一声把手指吐出来。她跪在窗前，从玻璃明亮的大眼睛里看到了整个雪原和河谷。

天空蓝得发黑，大地雪白的胸脯渐渐高起来，河谷陡峭幽深，雪光闪闪。丫头抓紧老婆子的手，老婆子跟真正的鹰一样，支棱一下使尽全身的力气。

"它们看见你啦。"

"它们在动。"

"它们会爬到你身上。"

"它们会不会把我吃了？我真想让它们吃了我。"

"它们吃过我好几次啦。"

"你有几条命啊？"

"它们吃了我两个儿子一个丈夫，我这么瘦，都是它们吃的。"

"他呢？"

"他没事，他是老三，他可以活到五十岁他爸那个年龄。"

"你是他妈妈，你为什么不让他多活几十年？"

"破冰人活到五十岁就很不错啦。每年冬天去当一回小伙子，一辈子当好几十回小伙子，你说世上有这么棒的男人吗？"

"太可怕了。"

"你说我儿子是不是很棒？"

"他很棒。"

丫头声如蚊蝇，丫头脸上跳着一团火。

寒霜封住玻璃，那条冰河消失了。

"闭上眼睛吧，看多了人受不了。"

丫头散了架似的倒在枕上。

"我年年都趴在窗户上看，看一回软一回，夏天就软在石头滩上，那要命的河啊，让人心醉让人不得安宁。"

"让玻璃再亮一会儿吧。"

老婆子的鹰爪落到玻璃上咯吱吱响，玻璃就亮了，亮光照在丫头脸上，像从她眼睛里流出来一样，她睡着了，那光还在闪动。

老婆子悄悄走出来，走到外间炉子边。炉子里的火焰跳得很厉害。老婆子气都喘不过来了，"我给你保过平安，你要回来呀，你的女人从乌鲁木齐来了，你得想办法让她一辈子跟着你呀。"

外边呜呜响起风。这些天一直没刮风。她的身体好像硬了，拉长了一大截，她听半天，那确实是风。风从准噶尔大地刮过来，风从高高的天空刮过来，风往山里刮，风顺着河谷一下子冲了进去。

"风把我的话带走啦，就带一句话，带声平安就行啦，我老婆子只让你带这么一句。"

风确实把她的话带到山里。狂风呼啸，疾行数百公里，在天山腹地、大河的源头，她的儿子和另外五个人腰扎粗绳，手持十字镐，轻手轻脚走在河面上。河面就像扇大玻璃，冰层是透明的。冰层下边水流湍急，两岸的山崖峭壁像披着白雪的大汉，那些粗绳就攥在它们手里，河面上的破冰人就像一群猎犬。群山带着猎犬巡查河道。

老婆子看见那亮晃晃的冰玻璃，老婆子小声说："冰啊冰啊，是我儿子的长命灯啊，你要亮下去，你一定要亮下去。"
冰玻璃一直亮着。她看不清儿子的面孔。

那六个人穿着皮大衣戴着皮帽子，脸上一个风雪镜，就像蓝色的外星人，十字镐一闪一闪跟神秘的新式武器一样。野兽吓得不敢动，藏在雪下边轻轻地喘气。
老婆子知道雪里有熊有狼。
河道静悄悄的。风吹不到山里，可风能吹到河道里。河谷就像山的喉咙，一呼一吸就把河道弄干净了。雪落满山谷，河道没有雪，雪堆在岸上。
六个壮汉踩着坚冰。冰层再厚再坚硬，冰层也是玻璃，他们走在玻璃上。玻璃上的亮光呆滞起来，破冰人奔到岸上，贴着石壁摸索前进。在亮光消失的地方，冰层嘎嘎响起来。破冰人捂上耳朵。大河山崩地裂般怒吼着从冰层底下冲出来，长长地出着气，破碎的冰块一块叠一块，河流的冲力在搬运它们，很快就把它们垒成一座山。

破冰人变成真正的猎犬，嘴里发出恶狠狠的呜呜声，一起奔向冰山。他们挥舞着十字镐疯狂地冲击着，必须在冰山冻实之前把它们捣开。

老婆子双手伸在胸前，嘴里瘪瘪着，眼窝里闪射出神奇的光芒。

"该死的冰啊，你挡不住我的儿子，我儿子一身神力，我儿子是铁疙瘩，他们会把你捏碎。老头子，老头子，你睁开眼看看，咱们的儿子把冰捣碎啦！老头子你睁眼看呀。你躺在墓坑里，沙子不停地眯你的眼睛，该死的沙子！吹干净啦，老头子你看吧，你仔细看，我们的儿子把山举起来啦。"

那个力大无比的壮汉举起一个大冰块，奋力一扔，冰块栽进冰窟窿，喷起高高的水柱。整个冰山塌落到激流里，浮冰扑到岸上，又落下来，严寒很快把河面封住，留下许多节疤。

破冰人从岸边的岩石底下爬出来，继续赶路。

有一个破冰人，用十字镐修理那些节疤，跟打磨玉石一样，把冰玻璃凿得又平又光。

老婆子知道这个破冰人是她的儿子。儿子心里有一个女人。心里有女人的男人总是把活儿干得漂漂亮亮。

儿子收起十字镐追赶前边的人，儿子的脚抬得很高，冰玻璃的蓝光在儿子身后升起来，儿子赶上同伴时，蓝光又射向前方。河道的大玻璃亮光闪闪。

山外的大戈壁也闪出蓝光，一直闪到老婆子的房子里，亮光把丫头惊醒了，丫头从床上坐起来揉眼睛。

"怎么回事，天亮了吗？"

"不是天亮，是我儿子的活儿干得漂亮。"

"他怎么搞出来的，不像星星的光，不像月亮的光，是宝石的光吗？"

"是我儿子的光，你来看他，他离你太远，他就这么看你。"

"那他的眼睛得睁多大呀！"

"他站在河道上看你，河有多大他的眼睛就有多大。"

"除过太阳和月亮，还没有谁这么看过我。"

"那是一条大河在看你。"

"我太幸福了。"

"你应该这么幸福一辈子，跟这样的男人过一辈子，你天天都会幸福。太阳不会天天照你，可男人会天天照你。"

"我要他天天照我。"

"可他只照了你一会儿。"

"是一会儿，"丫头痴痴地望着老婆子，"我真羡慕你。"

"我这辈子嫁给这条河了，哪个女人能跟我比？它浇灌了一个绿洲，它那么暴烈就是为了能从山里跑出来，越过大戈壁浇出这么一片绿洲，快马几天几夜都跑不到头的千里绿洲，全是庄稼和果园。你见过这么丰饶这么辽阔的女人吗？一条大河浇灌一个女人。"

那完全超出丫头的想象。那是一个真实的故事。

好多年前，在黄河入海的地方，正在上中学的美丽少女怀着梦想，应征入伍，来到天山脚下。一大帮女兵在垦区的边缘看到这条大河，涛声震天，激流中浮现出一条条矫健的汉子，在太阳底下闪闪发亮。他们在给奎屯河戴笼头。军垦汉子们告诉这些新来的女兵：这是我们的敢死队，已经死了好几十人。

那个最漂亮的女兵问："敢死队怎么没女兵？"人家大吃一惊："敢死队要女兵干什么？"漂亮女兵说："我算不算兵？"大家都笑了。这个漂亮女兵是给首长当家属的，她自己不知道，人家就逗她："想在奎屯河里混，除非你嫁给它。""奎屯河有黄河大吗？"漂亮女兵告诉这些狂妄的男兵，"我是从黄河边来的，我就不信我进不了敢死队。"

黄毛丫头动真格的了，待着不走了，首长只好满足她的好奇心。首长认为这是女人的好奇心。大家都这么认为。首长给水工团团长叮咛一番，水工团团长给敢死队队长叮咛一番。敢死队队长提心吊胆，紧盯着这个女兵，处处呵护。

女兵竟然敢下水。不管天有多热，奎屯河的水永远是冰冷的，雪水刺人肌骨。妇女下水会丧失生育功能，卫生员提醒队长。队长脑袋嗡一下，跳进河里，抓住女兵的头发把她拎到岸上，女兵扬手给他一个耳光。女兵再下水就没人再拦她了。

首长只好让政委把话挑明：你到这儿来是给首长当家属的，你不能让首长绝后啊。女兵震惊、愤怒，牙齿咬破朱唇，流出比朱唇更殷红的血。

那已经是冬天了，女兵裹上皮大衣，腰扎粗绳，攀河谷进山。队长紧随其后。队长有保护她的使命。他们一直爬到大河之源，在冰雪的光焰里，敢死队队长冒了他一生最大的风险，这个烈女子承受了他的大胆突进。这一切都是冰雪的火焰点燃的。在那火焰里，女兵告诉敢死队队长，他从大河的波涛中升起的时候，她才知道什么是小伙子。那简直就是一个天神，一身铜亮的筋肉横空出世。

女兵说："你永远都是小伙子。"

敢死队队长在这条大河里滚爬三十年，五十岁那年还是个金刚小伙子，五十岁的小伙子进山后就被冰河吞没了。他给这条河当了三十年小伙子，也给他心爱的女兵当了三十年小伙子。

首长把敢死队队长叫到司令部，首长打他一拳："妈的，还是小伙子好哇，当一辈子小伙子吧。"敢死队队长一个立正，兴高采烈结婚去了。

老兵们都说这是天意。这支部队从陕北打到新疆，每次恶仗，首长总叫他当敢死队队长。敢死队队员一茬一茬死光了，敢死队队长一根毛都没掉。大军直逼奎屯河，首长把这条狂暴的河交给敢死队队长，队长征服了这条河，也征服了女人的心。

队长一直留在水工团。敢死队改成破冰队，每年都要交出几条血性汉子。这条嗜死的河谷没生命，然后才在辽阔的下游浇灌出庄稼和果园。万年荒漠眨眼变成绿洲。

这里的居民大为惊奇，他们说这都是漂亮女兵带来的吉祥。他们把这个漂亮女兵当成奎屯河的女人，而不仅仅是破冰队队长的老婆。

他们伟大的祖先曾经试图征服这条河，每次都以惨败告终。数百年前，一批来自中原的难民加入此列。难民中最漂亮的丫头被选为大河的媳妇，坐上花轿，由几个壮汉抬到天山深处大河源头，新娘和花轿顺流而下，不出几百米就被大浪卷入河底。岸上的人哭声震天，哭够了，就商量对策，商量来商量去，得出一个结论：他们的女人奎屯河看不上。牧人们也是这么说的。牧人们给河送过哈萨克丫头送过蒙古丫头，都是天鹅一样的漂亮丫头啊，一概不要，不要，白壳儿①。人们期待更漂亮的丫头，直到几百年以后，这个黄河之滨的漂亮女兵扑通跳入水中，河才睁开眼睛。河面的坚冰成了明亮的玻璃。大玻璃上清晰地映照出敢死队队长和这个情火炽烈的女兵。队长说："这河吃人哩。"

---

① 白壳儿：新疆土语，意思是没用。

"它想吃就让它吃。"

"有哈萨克丫头有蒙古丫头有汉人丫头。"

"那都是貌若天仙的丫头，我超过了她们。"

队长说不出话了。

"这些传说太陈旧了，应该有新的传说，在新传说里，男人把丫头护送到河源，男人就不再是保镖和劳力，男人就是这条河。"

女兵轻轻一点，就把河的秘密点破了。

女兵不但没有丧失生育能力，反而生出一个又一个壮实的男婴，一连生三个。

"我给大地带来了丰收，"老婆子拍拍干瘪的肚子，"我生了三个儿子，河生得更多。"

"我们排的节目就是这条河。"

"拍电影吗？"

"是歌剧。"

"歌剧一定比电影好，瞧你这身段这小脸蛋，我儿子一定是看戏时看上你的。"

"是排戏的时候，他来看同学，远远坐在角落里，突然大喊大叫，把我们吓一跳，他说我们的戏不好，他没受过专业训练，就动手改我们的剧本。"

"他是敢死队队长的儿子，他有这个胆儿。"

"原来的剧本控诉旧习俗对妇女的残害，他这一嚷嚷，就改成一条充满生命气息的大河，女人非但没有受到损

108

准噶尔之书

害，生命的意义反而得以张扬。导演和编剧竟然认这个。"

"他是这条河里长大的，他懂这条河。"

"他连我的舞蹈动作都改。"

破冰人教会她真正的舞蹈。大河与群山共舞，世界在那一瞬间改变了。他们走出剧场，走到南门，走到大十字，雪鸟纷纷，他说："这是雪鸟。"她再次感到惊讶，她红红的小手上落了一只雪鸟，她哽咽着，她说："我在乌鲁木齐生活了二十年，我从来没想到雪是一种鸟。"他说："雪为什么不是鸟呢？从天空飞下来，有飞这么远的鸟儿吗？"在他的语气中，鹰也比不上雪鸟。

雪确实是一种鸟，是一种神奇的鸟。她一定要这么一只鸟。他答应给她。她期待着，她满怀喜悦之情期待着。在她成为雪鸟的那天，她发现她肚子里有一个小生命，一个比鸟还要小的小生命。

老婆子说："女人应该有个大丰收，没有丰收过的女人算什么女人。"

丫头摸摸肚子，丫头说："我不害怕了。"

"刚开始肯定害怕，害怕只一会儿。"

"现在我不怕了。"

天亮时丫头睡着了。老婆子给丫头掖好被子。老婆子想睡却睡不着，她嘀嘀咕咕："怎么回事？"她到炉子边坐一会儿。她看见桌子上的苹果，苹果是蔫的，她把苹果吃掉，她想起来应该让丫头吃好苹果。

院子里全是雪，她铲菜窖上的雪。有人敲门，她身子震一下，天刚亮，天空全是雪光。老婆子突然感到有点吃力，她走过去，轻轻拉开门。门口站着破冰队的人，老婆子说："你小声点。"那人说："勇敢的老太太老大妈，我们都知道你是勇敢的人。"

"别说了，我知道了。"

"我们六个人，只回来两个。"

那人就哭了。

老婆子踢他一脚："还是条汉子呢，哭什么哭！"

"我们找尸体去呀。"

那人哭着走了。

老婆子望着荒原那边的群山，望着静静的冰河，老婆子眼窝里的鹰一下子飞走了，再也看不到那炯炯的神光了，那眼睛一下子成了灰蒙蒙的麻雀眼睛。

她长出一口气。她闭上大门。她下到菜窖里拣出最好的苹果，上来时在梯子上滑一下，她的胳膊撑在菜窖口上喘了好一会儿，才爬上来。

她进去时丫头还睡着。她洗好果子。她坐在丫头身边。她眼睛里没有鹰了，可她眼睛里有灰麻雀，那只灰麻雀啾啾啾叫起来，她赶紧闭上眼睛，可她闭不住那啾啾声。她脸上终于出现两粒带上腥味的泪，她捏在手里，她小声说："这么丑的泪，也好意思流出来。"眼睛不再流泪，眼睛也就空旷了，她可以放心地打量这个漂亮丫头，不管她的眼睛有多么空旷多么荒凉，丫头绝对是漂亮丫头。她摸一下丫头，把丫头给摸醒了。她看着丫头穿衣服，她说："你妈妈知道吗？"

"妈妈知道。"

"孩子呢？"

"孩子她不知道，她同意我来这儿待几天。"

"你妈妈是对的。"

"她从不强迫我。"

"女人爱上谁最好不要强迫，爱过之后就没事了。"

"我不明白你的意思。"

"好孩子听我说，这条河你也见到了，你还年轻，我带你去把孩子做掉，休息两天回乌鲁木齐去。"

"我要这孩子。"

"破冰人的孩子怎么要？"

"你不也是破冰人的妻子吗？"

"那是过去的故事。"

"故事不好吗？"丫头跳起来，"我给你把雪鸟的故事讲完，这是他告诉我的。在他的故事里，雪公主没有变成泥巴，雪公主等到了爱她的王子，他们相亲相爱，冬天过去的时候，雪公主发誓要留下来，雪公主把自己交给王子，怀孕的雪公主在冰雪消融的时候变成了绿草，那就是雪鸟的羽毛，王子变成白马在草地上奔跑。这就是我们的故事。我怀了他的孩子，怀了孩子，雪就是真正的雪鸟。"

"怀孩子很痛苦的，老大老二死的时候，他们的媳妇刮

111

第二部

了孩子改嫁走了。老三绝了娶媳妇的念头。在奎屯他不会这么昏头，在乌鲁木齐他昏了头啦。"

"那不是昏头，那是他带来的雪鸟，乌鲁木齐一直有雪，可乌鲁木齐没有雪鸟，雪鸟是他带来的。"

"孩子会给你带来不幸。"

"蚌壳里夹一粒沙子，蚌很痛苦，可蚌能将其变成美丽的珍珠。"

"你怎么有这种怪想法？"

"我妈是苏州人，这故事是我小时候听她讲的。"

"这些该死的故事。"

"女人没故事女人算什么呢。"

"他知道你怀孕，他不会再理你。"

"这不可能。"

"他喜欢你的舞蹈，我也喜欢，你大着肚子怎么跳舞？"

丫头蒙了。趁丫头蒙头蒙脑，老婆子把她架上爬犁，让马拉着，一会儿就到了团医院。那是个小手术。丫头在这儿住了两天。

第三天，丫头在路口等车。车晚了一个多小时。在这一个多小时里，丫头看到了她一生中难以忘怀的景象。家家户户的门打开了，人们走到河岸上。没有人说话，全是呼吸声，全是虔诚的凝望，望着遥远的山口。山口发出惊天动地的轰隆声，冰山呼啸着顺河而下……大漠辽阔，冰雪的洪流越来越猛，在太阳底下闪闪发亮。

男人们脸膛涌起血光。女人像在说梦话：

　　破冰人的马，
　　破冰人的马。

小女孩嘴里也是这种声音：

　　破冰人的马，
　　破冰人的马，
　　马鬃上落着雪花，
　　马鬃上落着雪花。

丫头的嘴不停地张啊张，也像在梦中。上车后她的嘴还那样子，人家以为她要说话，望她半天也没望出什么。

乌　　龟

老婆看中乌龟，绝不是偶然的。

新桥商场开张，新鲜玩意儿很多。王根和老婆逛了两个多小时，啥也没买，像吃败仗的大兵，脚步又轻又慢下楼梯。快到门口时，老婆说："你瞧那边。"

大厅拐弯处有一溜儿玻璃柜，里边有金丝鲤鱼有黄鳝。老婆径直走到最后那个柜子跟前，乌龟就蹲在那里，蔫蔫的像个小老头。

老婆说："它是死的。"

老板打开玻璃柜，用铁钩钩一下，乌龟浮上水面，脑袋脖子伸得好长。老婆一下子乐了，说乌龟脑袋像娃娃的小鸡鸡。

老板说："新疆很少见啦，它是坐飞机来的。"

老板把乌龟拎到秤上，3600克。老婆叫起来："有这么重吗？"老板说："这是乌龟呀，可以把秤砣吞下去的。"

他们拎着小乌龟边走边瞧。乌龟的脑袋勾上来想咬断绳子，王根使劲一抖，乌龟前功尽弃，绝望得无以复加。

老婆打他一下："待它好点儿。"

他说："这家伙毒着呢，让它得势，它能咬断你的手指头。"

"它有这么厉害？"

"它能咬断铁棒。"

老婆要王根找铁棒试试。王根从林带里拣一根细钢筋，拨弄乌龟的颈窝。那里有个洞，乌龟的脖子和脑袋埋藏在里边。他刚要把钢筋捅进去，老婆突然抓住他的手："你真粗野，这么搞会把它弄疼的。"

小两口一起握住细钢筋，一路探进去，钢筋反而晃得更厉害了，弄得乌龟好难受，乌龟像中弹的坦克原地打转。王根松开手，钢筋又直又稳伸进去，马上被乌龟脑袋顶出来，顶老远。

老婆叫起来："咬住了，咬住了，它把钢筋咬住了。"

老婆神采飞扬，连乌龟也感觉到这神光的妙处。乌龟不急于咬断钢筋，而是像小孩吃饼干那样一丁点一丁点地啃，以保持这种最佳状态。

做丈夫的有了醋意，老婆浑然不觉，全神贯注逗乐子。

钢筋被小乌龟咬断了，老婆"哇！"一声惊喜。老婆在钢筋的茬口，发现了乌龟美妙绝伦的牙印。那简直是鸡血石上镂出来的艺术品，把老婆魂都惊飞了。他们最亲热的时候，老婆也没有这样惊喜过。

老婆惊喜之下，伸出小手去摸乌龟脑袋，被王根一把攥住："不要手啦？""它不会咬我。"老婆把手款款伸过去，浑身颤抖："它是糯米牙，它的牙真美！"

乌龟衔着老婆的手指，啃得有滋有味。老婆满脸娇羞，另一只手在龟壳上敲一下："小王八，真坏！"老婆把手抽出来。

乌龟意犹未尽，扬脖子探脑袋像鹅。

自从买回小乌龟，老婆就像拥有了世界最大的秘密，整天笼罩在莫名其妙的兴奋中。老婆最要好的伙伴们来家探虚实，老婆给王根丢眼色，王根不敢乱讲。乌龟跟老婆有心灵感应，躲在厨房的柜台底下不露面。女伴们愤愤不平，骂老婆不讲交情。那帮人离开后，老婆压低嗓门："你要泄露出去，老娘掐死你。"

老婆做一个狠毒的动作，就像古戏里的女鬼。

饭后，老婆牵乌龟去散步。邻居问王根为啥不跟老婆一块出去，他支支吾吾，邻居说："是不是第三者插足啦？"惊得他五官错位。

正说着，老婆就回来了。邻居对乌龟大加赞美，还引用了曹操的诗句："神龟虽寿，犹有竟时……老骥伏枥，志在千里。"老婆眉开眼笑："当老师的真是能说会道，把个丑八怪说成了活神仙。"

回到家里，老婆说："它可不是第三者插足。"王根叫起来："你太看不起人了，我能跟动物吃醋吗？"老婆在他鼻子上弹了一下："谅你小子也不敢。"

他窝在沙发里，沮丧得无以复加。

乌龟蹲在老婆跟前大口大口地喝水，喝完水优哉哉看电视，放的小海龟动画片。看到自己的同胞上天入地大显神威，小乌龟兴奋异常。老婆一松手，它就迈着四方步，在地板上走过来走过去，昂首天外，傲视百代，俨然大战前的拿破仑。

老婆手托下巴，情不自禁："小乌龟真威风，像个大将军。"小乌龟听到赞美，走过来伸长脖子期待更高的赞誉。老婆轻声说："小乌龟，你要是人肯定做大将军。"王根附和道："不是大将军，是大经理。"

"少拍马屁，我吃过马屁的亏，我不想让乌龟再受三茬罪。"老婆撅撅屁股，离他远点儿。

小乌龟并不喜欢做大将军，眼巴巴望着老婆。老婆想啊想啊想好半天。电视广告里正好涌出一大群英俊干练的大经理，老婆说："好，好，让你做大经理。"乌龟屁颠儿屁颠儿向电视跑去，正好与屏幕上的经理们相聚；经理们的轿车跟乌龟一模一样，经理们弯腰钻进龟壳，人与动物巧妙地融为一体。

老婆打王根一下："你咋知道小乌龟要当大经理？"

"市场经济，商业社会，腰缠万贯的大经理才是当代英雄，小乌龟当然要赶这个时髦喽。"

老婆拧王根一下："你小子不笨啊。"

老婆好久没跟王根亲热了，王根感动得要流泪。

老婆说："想要我待你好，你先要待它好。"

他蹲地上抱起小乌龟，小乌龟没咬王根，小脑袋缩进壳里，像颗定时炸弹，他提心吊胆、惊恐万状。

老婆问王根："你真心待它好？"王根拍拍胸脯，里边传出空洞的响声，老婆对这声音挺满意。

老婆把王根身上的颤抖当成了激动。激动与恐惧乃一母所生。

那天晚上，王根伺候小乌龟睡熟后，去阳台找来一个硬纸盒，给乌龟做卧房。

那硬纸盒是装茶具的，典雅美观，乌龟躺在里边就像是一座宫殿。

老婆换睡衣出来，哇！一声惊喜，小拳头砸王根的背，像春天的雨滴，又密又细，他舒服得要死。

王根把老婆抱起来，老婆没有反抗，像只小羊被王根牵到青草地上。激情就这样开始泛滥，一发而不可收。老婆在梦幻中叮咛王根："你待它好了，我就待你好。"

王根满口答应，绝不食言。

老婆把眼睛闭上，仿佛离开尘世进入天国。当梦幻把她完全吞噬时，她睁开眼睛，满心欢喜，叫王根小乌龟。王根瞪大眼睛。老婆并不生气，拧他一下："你是我的小乌龟，你们俩是亲兄弟。"

王根手脚冰凉，连生殖器也冰凉了，老婆竟然没有察觉，还在叫小乌龟。

上班后，王根躲进厕所，那东西蔫蔫的像颗蚕豆，撒尿时比蚕豆还小。他想他得看心理医生了。

那是一个私人诊所，在青年公园后边，树木环绕，很清静。里边挂着字画摆着花盆，不像个诊所，倒像个书房。医生也不穿白大褂，而是一身西装，一副跟人聊天的样子。医生不说谈谈你的病，而是说谈谈你的情况，还称你为先生。

王根在这座巴掌大的小城里上学工作生活，竟然不知道有这么美妙的地方存在。医生笑眯眯地看着他，仿佛一直在等他到来，从人类之初就开始等候了。

王根讲话时医生握着王根的手，王根讲得很透。

医生说："你老婆喜欢乌龟胜过喜欢你。"

王根压低嗓门："简直是第三者插足，它要是人我早就跟它决斗了。"

"知道你老婆为什么喜欢乌龟吗？"医生把王根的手抓得更紧，"妻子喜欢乌龟，是对丈夫无能的一种暗示。"

"不可能！"王根挣开医生真诚的大手，"我和我老婆青梅竹马，玩尿尿泥时就开始谈恋爱了。"

"没红过脸没有吵过架是不是？"

"你又错了，我们脸也红过架也吵过，彼此很忠诚，从不隐瞒什么秘密，她要是对我有意见早就说出来了。"

119

医生笑眯眯指着沙发:"坐下谈坐下谈。"

他的小腿还在抖,医生抓王根的手时被王根推开了。"你别抓我的手,这点自信我还是有的。"

医生说:"女人表达感情的方式跟男人不同,特别是隐秘的内心世界,女人喜欢你不说你好而说你坏。"

老婆曾对他说过你真坏,对乌龟也说过你真坏,现在弄不清谁是真的了。

医生说:"暗示是一种下意识行为,所以它更真实更微妙。"

"照你的说法,人的意识都不真实了?"

"意识往往是一种假象,而下意识绝对不会欺骗你。所以跟女人打交道需要智慧和悟性。你老婆把感情从你身上转移到乌龟身上,你毫无察觉,说明你老婆下意识里已经不喜欢你了。"

"她喜欢乌龟不喜欢我?"

"你必须面对现实。"

"电影里小说里,不是有好多女人喜欢动物吗?难道她们没有丈夫?"

"她们喜欢的是猫是狗,不是乌龟。"

"乌龟不是动物吗?"

医生说,"妻子有外遇的男人就是乌龟,乌龟是没有能力的象征。"

王根想跳,医生劝王根别激动,医生说:"精液是生命的原始状态，生命的本质是创造；男人就意味着创造，男人如果丧失这种能力，妻子就会借助于外力。"

"跟别人睡觉生别人的孩子？"王根终于跳起来了，"可我很健康呀，我的生殖器很健壮。"

"坐下谈坐下谈。"

他没法坐下谈，医生也没抓住王根的手，王根的手在解领扣呢，王根的脖子像根圆木从衣服里滚落而出，多么结实的一条汉子！睾丸至少有拳头那么大，吐出的精液犹如长江大河，波涛汹涌气象万千。瞧这鸟医生把他当成什么人了。

医生说："不错不错，要不是这样，婚检时就把你卡住了，你领不到结婚证的。"医生说："你老婆暗示的是你的脑袋。"

"生娃娃靠的是它，跟脑袋有啥关系？"

"关系大着呢，群众把脑袋叫老大，把鸡巴叫老二，它们是亲兄弟。老二创造肉体，老大创造智慧。《古兰经》里说：真主照他的形象用泥土造人，然后赋予他智慧。圣经里的上帝和中国远古的女娲，也是这样造人的，所以在人身上，脑袋排行第一。生命之所以有意义就在于它具有智慧。老大无能比老二无能更可怕。你老婆暗示的是脑袋，你的脑袋没分量，她便用乌龟来刺激你。那只乌龟有多重了？"

"3600 克。"

"有多大？"

"菜盘那么大。"

"就是说跟你脑袋一般大，可大脑远远没有 3600 克。现在你明白了吧，你的脑袋比不上一只乌龟。"

"我明白了，乌龟不是生殖器是脑袋。可你错了，你们全错了。"

王根仰天大笑，笑声直上云霄。伟人们面对困境，都这样仰天长笑。

医生被弄得莫名其妙，笑声像一支坦克部队在隆隆硝烟中消失了。

王根拍拍医生的肩膀，一字一顿地说："关键是我有能力。我的老大和老二都是健壮的，跟草原上的骏马一样。从小家人就说我脑子好使。跟我一起毕业的同学都还在车间守机床，我留在母校教技术课。文凭不是吃香吗？去北京进修的指标被我挣到手，我现在有两个毕业证，工科、文科都有。"

医生笑眯眯看着王根，医生怎么又笑起来了？医生笑准没好事。

医生说："大学是个好地方，那里边培养各种人才，包括蠢材。从台湾归来的李大维在大学做报告时，学生们倾诉他们不被重用的苦恼，李大维说你们是自寻烦恼，你们根本不是人才。文凭只能证明你的学历，并不证明你有能力。"

"你知道我在什么地方工作？"王根压低嗓门，提丹田之气到咽喉，"我在办公室工作。"他说："我每星期只上两三节课，上课只是做样子，表示我从事教学工作。我的工作重心在办公室。那些高讲、讲师、工程师都得听我的，他们是专家，专业能力特棒。我管理这些有能力的人，我叫他们每星期上八节课，他们就不能上六节。"

"原来你是一方诸侯，真看不出啊。"

听到赞美声一定要谦虚，王根说："目前还不是，领导正在培养，协助科长工作，科长快退休了。"

"候补科长也不错，那位子迟早是你的嘛。"

王根不能一味地谦虚下去，王根沉默不语，有所期待地看着医生。医生早捏住王根的手腕号脉，心脏跳动全在医生手里，心里话自然而然就出来了："候补的毕竟不是真的，名不正言不顺，老婆有情绪就为这个。"

"正式任命你当科长，也不能证明你脑袋里有智慧。乌龟所暗示的是一种内在的无能，它在你生命的深处。"

"办公室的位子好多人都眼红，我比同事出息多了。"

"那是你机灵，机灵跟智慧是两码事。"

"机灵和智慧都是从脑袋里出来的，是一母所生。"

"尿和精液也是一个地方出来的，一个是排泄物一个是生命，有天壤之别。"

他张几次嘴，舌头像中弹的鸟儿再也飞不起了。

"你老婆的感觉很准，她不可能无缘无故看中乌龟。"医生说，"要想唤起她的感情，你首先要变成乌龟。"

"让我变动物？"

"人不要看不起动物，动物最有生命力，现代人返璞归真，就是寻找人原始的生命状态。"

"让我返祖可以，那也得变猴子呀，怎么能变乌龟呢？"

"猴子留有智慧，万变不离其宗，智慧不是变出来的，是创造出来的。"

"变成动物已经够惨了，还要我变成最无能的乌龟，这不是自取其辱吗？"

"不跨越它你会不幸，跨过去你会更加不幸。"

"你这哪是治病，简直是让人万劫不复啊。"

医生指指门上的牌子，上边写着：心理治疗。

王根大声咆哮："你把我治成啥样子了，我的心理障碍快成三座大山了！"

医生说："生活本身就是水深火热的。"

他叫起来："难道要我屈辱一辈子？"

"不会那么久，所有的清醒都是短暂的，屈辱也是短暂的。半年后，你变成乌龟就不会再感到屈辱了。"

一切很正常，没有出现医生所说的那种屈辱。甚至王根见到乌龟也没什么不良情绪。

老婆上班不在家，小乌龟从卧房大步流星走出来，走到客厅中央停住，那完全是大国总统接见小国外交使节的架势。乌龟爬上沙发，他明白乌龟的意思，便开了电视。电视放的理查德访华音乐会，《秋的喁语》很快打破他与乌龟的隔膜，把他们融化在一片天籁中……乌龟把他当自己人了。

老婆进门时，他跟乌龟玩得正带劲。他把变色镜戴在龟壳上，乌龟像沙漠坦克的雷达车。老婆高兴坏了："你们兄弟俩玩，我去做饭。"

那顿拉条子，老婆发挥出最高水平。

老婆说："做姑娘时，只有我爸尝过这手艺，今天你很乖，让你开开眼。"

领工资时出事了。那天王根心神不宁，让老婆去领，老婆不去："你的工资不领，让人家嚼我舌头。"

数钱时，出纳说："你超课时费比工资都高，你发大财啦。"明显的嫉妒嘛，让别人嫉妒说明你有能力。坏就坏在那泡尿上，如果撒在公共厕所，就不会发生那惊心动魄的一幕。王根正往公共厕所走，校长从后边赶来，他只好放弃水火之事，陪校长边聊边回家属楼。

校长进干部单元，他进教工单元，直奔卫生间。痛快之后，他发现乌龟也在里边。乌龟怒发冲冠的样子把他吓坏了，他忘了系裤子；乌龟像打开按钮的电动玩具呜呜叫着，身上发出蓝幽幽的电光，后腿一蹬拔地而起，冲向他洞开的裤裆。幸好皮带挡在前边，否则他的宝贝会被乌龟连根拔起。

他夺门而逃，乌龟紧追不放。他逃到阳台，拉上铁门，系好裤子。乌龟已经把铁门咬开一个洞，继续扩大战果。这时，王根绝处逢生，老婆回来了。老婆把乌龟劝回小房子，厉声喝道："为什么要欺负它？"

"是它欺负我！"

"它咋欺负你了？"

当然不能说乌龟要咬他的生殖器，这事不宜张扬。老婆又喝一声，王根委屈极了："它把我撵到阳台，把铁门都咬破了，它可厉害了。"

"哈哈，你害怕啦，"老婆转怒为喜，"它比你强千倍，你以后给我老实点儿，不然的话，我让它咬掉你的小鸡鸡。"

他成了惊弓之鸟，睡觉不敢脱裤子，皮带扣得死死的，做梦都在提防乌龟的袭击。老婆乐了："老娘可以睡个安稳觉，不必担心你耍流氓。"乌龟成了老婆的心肝宝贝和保护神，王根一落千丈，毫无立足之地。

乌龟发现他裤裆的宝贝后，整天虎视眈眈，老二随时有覆灭的危险，老二处在水深火热之中。医生的预言得到应验。

天无二日，山无二虎，女人不知道这些韬略，更不知道乌龟的险恶用心：第三者的最终目的都是要取代丈夫的合法地位。历史到了关键的时候，王根被迫发出愤怒的吼声："要它还是要我？"

他连吼三遍，出人意料，老婆竟然跪在他跟前求他放乌龟一马。那情形就像跟情人幽会时被丈夫抓住一样，妻子总是挺身而出保护自己的小情人；王根跟所有戴绿帽子的丈夫一样，肺都气炸了："你！你！你还护着它！"

"你不能伤害它！你不能伤害它！"

老婆做出让步，可以杀乌龟，但必须给她一天时间，她要陪陪小乌龟。

见好就收，他答应了老婆的要求。

他到巴扎上买一把刀子。维吾尔族小巴郎给刀子开刃，电动砂轮打出一片火星。刀子像条白鱼落在他手里。他丢给小巴郎二十块钱，揣着钢刀进了林带。

到没人的地方，王根拔出崭新的刀子，一下一下捅那些白杨树和榆树。树干裂开好多口子。树液翻滚而下像稠厚的泪水。王根闻到了大地的气息，那都是树根从几丈深的土层里抽上来的。

王根不敢相信一把小刀能有这么大力量。医生不是说他没有能力吗？那是因为医生没见过他耍刀子。王根好多年没耍刀子了。刀子攥在手上，就等于王根的胳膊长了一大截。

他返回巴扎，让卖刀子的小巴郎把他的名字打在刀柄上。他给了五块钱，小巴郎把他的名字打得漂亮。巴郎子说："跟岩画一样。"王根目瞪口呆，巴郎子用生硬的汉语解释：就是石头上的字。

故事的开头，小乌龟留在细钢筋上的牙印一下子打动了老婆，老婆誉之为鸡血石上的艺术品。鸡血石也是石头。现在老婆单独跟小乌龟待在家，要待一整天。老婆成了小乌龟的鸡血石，二十四小时里，小乌龟完全可以在方寸之间描绘出最新最美的图画。小乌龟将死而无憾，接受王根的宰杀。生命短暂而艺术永恒。

…………

天快黑时他去看录像。先是枪战片，夜深人静时换上黄带子，老板要大家再交一块钱。喜从天降，大家哇一声拍手称快。

音乐声中一只握笔的手伸出来，接着是一扇大门，那只笔在门板上唰唰几下勾勒出一只气韵生动的大乌龟。乌龟通体发亮，放射蓝幽幽的光芒，蓝光闪过之后，乌龟三下两下摇身变成一条汉子。那条蓝汉子摸进宅子学青蛙叫，卧房的窗户就开了，女主人未露面，观众看到的只是她身上飘起的睡袍。白色的睡袍在夜幕里孤零零地摆动，像是17世纪某个夜晚，漂在大海上的帆影。蓝汉子脚如雨星。在急促的音乐声中，银幕上打出片名《咬毯大王历险记》。内容有点像科幻故事。蓝汉子每搞到一个女人，女人的丈夫便莫名其妙患一种怪病：不是生殖器萎缩就是性功能出现障碍。一句话：丈夫们创造生命的玩意儿被扒拉掉了。蓝汉子成为威震四方的咬毯大王，男人们闻风丧胆。

原来"咬毯大王"这个诨号，不仅仅暗示着占山为王后来得天下做皇帝的英雄豪杰，不仅仅暗示被老婆戴绿帽子，咬毯大王还有更深的含义，那就是生命的创造能力被一举摧毁。乌龟所暗示的就是这种无能。

老婆一眼看中乌龟总是有原因的。

观众们呼吸急促，脸色阴沉，有人忍不住叫起来："我要碰上这号事，一刀宰了他。"老板不失时机地加以解释引导："这是男人最大的耻辱了！"

大家被这种屈辱弄得喘不过气来，越是感到屈辱越是想看更多的片子，跟吸大烟一样。

老板让大家过足了瘾，然后让人搬出台球案子、电子游戏机。大家从沉重的屈辱中清醒过来，个个潇洒无比，赛过活神仙，球打得特棒，游戏机玩得特有味儿。

他不由得称赞起这种别致的娱乐方式。老板说："这位先生一定是新手了？"王根承认是第一次来这儿玩。老板问他遭受过不幸没有，想到老婆钟情于乌龟，他吞吞吐吐："有一点儿。"

"那可是人生的一次机会，要抓住不放，千万别让它溜了。"老板指着里边的房子，说："那是蓝屋。遭受过不幸的人可以到那里去消解，专门有人陪。"他跃跃欲试，老板按住他："你才是星星之火，等你成了燎原之势自然会让你去的。"

他把脑袋伸到老板鼻子尖上叫道："我已经非常不幸了，我已经到了最危险的时刻！"

老板说："你老婆有第三者？"

"差不多。"

"当乌龟就当乌龟，戴绿帽子就戴绿帽子，还差不多，差多少？你保留那丁点自尊心做什么？那是个大累赘，你应该彻底抛弃，轻装上阵。"

他恶狠狠地吼道："不要激动，坐下谈坐下谈。"

他一动不动，保持着愤怒的架势。老板在王根嘴上插一支红雪莲，烟团罩住他脑袋，萦绕不散，那是典型的七窍生烟景象。

"你老婆刚跟人家交上头，你就想下12道金牌，她准会把你当秦桧。"老板说，"唯一的办法就是让你老婆轰轰烈烈地潇洒上一回。打个比方，这就好比感冒，一礼拜后才发作，发作后也不能一下子把它堵住，要让鼻涕呀痰呀淋漓尽致发出来。"老板说："要当就当大乌龟，不论啥东西都不能大，大起来可了不得。"

"窃钩者诛，窃国者为诸侯。可这中间过程太难了，人的承受能力是有限度的。"

"咱中国人穷是穷，可承受能力是举世无双的。"

老板给王根预订蓝屋的位子，王根难受得要死，但还是在票据上签了字。预交100元。交了钱他轻松多了，话也多了。他称赞老板有开拓精神，老板说："我这人不光赚票子，还喜欢看书。一本杂志上介绍说：北京饮食行业为离婚夫妇开设咖啡屋，生意很红火。本老板大受启发，特意为不幸者开设蓝屋。"老板说："我的顾客都还没有达到撕破脸皮彻底决裂的地步，他们蒙受了耻辱，我帮助他们摘掉绿帽子或绿头巾，恢复他们生活的勇气。费用是高一点，精神服务嘛，不能用钱财来衡量。"

老婆不忍心亲眼看到可爱的小乌龟惨遭杀害，留张字条子躲开了。字条上布满泪痕。

老婆怕王根打不过乌龟，用酒把乌龟灌醉。可见老婆还是爱他的。

他掂着钢刀，轻轻推开厨房门，小乌龟醉如烂泥，睡相娇憨无比。如此这般偷袭，纯属小人勾当，有可能破坏他在老婆心目中的形象。

为了做到问心无愧，王根在水龙头下接一盆凉水，泼向乌龟，厨房顿成泽国。小乌龟水淋淋的，异常兴奋，恢复了水生动物的本能，精神抖擞，迈着阔步，向王根逼来。

乌龟先声夺人，王根手里的钢刀哗啷落地上，乌龟奔过来一口咬住。可怜那把锋利的钢刀，像衔在狼口的白鱼，三下两下被嚼没了。

更可怕的是乌龟对王根客客气气，以主人的架势对待王根。一切都在表明，乌龟彻底地战胜了王根，不以王根为敌了。

乌龟大摇大摆从王根跟前走过去，王根竟然没有丝毫的惊慌。老婆进门时王根还傻愣着。

老婆说："你干吗给它泼水啊，乌龟是水生动物，见了水它就把这儿当自己家了。"

他自言自语："怪不得它这么神气。"

老婆说："这样也好，你不用再提心吊胆了，你们可以和平相处了。"

老婆炒四个菜，开一瓶奎屯特曲以示庆贺。美酒落肚，浑身发软，老婆扶他到床上躺下，醒来时天已经黑了。

老婆和小乌龟坐沙发上看电视，看得很出神。小乌龟的脖子伸得好长，像草原上的长颈鹿，老婆显得漂亮极了。

老婆和乌龟坐在一起，简直是一片美妙无比的风景。

王根从卧室里观看这片景色，看了很久。王根一走过去，那景色便顿然消失了。老婆和乌龟扭头看他。这是一种无声的谴责。

他点一根烟坐沙发上，刚看完一则广告，老婆就说："你还有心思看电视啊，睡觉去吧。"他像被勒住缰绳的烈马，吁——一声长啸，恍然大悟，收拾整齐去找校长谈那件大事。

校长一家也在看电视。校长领王根进书房，告诉王根：那个方案没通过。校长说："你不要灰心，虽然没有通过，但可以在你们科里试行两个月。"

王根原以为这个方案由行政会议定下来，十年八年不变。没想到反对派这么多。

校长说："你那个方案强调的是谁上课多谁拿钱多。看起来是多劳多得，可大家心里清楚，课时由你掌握，你爱给谁排多少就排多少，而且只讲数量，不讲质量。"

"我是按大纲排课的。"

"话是这么说，大纲还不是个幌子，到具体工作上还不是由专管的人说了算。"校长说，"别人十节课满课时，你四节课就满了。"校长说："大家认为你是借别人的力量发大财。"

王根叫起来："超课时费还发不发？"

校长说："你小声点好不好？我尽了最大努力说服大家，再试两个月，两个月以后就难说了。"

王根对刚才的冲动感到不好意思。

校长说："我给他们讲了龟兔赛跑的故事。那些教学能力强的骨干教师是兔子，弹跳力好，速度快；而你这种人呢，属于乌龟型，稳重坚韧，善于利用他人获得成功。荀子《劝学》篇里讲过：君子生非异也，善假于物也。我把故事一讲，大家就让步了。"

回到家里，王根告诉老婆："好日子快完了，两个月后咱们拿不到这么多钱了。"

老婆说："我知道会有这么一天，技不如人，又想过得比别人好，够难为你的。"

这不等于说他无能么？

老婆和乌龟都睡了，王根睡不着。

第二天起床，王根两眼通红，老婆安慰他："咱挣多少花多少，穷人又不是咱一家。"

王根说："就这么认了？"

"不认咋办？总不能去偷去抢。"

"还有两个月时间，我要扭转乾坤。"

老婆以为他脑子发热，劝他去街上散散心。

兜里没钱，走在大街上总不踏实。三晃两晃，王根来到书摊上。那里有一本《改变人类生活的二十本书》。王根把这本书足足翻了两个小时。摊主把他当成学者型顾客，热情得不得了，向他推荐最能代表中国文化的几本书。这些人用他们的才华影响改变了人类的生活方式。原来乾坤是可以扭转的。他骑上车子往回赶。摊主破口大骂："日你妈，一分钱不花把书翻完了。"

晚上王根去问校长："上边哪个领导说了算？"校长说："市委书记刚来，指挥不灵。老书记有权威，可惜退休了。"

校长写一封信让他去干休所碰碰运气，那老头脾气古怪，很少有人请得动。

老头在小院里练气功，飘飘欲仙，气度不凡，王根悄悄站在旁边观看。突然他眼睛一亮，在花盆中间发现一只小乌龟。

老阿姨告诉他：这只乌龟是别人十多年前送的，是他们的心肝宝贝。王根想过跟乌龟套近乎，老阿姨说："使不得使不得，老头子正跟乌龟对练呢。"果然，老头子的一招一式都是向着乌龟来的。乌龟凝然不动，脑袋挺挺的直指天空。

老阿姨小声说："来我们家的客人都害怕乌龟，你可要小心点。"

"我家有只小乌龟，我跟它很熟，跟亲兄弟一样。"

老阿姨向王根诉苦："老头子不灵了，以前车水马龙，现在门可罗雀。难得有人来看我们，你多陪陪老家伙。"

老头收功时脸上冒出细密的汗水，用热毛巾慢慢地擦着，喉咙里发出舒服的咕咕声，像啄米的鸽子。

"老首长真健康。"

"找我什么事？"

"听说您老养了一只乌龟，我来看看。"

他奔向乌龟时乌龟也正好朝他这边跑。这只乌龟比他家那只大多了，简直是他们那只小乌龟的爷爷。

老乌龟像扣在地上的黑陶盆子，跑起来一颠一颠晃得厉害。

老头子哈哈大笑："它对所有的客人都是怒目而视，只对你例外。"

老乌龟手忙脚乱的样子，有点像办公室里那些整天围着首长屁颠儿屁颠儿的小干事。老头子一下子喜欢这年轻人了。

年轻人把乌龟托在手上，乌龟竟然不咬他。老阿姨吓傻了眼，老头直乐："动物最有良心，爱动物的人绝对是好人。"

年轻人把手塞进乌龟嘴里，乌龟像娃娃吃奶，咂得吱儿吱儿响。

乌龟跟他们一起进屋里，不理老头，直往年轻人跟前蹭，老头拉都拉不过去。

年轻人说："听阿姨讲，这只乌龟养十多年了。"

老头说："老战友送的。他在南方野营拉练，从河里抓上来就这么大，十多年了还这么大。"

老头把年轻人让进书房。书架上全是坛坛罐罐。里边盛着五光十色的各种药酒，酒液里泡着人参枸杞，还有动物的灵骨。小瓶子里装着冬虫夏草，衣钩上挂着 505 神功元气袋。整个房子里全是中药。

年轻人说："闻着这浓浓的药香，就使人想到中华民族源远流长的养生之道。"

老头让王根看墙上的字画。字幅上写着"十全老人"乾隆皇帝的长寿秘诀：齿常叩，耳常掸，鼻常揉，睛常转，面常搓，足常摩，腹常运，肢常伸，肛常提，津常咽。

老头说："乾隆真是了不起啊！清朝二百多年江山，他一个人就坐了六十年，活到八十多岁。故宫里有金铸的神龟，神龟要活五百岁。按老祖宗的说法，五百年必有王者兴，那正好是一个王朝的寿数。"

年轻人恍然大悟："龟壳上正好有个王字。"

老头说："故宫里的神龟才有王字，荷塘里的老鳖王八哪有王字？"

年轻人把乌龟捉到桌子上，看半天看不出有王字的痕迹。

老头说："当初我跟你一样，用放大镜看，没用。这些土鳖补身子倒很管用。"老头说："这畜生也怪，是壮阳良药，而且长寿，长得连皇帝老子都羡慕它，把它搁在金銮殿的大门口。"

年轻人说："这是辩证的统一。"

年轻人不甘心就此罢休，他要给乌龟动手术。老头吓坏了："使不得使不得。"

年轻人说："王八有肉不外露，珍珠就藏在它的骨头缝里。"

老头大受感动："年轻人你了不起呀！它在我身边待了十多年，我不知道它身上有宝贝。"

年轻人很谦虚："馍馍不吃在笼子里搁着，这宝贝本该属于老首长嘛。"

"这些年我真以为我不行了，养生之道只能恢复我的体力，对我的心力一点帮助都没有。"

"虎老雄风在，老首长还是有气魄的。"

"年轻人话大了，乾隆皇帝都敬这小牲畜呢。咱中国人自古就崇拜动物，华佗的五禽戏就是从动物身上学来的。咱中国人不必学西方人去原始森林冒险，也不用为野生动物绝种而过分担忧，有太极拳就够了。太极拳概括了所有动物的特点，人们可以从中学到狮子的雄心、豹子的胆量、老虎的威风、猴子的机灵、狐狸的智慧和苍鹰的凶猛。"

老阿姨说："老东西，乌龟呢？你把乌龟忘了？"

老头说："乌龟和鹿是学不来的，那是天道，天道只能神授不能人为。鹿是江山社稷，打江山叫逐鹿中原；龟是天寿，不是你想活多久就能活多久。"

年轻人说："咱中国字就从龟甲上来的。"

老头说："那叫河图洛书，是乌龟从河里驮上来的。"

年轻人说："不管怎么说，老首长的气魄在乌龟之上。"

"你不要奉承我，我是有自知之明的。"

"老首长太谦虚了，曹操的诗中就有：神龟虽寿，犹有竟时。老骥伏枥，志在千里。"

"曹操太狂了，折了他的阳寿，他只活了五十多岁，他要有乾隆的寿数，早把中国统一了。"老头说，"他不该对动物无礼，图一时之快绝不是咱中国人所为。"老头说："活着是最大的福气。"

年轻人连说对对对，对完了又不失时机地进一言："像老首长这体魄，不该早早退下来。"

老头说："中央有规定，年龄到了嘛。"

老阿姨小声说："老家伙年龄改了三次，不得已才退下来。"

年轻人愤愤不平："这政策也太不合理了，有的人一上四十岁就未老先衰，这类人应该早退。像老首长，七十多了，头发乌黑，面色红润，步伐矫健，精力旺盛，干到九十岁也不过分。不能一刀切。"

老头摆摆手："应该退应该退，你不要乱说。"

年轻人叫起来："你也太谦虚了，谦虚使人落后。"

"什么？这话倒新鲜啊。"老头开了天眼，呼地站起来，挪动虎步，步步生风。

年轻人说："不信你试试，你还威风哩。"

老头有点信心不足："我没退的时候，他们就炝趵子，人走茶凉，他们不会理我了。"

年轻人给老头打气："你打电话，他们保证听你的。"老头将信将疑。年轻人的嘴巴像打气筒，又加一把劲："你跟一般老干部一样，你有神龟做伴，练养生之道，得天地之灵气，无论体力还是魄力都如日中天啊。"

老头大手一挥，下了决心。到内室去系上神功元气袋，倒一杯药酒，服两粒药丸；神力回升，雄风霍霍，咯嘟一声拨响了电话机，俨然一位三军统帅，在大战开始的瞬间向百万大军下达进攻命令。老头声如洪钟，钟声沿电话线飞向四面八方。

接电话的全是办公室主任或秘书，都说领导不在，接着便是一大串对不起。

老头传大夫进来，从抽斗里找出粗壮的红铅笔，在纸上写出一道道手令，即人们通常说的条子。条子后边不署名，只签一个大大的"王"，那是老头的姓。

老阿姨拿上手令，不到一小时大败而归。老头沉不住气，"王八蛋""王八蛋"骂了半天。

年轻人说："我来打电话，我有法子。"

老阿姨说："老头子都不灵了，你行吗？"

年轻人拨响电话机，说他是王办秘书，首长有个重要会议，不宜声张，只请老部下，不请别人。

老头的大门口像宽阔的海滩，排满龟壳似的小轿车。据说老鳖中午要爬上河岸晒着，汲取阳气。一向冷落的干休所，今天阳光灿烂，车水马龙。

市里的局长们处长们厂长们经理们都来了。老头说："今儿个天气好啊。"大家异口同声："我们在这儿晒太阳。"

录音机里放着那支老歌：《社员都是向阳花》。

老头子进屋去了，大家在院子里等候接见。那情形像求大夫看病，一次只能进去一个。

进去的人出来时都变乖了，乖得不得了。

这气氛一下子感染了大家，大家忘了这是干休所，大家仿佛又回到以前。那时，他们见老头一次要兴奋好几天。当年那种气氛开始复苏。大家个个像孙子，比亲孙子还要乖，俯首帖耳去见老头子，嘴里不停地说着请领导指示，老头子还跟以前一样，气度不凡。

老头说："我的话不是指示，我又不是神仙。"

大家都看到老头身边那只大乌龟，那乌龟真大呀，有脸盆那么大。老头的右手搁在龟壳上，乌龟深思冥想，神游天外，高傲的绿脑袋像加农炮，不怒自威。这就更加重了气氛的神秘感。

大家离开干休所很远，才想起逛北京时在故宫见过的金龟。那是皇家的神器呀！

老头子一下子有了分量。

老头高兴坏了，称赞年轻人足智多谋，恢复了他丢失多年的权威和尊严。

年轻人很谦虚："帮你忙的不是我，是乌龟。"

老头说："乌龟到底是动物，总不及人称心如意啊。在我眼里你比它重要，你代替了它的位置。"

老头吩咐夫人把乌龟宰了，下酒助兴。年轻人大叫："杀谁都行，乌龟万万杀不得。"老头问为啥，年轻人说："《红楼梦》里的贾宝玉有块通灵宝玉，是他从娘胎里带出来的。"

老阿姨说："那是贾宝玉的命根子。"

年轻人说："乌龟就是我的通灵宝玉啊。"

老两口感动极了，颤抖着把年轻人从头到脚摸一遍："它是你的命根子，我们把它交给你。"

老乌龟屁颠儿屁颠儿偎到年轻人跟前，年轻人说："我家小乌龟有伴了。"

老头说："常来看我们啊。"

年轻人下午就来了，来时带着老乌龟和小乌龟。乌龟结伴而行，异常兴奋。

从那以后，每天都有人坐小车来找老头请示工作或者联络感情。他们当中有主管教育的领导，老头子把年轻人介绍给他们。

年轻人开始显山露水。由他起草的方案顺利通过，领超课时费他的手不再发抖，出纳让他签字，他一挥而就。同事们对他的字赞不绝口。略通文墨的人说："这就叫潇洒。"

他去找录像厅老板，老板赶忙叫人在蓝屋伺候。

他说不用了，我找到了比蓝屋更大的家伙。老板问是什么。

"乌龟呀！有脸盆那么大。"

老板吓一跳："老弟真行呀，你找到宝贝啦。"

"还用你说嘛，当然是宝贝啦。"

老板摆摆手："不不，你只知其一不知其二。"老板说："脸盆那么大的乌龟，那是真正的蓝屋啊！龟壳什么颜色，蓝色吗？"

王根嘿嘿干笑："其实，你不用忌讳什么，龟壳是绿的。绿的就绿的，蓝什么呀，怕我犯嘀咕往绿帽子上想？没那回事，该是什么还是什么。蓝屋改成绿屋才对，干脆就叫绿房子。"

老板说："有个外国小说叫《绿房子》，写娼妓的，很有意思。钱锺书的《围城》一出名，北京个体商店全在橱窗里搁一本《围城》，大家都想冲进去试试。可绿房子不行啊。"

"大家能进《围城》，就能进《绿房子》。"

"话是不错，咱中国人哪个不想进去尝新鲜，关键是咱中国人脾气怪：大家都乐意来我这儿乐一乐，乐完了又要砸我的牌子来洗刷自己。"

老板告诉王根："你刚刚开始，要一鼓作气干下去，世道就是这样。"王根说："同事们已经叫翻天了，说我的方案不合理。"

老板说："别理他们，让他们叫去吧。告诉你一个真理：

不合理的事情出现一百次就合理了。"老板说，"我再告诉你一个真理：冰山刚从海面出现时人们熟视无睹，因为冰山只露出八分之一，大部分藏在海水下边；等冰山撞沉几条轮船以后，人们不但承认它的存在，而且视它为一座岛一个大陆，甚至是整个地球。"

"你的真理太妙了，你当老板屈才了。"

"你认为我应该干什么？"

"你当学者最合适。"

"我曾经是个诗人，赞美过爱情和生命。什么都能赞美，唯独不能赞美金子。"

王根问为什么，老板说："金子太沉了，埋在土里它自己会走，越走越深，时间长了就找不到了。"

王根说："那不跟乌龟一样了吗？乌龟爬在泥巴里越钻越深。抓乌龟可难了，要用脚踩，踩在龟壳上，一边硬一边软才能抓住它。"

老板倒两杯威士忌跟他碰杯："你找到了乌龟，我找到了金子，咱们都是幸运者，干了。"

"干了。"

两人都红了脸，一脸灿烂，像报晓的雄鸡，神气得不得了。

王根咪咪笑着说："你发现没有，咱们那两样宝贝都是沉甸甸的。"

老板说："真理就是沉甸甸的，劲儿大的人才能掂走它。"

王根掏出一百元结账，老板不让："你的乌龟是蓝屋正宗，咋能收你的钱。"

王根说："从这月起我有额外收入了，不再是死工资了。"

老板说："噢，你那不合理方案合理化了！"

随即便是一通大笑。

那是他的本命年。老婆说："十二属相里有乌龟就好了。"他属羊。老婆说属羊的人任人宰割命不好。

他以为老婆胡诌，老婆简直是一个属相专家：属龙的当大官，属狗的运气好，属猴的聪明，属虎的威风，属小龙的机灵，属耗子的都比你强，耗子生存能力超过人类。

老婆自己也难受了，羊从来就是狼叼的对象。

老婆在牧场见过杀羊的场面，羊被宰杀时眼泪汪汪，不吵不闹任人宰割。王根心里发凉，问老婆："当初你咋喜欢上我？"

老婆说："上学时语文老师专门讲过这个字。"

老婆拿笔在纸上写一个"羊"字，以"羊"为词根，组合出美和善。老婆说："古人崇拜羊。羊象征丰收和幸福，所以它美好善良，也最能打动少女的心。"

可美和善最容易被毁坏。很久以前，人们把羊当作祭祀神灵的牺牲品，由羊而生发的美和善从它们诞生那天起就注定了悲惨的命运。

老婆说："好人不能善终，乌龟是神寿，我买它就是为保佑咱们夫妻白头到老。"

那是王根的本命年，那年他的脑子特别好使，他从老婆的话里一下子领悟到更深的哲学意义：老婆在为她当初的选择付出代价。美好而善良的东西仅仅是一个少女梦，爬进一只丑王八，一切都扯平了，生活便有了分量。

老婆说："当初你还想杀乌龟下酒呢，没想到它是你的通灵宝玉。"

那天夜里，两只乌龟一前一后离开屋子。他跟踪它们，要探个究竟。

乌龟穿过校园，爬向郊野，一直爬到郊区牧场。那里关着数百头美丽的羊，是供市民们吃抓饭用的。

乌龟像坦克轰隆隆冲进羊圈，羊们惊恐万状，越是惊恐越显得动人越显得柔顺，王根在黑暗中尖叫起来：那正是他的本相。王根跟羊一起战栗，但他的惊恐一点也不美甚至丑陋无比。乌龟瞧都不瞧王根一眼，径直冲向那些魂飞魄散温顺美丽的羊，干净利落，啃下一颗羊头。

被啃掉脑袋的羊脖子像原始人用的大撇口酒杯，羊血像红葡萄酒，乌龟一饮而尽；那股豪迈劲儿简直是活张飞。

王根脸都吓白了，身上的血不知流哪里去了。乌龟知道他没有血性，乌龟便张大嘴巴，把刚喝下去的羊血全吐到他身上，他成了血人，他的筋肉在血水里吱吱作响冒出火星，他的骨头在血水里变硬。

原来乌龟在磨练他的灵魂。

他眼睁睁看着自己的属相惨遭凌辱和屠杀，王根不再为羊的死亡感到悲痛了，充塞在他心中的是难以下咽的厌恶。

人厌恶自己的时候就开始坚强了。

王根去找校长谈自己的想法。因为很少有人直截了当提这种要求，王根的头垂得很低，像个囚犯。

校长沉默了好长时间，权衡了又权衡："你要求担任科里的负责人，说明你有上进心，我们研究一下，向主管部门反映。"

离开校长家，王根走得飞快，像捞了一笔巨款的小偷，又惊慌又激动。上级部门马上考查王根老师，接着是遥遥无期的等待。这已经是一个很了不起的成就了。

红头文件很快下达，他被任命为科长。

王根设宴招待大家。酒过三巡，老婆提议给乌龟敬一杯，大家觉得稀奇，纷纷举杯。乌龟静如止水，毫不理会。
老婆说："它要喝好酒，它要看文件。"

客人们笑了："乌龟那绿豆眼认识个狗屁！"

老婆说："咱中国字儿是乌龟从泥巴里驮上来的。"

大家都知道有甲骨文这回事，认为女主人说得有道理。

老婆递给乌龟一杯酒。乌龟看都不看，一口咬住。大家议论纷纷：不知乌龟是何意图。

客人走后，老婆说："你还不明白，乌龟不满意你那绿豆官儿，乌龟绿豆眼儿，你又绿豆官儿，这不是糟践人吗？"

那天晚上，大乌龟小乌龟又去郊外。他想跟着一起去，差点被乌龟咬断脚脖子。

一大一小两只乌龟在茫茫黑夜里踽踽而行，那悲壮的场面，不亚于当年易水河边去刺秦王的荆轲。

他抱着血淋淋的脚脖子，怆然而涕下。乌龟口下留情，撕掉一块肉，没伤筋骨。

第二天，市民们议论纷纷，郊区牧场二百多只美丽的羊被狼咬死。电视台报道说："从现场迹象来看，狼是出于对人的报复。"

那些死羊上市后很快被销售一空。原因很简单，民族同志不吃死羊，死羊削价处理，占了便宜的汉族人喜气洋洋，如同过节一般。老婆也抢购了一只羊腿。吃拌面，王根只吃面条不碰肉，老婆很不高兴："怎么啦，又不是吃你身上的肉，下不来筷？"

老婆一点也不知道晚上发生的悲惨故事。这类事不宜对女人张扬。

王根试着吃了两块羊肉，吃得他心惊肉跳。跳过后反而觉得心旷神怡。老婆说："不长进的东西，以为老娘害你呀。"

这次找校长时王根从容多了。天南海北乱扯，扯得校长迷迷糊糊。王根点到为止不点破，校长感到很为难："目前没有机会呀，职称有文件规定，不能乱来。"

"我的想法不成熟，只是跟领导谈谈心。"

"有破格提升的规定，可你不够条件啊。"

王根笑笑起身告辞，找"条件"去了。

功夫不负有心人，还真找出那么几条。虽然那些成绩是别人的，可那些教师都是临时从工厂聘请的，讲完课他们都回到原单位了，他们的教学成绩留在学校教学档案里。王根吃的就是这个空额。

校长有些后怕："你这是吃空额啊。"

王根说："他们又不是我们单位的人，这些空额与其闲置，还不如及时开发出来，否则就是浪费资源。"

"其他老师也有意见，说他们的剩余劳动全叫你吃掉了，"校长小声说，"我不把你当外人，我给你露个口风，他们说你是混在羊群里的狼。"

王根内心一阵狂喜，这正是乌龟要他做的。

王根故作镇静："我也给你透个口风，这是战略相持阶段，过了这个阶段，一切都会好起来。"校长将信将疑。王根说："任命我当科长时，他们冲到办公室质问领导，说我无能无德；给我评职称时，他们只能在背后瞎鼓捣；他们退却了。他们是聪明人，聪明人是很懂事的。"

校长疑虑尽释。

任职文件下达后，老婆说："不要张狂，先让乌龟瞧瞧。"跟上次一样，乌龟把文件给吃了。

那天晚上，乌龟又去郊外牧场扮演狼的角色。牧场已经没有羊了，那里只有未驯服的野马。乌龟要在马身上逞威风。

外边静悄悄的，那是大战来临前的寂静。他实在帮不了乌龟。

老婆睡得很香。她不知道夜里发生的事，最好不要让她知道这些惨象。

天亮时乌龟回来了。乌龟遍体鳞伤，乌龟筋疲力尽，脑袋一缩，呼呼大睡。

下午传来消息，牧场两匹马被狼咬死，死相惨烈，令人目不忍睹。

机会就这样来到王根身边。从表面看这次机会与他无缘；他刚评上讲师，离高级讲师还非常遥远，遥远得令人头晕目眩。

王根决心创造出乌龟吃马的奇迹，他必须对自己的灵魂负责。

那天，夜幕降临，乌龟急躁不安。王根收拾一新走进黑暗时，乌龟才安静下来。王根感动得差点流泪。古人在迈向文明的进程中，常常用龟壳占卜以求神佑；王根伸手去摸光滑坚硬的龟壳，就像力大无穷的安泰摸到了大地。王根双脚生风走进黑夜。

那天夜里，王根的腿脚格外有劲，不但撬开了黑暗，而且把地壳也撬开了；他的腿成了地球的柄，地球像磨盘被他推着转。

那天晚上，老婆开始崇拜他。

接着，王根利用出公差的机会，打通了上级主管部门的各个关节，把外围清扫干净。一切都在晚上进行，单位没有人知道。万事俱备后，王根杀回学校借东西。连一向支持他的领导也以为他在开玩笑。他说："你只要报上去就行了，就当开一次玩笑。"

领导说："高级职称很严肃的，能开玩笑吗？"

他说："开我的玩笑，跟大家没关系。"

领导说："报上去再刷下来，很难堪的，你要想好。"

评委会反对，领导给评委们做工作，最后强行通过。

玩笑像春天里的风筝，放上去就下不来了，而且越飞越高，风筝变鸟。

文件下达那天，连反对王根的人也开始钦佩他。王根不再是普通教员绿豆官，他成了北疆地区最年轻的高级讲师。大家没理由不服气。

王根对乌龟说："我告诉你们一个真理，什么东西都不能大，大起来就了不得了。"他让乌龟看文件，乌龟把文件叼在嘴里开始细嚼慢咽，他都哭出声来了。他实在想不出还能谋到什么职位来证实他不是无能的，难道让他当国王吗？

奇迹出现了。奇迹是老婆发现的，老婆叫起来："快过来看呀！"任职文件的内容从龟壳上出现了。黑体字亮如星辰，布满光滑坚硬的龟甲，连公章也出来了，又圆又红像一轮太阳。

玫 瑰 绿 洲

死者是个很不寻常的人，他和他的棺材占据了一个软卧包厢。按列车的规矩是不拉死人的，即使走后门破规矩，也只能托运。死者不想把自己当货物让人家摆弄，硬是上来了，还带着两个保镖，一高一矮，穿蓝色皮夹克、戴大墨镜，不大理人。他们在另一个包厢。

消息灵通的旅客马上知道事情的真相，他们找车长抗议，车长也说不清原因。大家嚷嚷着要把死人扔出去，他们拥到门口就不动了，俩保镖在那儿站着呢。他俩烟卷挺在嘴上一动不动，烟卷兀自燃烧。大家化整为零，躲进了自己的包厢，就像士兵躲避炮火轰击，半天都不敢露面。死者就这样赢得了大家的尊重，大家从他门前经过时小心翼翼轻手轻脚，就像对待一个睡眠中的长者。

死者就这样回到他的故乡——西部边境的一个小站。

那是一块小绿洲，夹在西天山和大戈壁之间。铁路线细若游丝，火车跟蜘蛛一样，汽笛声显得很遥远很陌生，旅客们根本感觉不到自己的存在。

两个保镖看一下表，一前一后走进死者的包厢，大家看见了想象中的棺材：敦厚庄严，还有暗暗的光泽。列车员喊：死人下，你们都得下。大家傻乎乎的，听不明白。列车员说：下一站是阿拉山口，你们想去俄罗斯？好多人发出惊叫，他们下车的地方应该在沙湾奎屯石河子。俩保镖一前一后抬出棺材，大家都上去帮忙。他们出了站，大家还趴在车窗上看：棺材简直是一座宫殿，竟然有如此辉煌的死亡。

死者和他的保镖置身于故乡——托托。

从车站到托托镇有两公里，保镖抬着棺材竟然不累。有不少车子靠近他们，按喇叭讲价钱，他们无动于衷。他们绝不是掏不起车费，那身打扮一看就是有钱人，他们肯用力气，是死者与他们签有合同：必须把他抬进自己家院子。

在托托，好多年没有出现抬棺材的景象了，送死人到墓地都是用车拉。这两外地人引起了大家注意，不用问棺材里装的是谁，光凭俩保镖的威风劲儿就够了。棺材像海洋里的大兵舰，所到之处，全都是静悄悄的。人死到这份儿上还有什么说的，托托人全被死者征服了。

俩外地人抬棺材进了团部。团里正在开会，研究抢收棉花的事。院子里出现一口棺材把开会的惊动了，团长砸桌子，怒不可遏。有人跑下去，很快又跑上来，把团长叫到小办公室，关上门嘀咕一阵。团长再次走进会场已经不生气了，草草总结几句宣布散会。

外地人到了楼上，团长问他们需要什么帮助，他们打开皮夹取出一张表，需要团部盖个章子。死者的家产几乎都在南方大都市，那里的公证处和法院需要这些手续。团长明白了这张表格的分量，不能随便把章子盖了，要打开棺材看看，对死者负责嘛。

俩外地人没吭声，往楼下去，团长跟在后边。围观的人让开一条道，团长不慌不忙走到棺材跟前，伸手摸一下，就像摸团部新买的奥迪，手感好极了。团长告诉大家死者的身份，那是托托人人皆知的人物，在奎屯上完技校后去南方特区，滚爬摸打整起一个大型企业集团，托托人提到他总是扬眉吐气，自豪得不得了。他的行踪一直是新闻单位的热点话题。

团部大院人头攒动，却静得出奇，连呼吸声都没有。眼睛也是静静的，像深水里的鱼。空气清爽，把大家的面孔擦得很亮。俩保镖互相看一眼。高个子保镖用手一推，棺盖跟石板一样"嚯——"开了。人群动几下，在团长的咳嗽声中又静下来，团长朝棺材里看一眼就呆住了。高个保镖说：就是他，没错。团长没接话，让保镖合上盖子。

棺材没有上钉，说明死者很聪明，生前就想到会有这么一幕。

大家交头接耳全成了长舌妇，嚷嚷声很快裂变成莫名其妙的愤怒。人群晃动，往保镖身上冲。那个最先冲上去的人被保镖从身上扒下来，转个个儿面朝大家。保镖肯定在他背后捣鬼了，他只张嘴巴喊不出声音，面孔严重变形，变成恐怖的骷髅，大家被这幅图画吓傻了，纷纷后退。保镖见好就收，松开手，那人挣扎半天从骷髅里挣脱出来，恢复原形。大家不断追问，他硬是回忆不起刚才的情景。

到楼上办公室，团长问他们，怎么回事？保镖说："所有的火葬场都烧不了他，只好拉回老家安葬。"

"他是人还是石头？石头也能烧成灰。"

矮个保镖打开密码箱，拿出死者的遗嘱，上边写得清清楚楚：要葬在托托的土地上。"既然有这样的遗嘱，干吗到火葬场瞎折腾，把他烧得人鬼不像。"矮个保镖拿出第二份遗嘱，上边写着：送火葬场火化，然后葬在托托。矮个保镖让团长看两份遗嘱的日期：火葬在前，土葬在后。"他有预感，知道自己烧不烂？"俩保镖点头。团长叫起来："真他妈胡扯淡，直接拉回来不就得了？新疆这么大，他这么有钱，建一座皇陵也能办得到。"高个保镖说："他属于新疆，也属于我们那座城市。应该在我们那里烧一烧。"团长呵呵笑："你们火葬场拿他没办法嘛，把他的脸都烧没了，烧成了焦炭，还得拉回来，托托是他的根呵，他只能烂在这里。"

"我们要看着烂。"

"这也是遗嘱？"

保镖拿出最后一张遗嘱，上边写着：死者入土方可离去。团长叫起来："你们不是保镖吗？保他活命还保他死啊。""我们的雇金全在这上头。""钱这东西，从古到今没有谁能带到棺材里去。""他是个例外，他的大半产业是为死后安排的。" "我经历的死亡多了，那里边空荡荡没有油水哇！"

俩保镖没工夫跟团长瞎叨叨，下楼忙他们的事儿去了。

他们抬起棺材，帮忙的人很多，游行示威似的穿过大街进入原野。动植物全都生动起来了，泥土舒展松软，原野一起一伏呼吸着。他们来到一片葱茏的林木当中，当地人说：就是那房子。

那是一栋典型的新疆房子，红砖红瓦，蓝漆门窗，装双层玻璃，屋檐秃秃的，毫无遮拦。

棺材停在院子里，大家帮忙搭起一个棚子。死在外边的人不能进屋。

大家要帮着收拾屋里，保镖谢了大家。打开门，屋里豁亮干爽。到底是新疆，要在南方，里边早发霉了。俩保镖脱掉外套，找盆子打水。门外林带里有条水渠，从南边山上流下来，山很远，只能看个大概。置身于绿洲，他们才发现新疆并不干旱，冬天有积雪，夏天有雪水。

这是个好住处，屋里什么都不缺，有被子有床有锅灶，还有火墙，院子里的煤用泥巴封着。他们不用为吃饭发愁。街上馆子很多。

这房子是死者父亲的，父亲临死前要卖掉，儿子不让。儿子安葬好父亲，一把大锁锁了故居又飞走了。父亲的墓就在前边林子里，高大的白杨，枝叶萧萧如雨声。人到了疲惫不堪的时候，就应该到新疆的旷野上来，挖个坑自己跳进去，摊开四肢放心去睡，除过阳光和风，没有谁会打扰你。尸体也不会腐烂，连臭味都没有，阳光和风是最好的外科大夫，它们慢慢哂干你身上的水分，让人紧缩得硬邦邦的，从坚硬中一点一点剥落，变成细细的尘埃，融入无边无际的旷野。

死者在火葬场里不肯就范就为这个。

当时，公司上下都急红了眼，连亲信们都忍不住了，大骂北方佬顽固不化。律师拿出死者的遗嘱，才平息了葬礼上的风波。

前来悼念的人很多，俩保镖累得睁不开眼睛，大家刚离开他们就上床睡觉。瞌睡不听他们使唤，眼睛闭着，脑子却醒着。高个保镖说：别人家的床真不好睡。矮个保镖说：咱们忘了清理院子。院子里全是荒草，快要爬上窗户了。老板这么匆匆忙忙奔回故乡，是不是为这个？高个保镖说：他只想早点化成黄土，还能顾上院子里的杂草？矮个保镖说：咱打扫了屋里，已经够意思了，要搞外边就没个完。

他们不断给自己宽心，希望瞌睡来得快一点。他们第一个梦就是白蘑菇，就在他们伸手去摘的时候，嘴里发出一声惊叫，把月亮都吓傻了，白煞煞远远躲开，像胆怯的少女遇到歹徒。俩保镖把枪都拔出来了，灯都拉亮了。窗外的月亮文文静静，恢复了她原有的矜持端庄，倒是墙上的老人遗像令人怀疑。高个保镖踩上桌子，从相框后边摸出一个纸袋，里边是一封没写完的信，上边写着："儿啊，爸干不动了，地里全是草，走都走不进去。杂草追到院子里，翻过篱笆，把窗户都封住了。"信没写完老头就咽气了，下边没落款。

儿子肯定看到信了，还把它放在父亲的遗像后边。儿子花钱雇人伺候父亲，雇人清理院子，可家园还是荒芜了。儿子办完丧事，回南方挣钱去了。儿子在南方混了十多年，天助神佑发了大财，成了真正的老板，有了像样的房子和车，有了身手不凡的保镖。他们从一开始就跟着老板，老板很信任他们，把身后事交给他们去办，他们不能不尽心。他们认定老板是为这封信来的：这不是一般的信，而是一份遗嘱。

他们到院子里，朝老板三鞠躬，半跪在地上把那封信烧了，火焰跳了两跳，跟夜色糅在了一起。他们可以放心地睡了，他们睡得很死，棺材响动他们都没有发觉。

死者慢慢移开棺盖，伸出那颗焦煳不堪的脑袋。这远远不是盖棺论定的时候，大家都以为他死了，就可以下结论了，就可以往棺盖上敲钉子了。那长长的铁钉没敲进去之前，他必须出来一下，把事情干完，不要给生命留下任何遗憾。两手一撑，他坐起来，仰起脑袋拼命看天空：云彩被月亮修剪得很纤秀很光滑，蓝天平整而辽阔，不见星星的踪影，像涨潮的大海，星星全被淹没了。死者朝蓝天、月亮和云彩伸手。当他感到高不可攀时，就一咬牙从棺材里出来了，棺材像他褪掉的一个壳，或一件脏衣服。

死者跳上大地，站在自家院子里，神气得不得了。

院子没有围墙，四周有高高的树篱。整个院落完全被埋在枝叶茂密的树丛里，被埋在茂密的草丛中间。要在院子里走动，非得用手扒开草丛，不停地撩拨树枝。他刚扒开草丛，就被草根底下的泥土味熏醉了，那种浓烈的苦艾味儿直泻肠胃，冰凉得让人发抖。他把脑袋伸进草窝里，像干渴的猎手在深山里痛饮泉水，非把它吸干不可。他的后臀一晃一晃，摆得那么厉害那么有劲。他还没闹够呢，他蹲下去，捉地上的蟋蟀。他从蟋蟀的叫声里感受到儿时的乐趣，那嘹亮的歌声弥漫了整个夜空，他的手准确无误地落在潮湿的泥地上，拨开杂草和湿土，双手合拢，蟋蟀拼命地跳，小家伙浑身是劲，扎得他皮肉痒痒，咧嘴直笑，他一笑就跟活人一样了。眼睛鼻子耳朵嘴巴全烧没了，蟋蟀让他恢复了生命的感觉。他沉思了好久，除了少年时期，他几乎没有关于旷野的回忆。他没有好好地欣赏过月亮，没有欣赏过泉水河流小鸟和草丛里的虫子。现在，他的面孔被烧毁了，他只能用身体和手来感受旷野和月光。这种感觉微弱而遥远，它们属于耳聪目明者。

在南方这些年，他过着大地上最喧嚣的生活，它们把他变粗糙了。他的手温存一点，就可以跟虫子好好相处了。他身上从来没有产生过这种细腻的感情，跟女人在一起时也没产生过。这不是他的过错。繁华世界的女人不可能让男人振奋，更不可能让男人高贵，她们唯一的特长就是让男人疯狂堕落毁灭。他跟数不清的女人上过床，她们的面孔在瞬间美丽之后全都模糊了，成了岁月的尘埃随风而去。在那焦灼不安的日子里，他渴望一颗高贵的心灵来陪伴他。他的每个毛孔都是血腥的，他需要一片风景，但直到死，也没有得到。

蟋蟀，蟋蟀使他优雅起来。他跪在地上，用手抓松软的湿土，土很细腻，清凉的气息在手指间窜来窜去，他一下子摸到了虫子的窝。

那是一个小小的洞穴，四壁光滑湿润，他的手指停在那里，身子微微发抖。他第一次与少女同床时就是这种感觉，那女孩惊慌失措，眼睛里全是绝望和恐惧。他很粗暴地把她按倒，把他那东西放进去，他紧张得要命，冷汗跟秋雨一样把他们淋湿了。那种冰凉的湿漉漉的感觉纠缠了他一生。后来他去南方就为这个，在潮湿闷热的江南，他一遍又一遍让雨浇淋，然后去找女人，那些女人都是热腾腾的，他再也找不到少女的冰凉与惊慌了。在他的成功与失败当中，女人从来不流露这种感情，她们个个熟得烂透，连十五六岁的小丫头也是这种样子，他不再相信生命会有什么奇妙的感觉了。

在蟋蟀小小的洞穴里，他的手指停在光滑细腻湿润的部位，手指很快成了全身感觉最丰富的地方，医学上把这种区域叫性敏感区。对一个死去的人来说，生殖器是多余的东西，让手指代替它是理所当然的。手是人与自然之间最优雅的器官。

他的手指被蟋蟀的洞穴深深吸进去。

这虫子用它小小的洞穴安置了他破碎的心灵。心灵何在？就在手指尖上，跟一滴露水一样，只有落在洞穴里才能保全自己。他那些豪华的住宅和别墅是不会容纳一滴露水的，好房子永远属于狐朋狗友和真假难辨的女人。真正属于生命的是故居，是眼前这座淳朴的小院落。他的手停在泥土里，就像疲惫的货轮开进深水港。他在用全身的毛孔打量自己的家园。

这是父亲一生的杰作。

父亲先开出林带栽上树，再挖一条水渠，树就全活了。那时还没有房子，在林带中间的空地上挖地窝子，那是新疆人的洞穴阶段，老新疆都住这种窝。要在新开垦的处女地上扎根，必须从大地深处开始。家园就是这样建起来的。

父亲把女人领进地窝子，在地层深处做爱。蟋蟀以及许许多多的虫子目瞪口呆，它们目睹了温柔之夜的全过程，开始接纳这对新邻居。虫子们放声高歌，把黑夜渲染得浪漫而辽阔。人类最早的家园就在洞穴里，从树洞到山洞再到房子，在大地和天空营造心灵的隐秘之所。父亲和他的女人是在男欢女爱中感受家园情趣的：把少女变成女人，让她怀孕，让她成为母亲。死者最初的胚芽就是在洞穴里形成的，蟋蟀和许许多多虫子参加了创造生命的大合唱，它们是旷野最优秀的歌手，它们的嗡嗡之声无法用音符和五线谱描述，却能直接进入生命。

母亲发现自己怀孕时，父亲已经盖了一座土屋。

父亲用一个夏天的时间打土坯，到了秋天，土坯全干透了。木料是现成的，连皮都不刮，盖上苇子抹上泥巴，一个简陋而温馨的家就出现在了大地上。洞穴时期结束了，女人在院子里洗衣喂鸡时感到自己不大利索，手脚和腰笨拙起来。

丈夫的生命在她身上发芽了。

丈夫正往家里搬柴火，女人把喜讯告诉男人，男人一身的疲惫化为乌有，喝碗奶茶，嘿嘿了两声，穿过田野，到沙漠里去收拾梭梭柴。

那年冬天，他们有烧不完的柴火，风雪被死死地堵在屋外，火墙里全是梭梭柴坚硬的碎裂声。女人躺在炕上，喝奶子吃羊肉，雪白的肚子越隆越高，土块房子太小啦，容纳不下紧绷绷的生命。父亲又拆掉土屋，用新砖瓦和水泥钢筋盖大房子。

大梁是从天山里伐来的杉木，跟马的龙骨一样横卧在屋宇的顶上，气度非凡；抹上黄泥，盖上红瓦，从远处看，那房子简直是活的，就像拴在林子里的一匹神骏。

这样的房子不可能再拆了，日月星辰和疾驰的风一一闪过，在屋外留下美妙的瞬间。

父亲赢得了大地的尊重。

在死亡到来之前，男子汉必须让大地对你另眼相看。

很久以后，他明白了这个道理。

他的手还停在泥土中，他没有眼睛没有耳朵没有鼻子没有嘴巴，他用一颗大火焚烧过的脑袋打量这栋房子，直到天色发白。晨光穿过林带泻入院内，他想逃回棺材已经来不及了，死人在白天是不能动的。

下地干活的人从院篱外看到死者，吓得失声乱叫。很快引来七邻八舍，把两个保镖也吵醒了。这两个懒家伙虽然陪死者守夜，也被眼前的景象吓一跳：死者跪在院子里，双手插入土里。娃娃们发现了蟋蟀，大家也看见了死者手底下的洞穴。上年纪的人说：那是他家的地窝子，他找窝呢。地窝子被埋掉几十年了，当地人还是能发现烟火熏烤的痕迹。俩保镖把死者抬起来往棺材里放，老放不平，他的腿弯成了直角。用灰包垫，勉强让他半倚半坐在里边，棺材成了敞篷小车，不再显得阴森可怕，娃娃和女人都敢靠近它。

矮个保镖拎铁锹铲平地上的土坑，蟋蟀和它的洞穴全被埋了，矮个保镖还不放心，用脚踩："人都死了，还惦记那些房子。"

高个保镖说："珠海深圳的度假村和别墅对他没有用。"

"难道是为了这些平房？"

高个保镖笑得很神秘。

老板死前对遗产做了安排：俩保镖护送灵柩到老家托托，办完丧事，可获得五十万元的财产。

老板活着的时候他们就开始谋划这笔遗产了，彼此心照不宣，但又含糊不清，摸不准对方的真实想法。从南方到新疆绵长的铁路线，两人反复较量，均不得要领。

老板虽然死了，可脾气一点也没改，兴趣全在房地产上，连蟋蟀窝都不放过。矮个保镖最早发现这个细节，不顾一切冲了上去，却暴露了心里的秘密。值得欣慰的是，高个保镖对房地产不感兴趣，两人对视半天，松一口气，省得撞车。

高个保镖很神秘，轻易不肯流露自己的心迹，矮个保镖骂他不够朋友。高个保镖说："你放心，我不抢你的房子。"人家下了保证，再追问下去就不够意思了。矮个保镖还有点不放心："老板会不会骗我们？"

"他平生最爱干空手套白狼的勾当，现在不同了，他死了，死人能干什么呢？"

"我总觉得他还活着。"

"那是咱们伺候他惯了，等埋了他就没事了。"

"但愿如此。"

搬进新屋不到一个月，母亲发现她怀孕了。推算一下，是两个月前在地窝子里怀上的。

母亲百感交集，受孕的洞穴已经被铲为平地，她每次从那里走过，心惊肉跳。简直不敢相信，人跟虫子一样蜷伏在地底下翻云覆雨，跟种子发芽似的长出一个娃娃。

他们是托托第一家盖房子的，串门的人挑门帘进来都会发出惊叫：女人妙手，土坯房子成了真正的宫殿。

男人从远山伐来木料，锯成板子，春暖花开的时候，请来浙江木匠打做家具。家具打好了，女人却腆着大肚子跟小木匠跑了。

男人骑马去追，在沙枣丛中发现了小木匠和他的女人。那是两个月光下的裸体男女。平沙无垠，沙枣和红柳像大海里的藻类植物，漂来荡去，两个年轻的裸体男女被月光装饰成了白色，在汪洋大海中翻滚。丈夫拔出蒙古刀，希望月亮把他的刀子也装饰一下。他朝刀刃吹气，上边的月亮一下子模糊起来。他四十八了，他的女人二十五岁，小木匠二十出头，月亮把生命与青春照得一清二楚，唯独把四十八岁的丈夫给遮住了。一个衰老的生命是无法装饰的，月光抹不平他的皱纹，只能使他显得更丑陋。

两个裸体男女交欢后睡熟了，丈夫要杀他们很容易。丈夫收起刀，解下水壶，放在他们身边。他们只顾欢乐，没有带水，会旱死在沙漠里。丈夫给他们水，是代替钢刀的意思。他想妻子会认出自家的物件，良心发现，回心转意。

丈夫在远处等待奇迹。情火中的男女只认得他们自己，他们连太阳也不认得。丈夫在晨光中看得清清楚楚，小木匠和女人醒来后，以为水壶是旅人所遗，拎起来就走，看都没看。

丈夫跟踪其后。既不像杀手，也不像保镖，自己渴得半死。

穿过沙漠，又是一片绿洲，而且全是野玫瑰，那种瑰丽的景象让人目瞪口呆。小木匠和女人狂呼乱叫，将大把的花瓣往对方脸上撒。花香浓烈，令人窒息，女人在红花丛中越发姣美，白晃晃的身子闪出闪进。女人真不可思议，月亮能把她们变成鱼，玫瑰又能把她们变成鸟儿。小木匠轻捷如燕，很巧妙地在另一片花丛里捉住女人，女人不住地求饶，然后滚在一起，花浪翻卷，鞋子和衣服一件一件丢出来，最后飞出来的是空水壶。

丈夫躲在一边，咬牙切齿。他真弄不明白，既不杀他们，还等什么呢？女人是铁了心啦。丈夫的眼睛全湿了，哭声很难听，像豹子在叫。

这是一片无人知晓的绿洲，所以玫瑰花才开得这么好。

丈夫昏昏沉沉睡了好几天，竟然没死，还能鲤鱼打挺。他想穿过玫瑰绿洲，到天山脚下的乌伊公路上去，那俩狗男女可能从那里逃生了。

就在这个时候，丈夫发现了他的孩子。

孩子躺在花丛里睡得很熟。身上裹着女人的花衣服。情火中的男女只有他们燃烧的肉体和飞驰的灵魂，他们的负载能力很差，即使自己的亲骨肉，也能忍下心抛弃。

丈夫面对这个出生两三天的婴儿束手无策。他没想到自己的骨肉这么丑陋，他一下子把女人原谅了。女人跟小木匠，小木匠年轻而且眉清目秀，给小木匠生孩子是女人的骄傲。

丈夫不知道：所有的新生儿都是肉乎乎的，没有好面孔。

婴儿醒来，哭声嘹亮，丈夫一下子成了父亲。他要喂养自己的孩子，他变得残忍起来，抓住鸟儿放它们的血：用蒙古刀划开鸟儿的脖子，用水壶接，几十只鸟才灌满一壶。他的手上脸上全是血斑，跟杀人似的拎一壶血去喂他的孩子。孩子吮吸的不是母亲的乳头，是军用水壶的铁皮盖子。父亲用钢刀在上边扎一个小孔，孩儿可以吸出鸟儿的血液。

孩子的嘴巴鲜艳无比，孩子出他娘肚子还没洗呢，身上全是胎液，有母亲的血，还有鸟儿的血。

父亲在沙漠里走了三天三夜，回到托托。人们看见他吓得转身就跑，他和他的孩子全是血人儿。大家认定这家伙是从女人肚子里刨出了自己的骨血，大家被他的英雄气概震撼了。他没有肯定也没有否认，反正他身上全是血，那些血还带着淡淡的玫瑰香味。

团长问他有没有人命案，他指天发誓，没有伤害他们。女人们给婴儿洗澡，洗一盆血水。她们生过孩子，知道那是一道鬼门关，流这么多血还能活命吗？她们都认为他杀了老婆。孩子出生就没了娘。女人们的心全软成了水，有奶水的娘儿们毫不犹豫端出雪白的乳房。婴儿第一次吃到人奶，吃得又贪又狠。

大家劝父亲再找个女人，一来有伴二来可以带孩子。父亲的伤口太大，世界上不可能再有哪个女人能堵塞他的伤口。

父亲把对女人的兴趣移植到家里。他拆掉土屋，盖起一砖到顶的新屋，在院篱与林带之间栽上刺玫。

托托没有玫瑰花，鬼知道他从哪儿弄来的。没有女人的屋子，有这种香味也就够了。

父亲是托托最能干的男人。团场搞承包，他第一个发了家。承包的六十亩地全种上了油葵。那时儿子技校毕业在家，对开车没兴趣，跟老子一样兴趣全在钱上，且青出于蓝而胜于蓝，不顾政府的法令限制，要把油葵贩到内地去卖。父子大吵大闹，地是两个人种的，独生子没少出力。

父亲小看了独生子的能量，父亲以为路上有卡子，儿子插翅难逃。天快亮时，院子里的麻袋不翼而飞，车辙没有上公路，而是通往沙漠。团部哨卡失去了作用，马队不敢贸然进沙漠。

父亲一个人进去了，拦也拦不住。父亲不是为了追油葵，父亲预感到儿子会步母亲的后尘，一去不返。

儿子走的果然是母亲当年私奔的路线，穿越沙漠，进入无人知晓的玫瑰绿洲，恢复体力，直插乌伊公路，到了乌鲁木齐就没事了。母亲与情人当年就是这样逃出托托的。

儿子以几十麻袋油葵作本钱，倒卖新疆专控物资，油料棉花羊皮，什么都搞。从乌鲁木齐到内地沿海，有他的秘密交通线。

大家慢慢知道了儿子的业绩，谈起他都是清一色的钦佩和赞叹。外边的世界太精彩啦，父亲无法招架，他的女人他的儿子候鸟一样飞向大海，不见回来。

团长去南方考察，碰到儿子。儿子把家乡的客人请到白天鹅宾馆吃蛇肉猴脑，还让团长给父亲捎回欧洲贵族穿的休闲服装和名牌洋酒——路易十五拿破仑 XO。

团长坐小车把这些礼物送到父亲手里，当着大家的面一件一件拿出来，骇得托托人目瞪口呆。大家浮想联翩，想象的翅膀拍得呼啦啦响：大家想到二十多年前跟人私奔的女人，女人去的地方在温州。团长说：那里的有钱人都是百万家私。几十万元是贫困户。外边的世界就这么精彩，女人奔那里奔对了，就像当年进步青年投奔解放区。

这家人有光荣的革命传统，母亲之后，冲上去的是儿子。儿子是个顶天立地的男子汉，拐走他的是南方大好的改革形势，男人不是三岁小孩不是娘儿们，不可能被哪个骗子诱拐，国家法律里有拐骗妇女儿童罪，就没有拐骗大老爷儿们之说，诱惑男人的只有雄心勃勃的事业。

儿子的发财梦就这样染上了几分英雄色彩。他和他的母亲穿越玫瑰绿洲，蓬勃茂盛的野玫瑰就给他们的生命染上了瑰丽的色彩。那是一片无人区，穿越那里就能成功。

儿子毕竟是儿子，女人私奔等于肉包子打狗，儿子出去是要回来的。儿子是亲骨肉，父亲相信儿子会回来。

儿子回来时完全是一副南方大老板的派头，坐着飞机，带着投资项目和女秘书。儿子告诉父亲：这妞儿是他未来的媳妇，正宗博士生。这就是技校毕业生的胃口。老子嘿嘿捶儿子两拳，父子俩算是和解啦。

资金全投到托托，可厂子不在托托建，建在乌鲁木齐，托托的小青年在南方受训，在乌鲁木齐上班。

托托太偏僻了。当年修乌伊公路，团长脾气犟，得罪了交通局领导，人家偏偏把公路修到天山脚下，不肯往绿洲挪一点点，也不在托托设站。托托人只能搭便车，在路边一等就是好几个小时。

儿子回来得正是时候。北疆铁路从奎屯乌苏修过来了。错过这个机会，托托就别再想走出去。儿子在乌鲁木齐上蹿下跳，硬是在托托加了一个小站，快车停两分钟，慢车八分钟。

消息是团长带回来的，托托人高兴之余，便拿另样的眼光看团长。团长的权威受到严重威胁。好在儿子的产业不在新疆，在南方，团长生气归生气，找不出什么麻烦。再说呢，团长的宝贝儿子在人家工厂上班，那工厂在乌鲁木齐，谁不想去自治区首府呢。

那工厂也建得邪乎，是跟港商合建的蔬菜脱水工厂，专门给新鲜蔬菜放血的。托托人没听说过给蔬菜放血，蔬菜不就吃这个鲜嫩味儿嘛，可人家外边的人偏不，偏要把汁液挤干了吃。世界就这么文明，不吃鲜肉，把肉加工成肉松肉干罐头午餐肉；不吃鲜果，把果子搞成果脯果干果酱果子罐头……一句话，要把地球上所有的鲜货都揉皱了才高兴。

老板走下飞机时，乌鲁木齐的记者采访他，他说他是托托人，记者竟然不知道托托在什么地方，是不是在澳大利亚？新西兰？加拿大？他们把老板当海外华人了。

老板说不上兴奋还是难堪，他只感到吃惊。他小声告诉记者：托托是新疆生产建设兵团的一个农场，编号 91 团。记者那个惊讶，就像在茫茫夜空发现一个新星体。托托太偏僻太微弱啦，成千上万的托托人还不如一粒沙子，老板竟然从那里裂变成一个人物。老板太了不起了！他重重地拍一下记者的肩膀：到托托去看看，那里挺不错的。记者一个劲儿点头，一定要去托托采访。

　　记者凭职业习惯，已经感觉到此人的新闻价值，趁热打铁，要给老板写报告文学，不是一手交钱一手交货的那种，是"良家妇女"的那种正宗货。

　　老板满口答应，配合默契，彼此都感到很高尚很伟大很有那么点意义。文章在报上占一大版，配发了照片，还获得自治区的报告文学奖。老板的真实籍贯算是定下来了，可记者私下里还是把他当南方人。

　　"难道我不是新疆人？"

　　"你是新疆人，可体现你生命价值的地方不在新疆。"

　　"你把我给搞糊涂了。"

　　"现代人的生命价值都这样，都不在故乡，在他乡。"

　　记者给他一本名著小说《生活在别处》。老板如饥似渴读了一宿，兴奋得直跳，这位捷克作家的如椽之笔直杵他的心窝子。他拨电话给记者，连连叫好。记者告诉他：这叫共鸣。握着话筒，他愣住了，那巨大的轰鸣响过天际，消失在远方。这一切就像玫瑰绿洲上的野花，浓郁芬芳悄悄地渗入他的脚印，数年不散，专等着他发迹。

在托托，他只是个小人物，一文不值，模糊不清，他的面孔是在遥远的南方海滨清晰起来的。海水冲刷，洗去沙尘和污垢，那儿才是太阳升起的地方。

他为什么要把自己烧焦呢？

俩保镖一直在想这件事。唯一可以解释的理由是死亡。死亡是人人厌恶的东西，老板以这种面孔进入墓茔是对死亡的一种抗拒。

傍晚，他们在灵柩前摆上香案，上香默哀。死者半倚半坐，一副沉思的样子，像一个哲学家。这哪像死人？死人都是直挺挺的，坐着就不算是死。把他往棺材里撂，撂下这边那边又翘起来，跟水里的葫芦一样。

矮个保镖叫起来："他不想死啊。他这副样子给谁看？"

高个保镖说："算了，到时候把坑挖深一点，他还能跳出来？"

棺材是浅的，墓坑可是个无底洞。

他们进屋去睡。死者又开始动了，三折腾两折腾爬出棺材。这回他没站起来，他像个没有腿的残疾人，用手爬着走。院篱不高，可对一个爬着走路的人来说，要穿越它很不容易。他抓住院篱的枝干，使出吃奶的劲，才勉强露出半个脸。焦煳不堪丑陋无比的黑模样，把院篱外的玫瑰花吓得发抖。

玫瑰花的天地太狭窄了，它们夹在林带树篱中间，密不透风，即使白天也很难看到美丽的花容。死者的感觉多敏锐！他甚至看见了细密的蜘蛛网。花是不会衰老的，花只有零落，很美丽地开放，又在美丽中悄然消失，它们绝不进入老年，宁肯死亡也不丑陋。衰老是生命最残酷的景象，对高贵的灵魂来说，衰老甚于死亡。美丽的花容如此倔强，可蜘蛛还是把尘网撒在花瓣上，使它们凌乱不堪黯然失色。死者那双心头的眼睛跟草原上的鹰鹫一样，他一下子找到了问题的关键。

死者手忙脚乱，爬到厨房门口，那是堆放农具的地方。他从坎土曼和镰刀底下翻出一把修剪树枝的大剪刀。

死者拎上大剪刀，爬到院篱跟前，撑起身子，对准树枝咔嚓一下，树枝"哗"地落下去，像被击中的轰炸机。树枝是带着蛛网坠落的，蜘蛛惊慌失措，终于尝到树倒猢狲散的滋味。大剪刀毫不客气，咔嚓咔嚓，像贪吃的孩子吃黄瓜，碎裂声清脆悦耳。死者愈战愈勇，一点也不感到累，一口气把院子四周的树枝剪个精光。月光可以直落花丛了，清澈的月光从树顶飞流而下，溅起一片银色。花香直冲死者的面孔，跟十二级台风一样，冲得他心旌摇荡。

整个托托，只有他们家有玫瑰花，密密麻麻围在院篱外。后来他偷运油葵，才发现那些花是父亲从玫瑰绿洲挖来的。

那片无人知晓的绿洲是他生命中的一个秘密。

那年，他衣锦还乡。落实好投资项目以后，突然心血来潮，要带女秘书去冒险。他暗示过秘书，要娶她为妻，送她钻戒她收下了，很开心地笑。再让她开心一次，就可以生米变熟饭。

他们穿越戈壁沙漠，进入玫瑰绿洲。女秘书被绝域里的奇景震翻了，她长在北京，出身书香门第，是在公园和电视里认识大自然的。她做梦也想不到地上会有这么多玫瑰，几十万亩的野生玫瑰。空气是香的，飞鸟是香的，连土块也是香的。

女人在鲜花丛中容易飘飘欲仙，尤其是涉世未深的少女。她一点也没发觉老板的怪模样：老板脖子变粗，嘴唇发干，眼睛变蓝。要是在舞厅或宾馆，老板大可以乘胜追击。

老板把心上人带进世外桃源，少女一下子成为风景的一部分，任何碰撞都会把她惹翻。老板就像美帝国主义打朝鲜，在错误的时间错误的地点很错误地掏出了裤裆里的家伙。旷野全是阳光玫瑰和清洁的风，老板和他的小兄弟一下子把水搅浑了。少女大叫："干什么呀你，破坏美！"老板错上加错，误以为是少女的故作矜持，老板什么样的女人没尝过，可那些老经验没用，他遇到了强烈的抵抗。少女最终被制服了，被剥得精光，摁倒在花丛里，老板毫不犹豫地闯了进去。少女是在绝望和惨叫声里变成女人的。

这本来是一片充满希望的绿洲，他美丽的母亲和情人从这里逃生，他也是在这里诞生被父亲捡回去的。他偏偏把心上人带到他生命开始的地方，予以摧毁。

女秘书嫁给他，就像挨原子弹后的广岛长崎，眉宇中有一团鬼气，她的美显得阴森可怕。不知底细的人开他玩笑，以为他得到了高超的房中术。房中术是专门对付女人的，跟女人睡觉是一门很高深的学问。结婚前他搞过不少女人，跟所有有钱人一样，花重金购买各种春药和春宫秘本，搬到美妇身上去试验，果然不同凡响，其乐无穷。

这位北京的女博士来应聘时，他心里一惊，竟感到自己还是童身。朋友们说：那是你动心啦。男人对女人，不是动心就是动锤子，最佳方式是上下一起动，他就属于这一类。他开始小心翼翼，洁身自好，却难以驱赶妻子眉宇间的鬼气。

他有了心病，无可救药的心病。

做生意就像路上飞驰的战车，连停下的工夫都没有，可他的战车明显减速了。庞大的企业集团因为总裁的一块心病放慢了速度，大家惊慌不安。一般员工不得要领，也不关心这些。权力中心的要员们就不同了，大家都占了不少的股份，公司发展，财源就滚滚而来，公司停下来，钱就会生蛆发霉。

大家跟老板关系不一般，进谏劝告，找心理医生，让老板去海外玩乐休养，这些都不起作用。有人向夫人求援，夫人是爱老板的，可那无边无际的玫瑰花在一瞬间败落了，你见过如此荒凉的景象吗？有钱的老板可以支配世界上的一切，可就是对野生的玫瑰无能为力。

大家绝望了，破釜沉舟别觅他径。公司里开始有了叛乱有了阴谋。老板一一挫败他们，后来干脆任其自然，就像一个王朝到了末年，到处是反抗，到处是硝烟。

老板累了，不是为了公司，是为玫瑰！

那些树丫和蛛网开始笼罩玫瑰花，它们隔开了日月星辰和清爽的风。

老板死不瞑目，妻子用手摸好几次，都失败了。睁眼人是不能入殓的，幸好他的遗嘱里有这一条：先火化后土葬。大家不明白这是怎么回事。火葬场的人也搞不明白，处理死人不是烧就是埋，他两个都要，活着当老板，死后还是老板架子。

他的死相很少见，跟木头一样，干透了，没有一点水分。妻子说："老板离开土地太久了，老板到南方来就是为了把身上的水挤干净。"

医生说："那样会引起生理紊乱。"

死者的嘴里竟然发出咯儿咯儿的叫声，跟青蛙一样。这已经不是人类的语言了。

按照遗嘱先去火化，走了一家又一家，仅仅烧掉头发和脸。火葬场的人说：他太干，连脂肪都是干的，烧不开。大家都感到奇怪：老板干吗把自己挤这么干！而且比别人缩得短，别人缩一点点，他缩一大截，仿佛受了惊吓；这还不算，还要把脸毁了，好像死后不配拥有脸面似的。大家都感到无地自容，像老板这么优秀的人都没脸面对死亡，芸芸众生就没法死了。

死者就这样回到故乡托托，没有面孔，没有阳光，深更半夜爬起来，用全身所有的毛孔来感受世界。他把蛛网和枝丫全清除掉了。他扔掉大剪刀，伸手摘那朵玫瑰。刚触挨到柔嫩的花瓣，他就僵硬了，彻底倒下去，两瓣玫瑰轻轻落在脸上，殷红无比像子弹射出的弹洞，死者终于有了难得的臭味。

恶臭扑鼻，保镖被呛醒了，埋人的时候到了。趁着死者手脚软和，保镖把他摊开放平。天光飘落，密集的玫瑰花一下子闪出来，俩保镖吃惊发呆，像中了埋伏。高个保镖摘下老板脸上的玫瑰："找得好苦啊，老板就为这个。"

棺材放在板车上，两匹马拉着。他们沿老板当年走私的秘密通道穿过沙漠，进入玫瑰绿洲。他们停在一片玫瑰丛中，高个保镖俯身察看：没错，就是这里，老板娘就是在这里被摧毁的。

那么浪漫的原野啊！几十万亩玫瑰盛开在你身边，加上一个美丽的女人，任何一个男人都会掏出他的家伙。男人这样干不是为了发泄，而是要在瑰丽的景色中占一席之地。

高个保镖说："他想锦上添花，阳光底下是不能掏那玩意儿的。"

"白天不尿尿了？"

"尿尿跟交欢是两码事，女人属于夜不属于阳光，老板大意失荆州啊。"

他们挖很深的坑，还不放心，总怕老板活过来，又往下挖一米多。慢慢地挪棺材，一松手，轰！落下去，死者颠跳起来，竟然竖立在墓坑里，叉开双腿站在棺盖上。他们弄不明白死者是怎么出来的，何以有这身手？矮个保镖声音都变了："大哥，埋不埋？"高个子也拿不定主意，这种死人太少见了，你简直弄不明白他是死是活。

俩保镖齐茬茬跪下："老板，我们不是埋你，是栽你，行不？"

老板腿一软跃进棺材，斜靠在里面，像是累了。保镖往里丢土，很快到了胸口。黑乎乎的脑袋从地面上消失时竟然出现一片空明，黑色的死亡一下子把生命明亮了。

他们没有按原计划走，他们也搞不清是怎么回事，就在托托多待了三天，整天喝酒乱逛，逛到一个书摊跟前，矮个保镖随手拿一本娃娃书，是本外国童话，竟然津津有味地读起来。高个保镖吼他半天，他才丢下书。"感兴趣就买下，磨磨蹭蹭跟娘儿们一样。"

"我都看完了，不用买。"

矮个保镖讲他读到的童话：父亲临死前对儿子说，地里埋着金子，儿子挖了很久，把地翻遍也没找到金子。高个子打断他的话，说："金子就是庄稼。"

他们都意识到了老板的遗产，老板留给他们的会不会是自己的家园？在偏僻的旷野过安生日子。他们汗都出来了，他们又在托托待了几天，咬咬牙回南方去了。

矮个保镖在老板的别墅里住了一个月，吊灯莫名其妙地掉下来，砸在头上，矮个保镖的头跟春天的花蕾一样在万分惊讶中盛开了。

高个保镖一直找不到老板娘的踪影，半年后在海滩上发现她跟一个陌生男人游泳。高个子朝他们游过去，他想看看这骚娘儿们的尴尬劲儿！可双腿不听使唤了，一个劲儿往下坠，大海很快把他拖进海底。后来，一串泡沫就嘟嘟地蹿上了水面。

世界静悄悄的，像什么都没发生一样。

第三部

《新疆植物志》之三：准噶尔盆地分布有黑戈壁，其下为砾石夹沙土的原生堆积，暴露地表的砾石表面形成黑色的"荒漠漆"。主要植物为骆驼刺，叶片厚实圆小如纽扣，色红有刺，叶片从空气中吸收水分。

胡 杨 泪

1978 年，大哥考入北京农业大学。那是个充满理想的年代，那时的英雄是陈景润，那时候的学生都想弄几个哥德巴赫猜想，学文的则想冲进诺贝尔文学奖的神殿，把洋鬼子吓一跳。

大哥出生于 1960 年，三年困难时期饿扁了他的肚皮，他一辈子也忘不了粮食，他要研究粮食。

大哥读了学士读硕士，读了硕士读博士，大哥不想待在北京，自愿回新疆进了一所农科院。大哥在农科院三年，两次获部颁科技进步奖，奖金八千元，大哥只能拿二百元。大哥有意见，院长就训他："农科院五百人不是你一个人，别人只拿几十块，你一个人拿二百多块，知识分子政策又不是汪洋大海，没边没际。"大哥指着证书说："上边写得清清楚楚是发给我的，我不分昼夜地干，别人打牌打麻将，他们凭什么拿?"

院长说："你这同志太没水平了，国家白养你这么多年!

打牌打麻将咋啦？现在讲稳定，讲团结，你叫他们不打牌不打麻将叫他们干什么去？你搞科研就了不起了，没有电工灯不亮你能搞科研？没有锅炉工冬天冻扁了你，没有门房小偷害了你，没有我们这些领导，人心涣散，你还搞什么科研？"

"别人都闲着，我饭都顾不上吃，我……"

"这话是你说的，你说别人都闲着。"

别人很快就知道大哥说他们都闲着……大哥在单位挺难，度日如年。

父亲说大哥没眼色，是个睁眼瞎子。年终评职称，比大哥晚来两年的自费本科生与大哥一起评上中级职称。大哥请病假回到奎屯。大哥整天在戈壁滩转悠。戈壁上的胡杨活了三千年，胡杨的泪都下来了，胡杨泪碱性大，可以当肥皂用，大哥带一包胡杨泪回家。父亲说："你就是缺个心眼儿。多一个心眼儿一年四季是春天，缺个心眼儿天天是冬天。"

父亲不怎么管女儿，所以小说里没女儿。父亲只盯着两个儿子。大哥又瘦又小，这不怪父亲。1960 年低标准瓜菜代，毛主席都吃不上鸡蛋吃不上肉，全国人民不可能长大个子。父亲集中力量喂养老二王根，老二王根又白又胖又高又大，父亲心中稍安。但老大的大脑袋很叫他自豪。老大是垦区唯一上北京念书的学生。大哥那么好的脑袋没进自治区政府机关，却研究小麦，父亲在人民广场的政府办公楼前感叹良久：老大的脑瓜子可惜了。

老二王根学了工科学文科后来又念师范，父亲对教师不感冒。老二王根仪表堂堂，天庭饱满，天圆地方，鼻直口阔，有将相之容貌，可惜是个站讲台的。父亲说："这模样找媳妇不困难。"

今天是父亲最悲哀的一天。父亲喝碗奶茶，不想吃饭，父亲说他心里惶惶，全家正吃在兴头上没人理他。

父亲走在大院里，单位的人说："你家老大回来了。"父亲看见厂门口站着又瘦又小的老大。老大拎个包，面孔发灰，头发散乱，老大叫声："爸。"父亲没听见，父亲转身往回走。老大紧跟着，像父亲泼在地上的影子。

"你住多久？"

"领导批了，想住多久就住多久。"

"领导不喜欢你？"

"领导早就不喜欢我了。"

"你得罪领导啦？"

"没有。"

"你沾女人啦？"

"没有。"

"共产党的政策你爸知道，共产党最恨两种错误：票子和女人。这两样你都没沾边这就怪了。"

"我是博士。"

"博士咋啦？你们单位留过洋的都有啊。"

儿子掏出农垦部的获奖证书，父亲扫一眼："你还是我儿子哩，你不如你爸么。"

"我确实不行，我只会弄小麦，别的不懂。"

"没吃过猪肉，还没听过猪哼哼么？"

儿子不吭声。

父亲说："你一定招惹领导啦。那么好使的脑壳子咋就差一窍呢？"

"只要是博士，领导都讨厌。"

父亲不说话了。父亲静静地瞅着天上滚动的云，风停住，天地憋住呼吸，父亲苍老的心像挂钟在古铜色的胸口晃动，钟声浩荡……

1959 年，那是父亲的第一个春天，陆军中士王从善转业到奎屯垦区。王从善就是王根老师的父亲，那时王根还在空气里游荡不认识他。中士王从善在这座荒凉的北疆小镇上吃两盘炒面，一个连队挨一个连队找他的老上司常营长。第二天天亮，在五公里的地窝子里找到常营长。当时，千里沃野，一片嫩绿，绿光水亮一样擦洗着肌肉结实面孔黝黑的父亲。父亲走到常营长跟前，正在刷牙的常营长把牙刷和缸子丢柴火堆上，抹掉嘴角的白沫子呵呵笑两声，父亲的眼泪唰就流下来了。那是四月，正是春天，父亲的步子是慢镜头。老首长又是握手又是拍肩膀："呵呵，正想你，你就来了。"父亲说："我不干排长，我要干勤务员。"常营长说："你不来，我吃不好睡不好。"父亲说："我跟常营长在一起活着才有劲儿。"

父亲给营长当过三年勤务员，营长用顺手了。三年前在阿尔泰山剿匪，营长的坐骑中弹毙命，营长伤心得三个月不起床。勤务员父亲鞍前马后使营长起死回生，那时营长就喜欢上父亲了。常营长当了步兵营长仿佛依然在马背上。小勤务员结实勤快，心眼实在，常营长很满意。那年春天，乌斯满匪帮被全部肃清，父亲被安排到吉木萨尔边防站，常营长转业到奎屯河畔。漫长的冬天过去了，父亲在被任命为少尉站长的前夜，离开边防站回到常营长身边。垦区缺人，几经交涉，父亲跟老首长待在一起。

常营长说："我不是营长了，我是科长，你当科员吧。"

常科长的科室是两间房子，一台破车床一台扳钻。常科长说："咱不是兵了，技术比枪炮重要，咱要学技术。"

父亲蹲在车床底下仔细琢磨，这玩意儿像无坐力炮。车床后边站着两个稀奇古怪的家伙，父亲发现他们是车床的主人时，心里很不好受。常科长说："他们是师傅，懂技术，我们要向他们学习。"常科长一说，父亲就不难受了，两个稀奇古怪的家伙也顺眼多了。父亲那时离开土地不久，泥土的灵性还有一点，车床上的技术一钻就会，很快就做出合格的榔头和铁键。父亲掂着两块铁家伙，像掂着黄澄澄的苞米棒子，父亲迷醉在丰收的芳香里。父亲用牙咬开劣质烧酒的塞子，咕咚咚倒三大杯，要跟师傅干，两个稀奇古怪的家伙就跟他干在一起，父亲喘着粗气说："嘿嘿我是工人了，我是领导阶级了。"

那年春天，父亲学会了车工、钳工、铸工，父亲当上了师傅。粗笨的小伙子们被送进来，短期培训以后，分到各个工厂。那时的工厂都在地窝子里，都是破房子。国家建设刚开始，露着骨头亮着肉，随时都有可能感冒打摆子，那时手里有绝活才是热爱社会主义。你得让机器运转，让土地生娃娃。

父亲说："我对老常够意思，老常就不把我当外人，老常死之前提我当车工班长。老常的冤家上台对我也敬三分，为啥呢？咱技术差可心眼儿好使。那时我手下有四个大学生呢，我管着他们。"

老大说："我没得罪领导。副所长评研究员没论文，我熬夜给他赶出一篇。"

"你就栽在这儿了，这种忙就不能帮。所长不懂你懂，不就把人得罪了？"

"我闲着就对了？"

"叫你闲着你就闲着。你们领导跟我想一块去了，你这傻小子还像在你娘肚子里。"父亲心里说：都怪赫鲁晓夫这个王八蛋，1962年卡我们脖子，天灾人祸把我们娃娃耽搁了。缺这缺那。

老大的大脑壳上有一双小眼睛，像夹在石缝里的两颗黑豆。这小黑豆要是滴溜两下情况就不同了，父亲就会对他刮目相看，可这两颗黑豆既不滴溜也不发芽，灰蒙蒙的。父亲说："我跟你们领导想一块去了，你好好待着，守着你妈，守一年就好了，让你妈重新把你养一遍。"

没到时间，父亲打开车间大门洒水扫地。地上水干了，还没人进来。父亲这些年一直是车工班长，父亲站在车床跟前常常发怵，他玩不转这玩意儿。扫地板洒水他干，擦车床他不干，手下的工人干。现在不见有人来，父亲把车床擦一遍，父亲开动车床，掇一块料干开了。干了好久，父亲油渍斑斑，父亲手里的工件是个半成品。父亲手里没绝活，所有的技能到此为止。

父亲喝水时看见桌上的台历，他娘的今天礼拜天。那块工件冷眼看他，他没干出过一件成品，他的活儿都要叫别人返工。他只返工过一次。胃厂长存心臭他，胃厂长比他小七八岁，在局领导检查时叫他返工，他脸不红心不跳，趴在车床上吭哧吭哧干开了。汗珠子吧嗒吧嗒响，父亲干得一丝不苟，虽然劲儿使不到地方，但那种老黄牛精神把检查团的领导打动了，把胃厂长弄尴尬。局长掏出丝绸手绢给父亲擦汗："技术不行不要紧，革命干劲最可贵。"局长责备地看了胃厂长一眼。父亲怔在那里，一万颗太阳在父亲的心底滚动，父亲这回真正地滚出汗水。

当年送老大去北京上学，火车开出乌鲁木齐西站，老大的大脑壳伸出窗外，号叫的火车仿佛只拉着儿子一个人，父亲也是怔这么好半天。几年后老大回乌鲁木齐工作，单位的小车来接老大，老大是新疆第一个博士生。那天，父亲在乌鲁木齐的大街上走了很久，走到八楼。父亲站在昆仑宾馆的林带里，八楼是自治区最早的宾馆，好多年前他曾站在林带

189

里看这神秘的地方，据说地师级干部才能住这儿。八楼曾是自治区领导上班的地方，现在儿子也住进去了。作为博士的父亲，他也被邀进宾馆，很辉煌地住了一夜。父亲好像北极荒原的太阳，一直悬在天上，毫不理睬茫茫黑夜，父亲的眼睛一直睁着。几年后的星期天，老大落魄而归，狼狈得像个打败仗的国民党兵。

父亲把那块没加工好的工件摸了好半天，离开部队到这所技术学校后，他手里一直摸着这块半成品，他没做过一件完整而合格的产品，但他却是车工班长。好多料被他弄成废品，料一旦叫他掂着就开始乱踢腾，像匹不驯服的野马，有一次差点叫机器轧了手。钢铁使起性子比牲畜更厉害，父亲大汗淋漓，他没法用鞭子抽这些玩意。这些破玩意在工人手里像小孩玩泥巴，软溜溜的，很轻松地被加工成各式各样的工件。那些实习的学生，笨手笨脚干几天，也能弄出像样的产品。父亲想起千里大野上的民谚：新郎最多笨三天。三天后新娘去住娘家，新娘离开的日子里，新郎就会悟性大开，继而迫不及待。父亲很小就知道这些，但很少动脑筋去想……今天是父亲最悲惨的一天，父亲顶着秋天的太阳体味他的杰作，老大是他苦心经营的作品。工件可以返工，儿子咋返工？让儿子爬回老娘的肚子，在血与火中再熔炼一遍？父亲显然干不出这种生命世界的奇迹。

父亲把那块半成品工件甩在地板上，听好半天响声。

父亲在林带里义愤填膺地走着。今天是星期天，上帝都知道休息，偏叫他老头子不得安宁，上帝造人造得很完美，父亲创造的老大却有很多缺陷。今天，上帝处罚父亲。

父亲蹲在工厂西北角，那里是职工的菜地。父亲摸黑溜溜的秋茄子，种地的时候要在土窝里多埋几颗种子，提防种子春天不发芽，所以父亲有两个儿子。老二王根定要当教师，老二王根在单位受了气，去乌鲁木齐读大学，读两次大学了，也该毕业了，老二王根说他有可能回奎屯教书。老二王根想赢得老子的笑容，老子不看他，老子的心在老大身上。老二王根怔好半天，这家人，发怔的时候都这毬模样，栽在那里，像秋天黄叶落尽的空树。父亲一直瞄着老大，老大是父亲的第一颗种子，父亲的眼睛穿透老大单薄的身子端详真实的自己。

星期天的早晨，清风四溢，太阳在云缝里小一点，像破壳的肥蚕吐着纤纤金丝，阳光小米似的筛落下来，天空充满朴实而纯净的芳香。这就是奎屯的好处，庄稼地和林带围着小城。二十多年前，当红月亮升起的时候，他老婆放下手里的衣服，肥皂沫还没擦净就爬到床上。他喊来医生。医生进屋后把门闭紧叫他躲远一点儿。父亲躲在院子的葵花地里。母亲大声咆哮像五月的奎屯河一泻千里冲破黑夜淹死了红月亮，当太阳起身的时候，母亲安静极了。父亲没有听到婴儿的哭叫，太阳静悄悄地升起来。医生从葵花叶丛里把战战兢兢的父亲拉出来，医生说："这是个闷家伙，不哭不闹。"

父亲吓一跳："不哭的娃娃长不大，娃娃咋啦？"

"娃娃好好的，咋啦？不哭不闹的娃娃最有出息，你刚做父亲你不懂。娃娃闹起来特烦人，能把人烦死。不哭不闹不出声静悄悄地给你长成大小伙子是你老弟的福气。爱闹的人没好处。"医生是德国留学生，从北京大医院下放的老右派，"五七年我要是像你家这小子静悄悄地窝着别动，就不会出事，爱哭爱闹的娃娃长大都是右派，你家这小子最有出息。"

"你这些话可不像个医生说的。医生救死扶伤执行革命人道主义，我们两口子喝玉米糊糊喝了两年啦，我这娃是玉米糊糊里爬出来的小虫子，能有个屁出息。在老家娘儿们生娃娃俺不是没见过，爱哭爱闹的娃娃才能顶天立地。"

"你看我顶不顶天？"医生身材魁梧，气宇轩昂。医生说："我在莱比锡大学求学的时候，德国人说我是标准的东方男子，我快要把天顶破了。"

父亲懵懵懂懂。医生说："乱说乱动的人牙长在嘴上，嘴一动牙就亮出来了，钳子就要把牙掰下来。 1957 年牙长在嘴上的人都出来了，牙长在肚子里的家伙却都逢凶化吉。这是自然法则，物竞天择，我信奉进化论。"

老大正如医生所言，长得很顺溜，不哭不闹不生病，给什么吃什么，带这样的娃娃轻如傍晚的春风。父亲简直不知道老大是怎么长大的，稍微懂事就帮大人干这干那。老师也特喜欢他，脑子好使唤，啃功课就像喝粥顺顺溜溜。老大一点儿也不顽劣，真如医生所言，老大小学中学大学学士硕士博士地给蹿上去了。仿佛医生接生时给他灌了迷魂汤：医生是博士，老大也是博士；医生倒霉当老右，老大没当老右却在单位越混越熊，简直比老右还熊。老右还有平反昭雪扬眉吐气的日子，老大就没有这样的远大前景。父亲挺恨这个医生。

问题就出在这儿。老大是个肯听话的乖娃娃，老大当了博士要是不研究小麦一点事儿都没有。医生 1957 年咋唬一下倒了霉，儿子戴着博士帽钻在研究室里大闹天宫，院长理所当然要抽他一鞭子。

父亲说："你就这样躺着？"

老大说："我没劲儿了。你叫我干什么我就干什么，我是很听话的，谁都知道我很听话。"

父亲点点头，父亲当然知道儿子是诚实的人。儿子说："院长叫我好好干，我就好好干拼着命干，院长说我有陈景润精神。我上中学那会儿就崇拜陈景润了，陈景润身边有个好领导，我身边也有个好领导。"

父亲说："人人身边都有好领导，没领导怎么行呢？领导叫你好好干没错儿，哪个领导都会叫你好好干，你就没想过，怎么干？什么情况下干？干到什么程度？你肯定没想这些是不是？"

儿子说："搞科研顾不上这些。美国的科学家只知道实验室，吃穿住行有人管，不分心。"

"那是美国，你是中国人。"

儿子不吭声。

父亲说："你还是缺一个心眼儿，心里有科学没领导么。麦子顶什么用，你不研究麦子照样是麦子，麦子照样蒸馒头。"

"我研究的是小麦的新课题，干旱地区小麦分蘖不均影响产量，我的研究可以把西北五省区的小麦产量提高二到四成。"

儿子大脑壳上的小黑豆开始滴溜，仿佛落入泥土呼啦啦燃起大团绿叶。

父亲拍儿子一把："一说科学你就来劲儿，像狗见了稀屎，打颤颤。"

儿子说："小时候顿顿吃玉米，看见白面馍馍肚子就抽筋，小时候把我饿坏了，在田野上看见熟了的麦子就像走进童话世界，麦穗个个都是金子铸的。"

父亲说："你的心眼儿都长在麦穗上了。"

儿子说："一穗麦五六十颗麦粒，你得有五六十个心眼儿才成，要不你盯不住它们。"

父亲说："过日子多一个心眼儿就行了，要不了五六十个，真有五六十个心眼儿，你早干成大事啦。"

父亲说："我送你到北京去的时候，满以为你能干大事。你回乌鲁木齐我知道你快成功了，你在科学院最多待三年，你应该住在八楼，那是王震将军住过的地方。"

父亲说："你有那个能力，可惜你用错了地方。你把心眼儿都用在麦子上了，你真会来事儿就不会这样干，你真会来事儿就会在头二年出一点成绩，让领导看得见让领导能够接受的成绩，然后你把你的小麦扔在尿罐里头，领导就会提拔你。"

"爸爸，我真是无地自容了。"

"单位里混不成，家里还有你的地方么。到时候单位不会不要你。"

那年春天，父亲王从善学会了钳工、车工，父亲能单独操作机床。那时的父亲，曾一度担任实习指导教师，新招收的工人有他的签名才能上班。父亲很感激他的两位师傅，每月发工资，父亲总要请师傅喝两盅。两位师傅不好意思，父亲执拗得像头牛。母亲常在父亲的耳边叨叨："旧社会徒弟出师要给师傅服务三年，虽然是新社会了，人家几十年的手艺几个月就传给你，你要记人家一辈子。"母亲是手艺人的女儿，外公箍桶补箩，丈夫手艺长进很快，母亲满心欢喜。父亲说：有了手艺才是真正的工人阶级。

父亲的师傅现在还在车间当师傅，父亲是他们的班长。父亲在心里永远把他们当老师。

父亲就是从那时候学精明的。刚开始父亲很糊涂。年终总结，两位师傅的小红旗最多，父亲激动之下，提名师傅当先进，去乌鲁木齐见王震将军。常科长狠狠扫父亲一眼。父亲得意忘形，没注意常科长的信号弹。师傅的先进当真通过了，师傅披红戴花坐大卡车去乌鲁木齐参加劳模会。师傅教出的工人成为垦区企业的骨干，师傅远去的身影像原子弹的蘑菇云，在人们心中刮起风暴。谁都相信父亲把师傅当成他永远的老师了，不仅仅是技能，重要的是生活的全部秘密。那天，大卡车像神秘的黑箱一路烟尘奔向乌鲁木齐，几天以后师傅就成了父亲的另一种意义上的老师。师傅后来回忆说："那次当劳模就像上火线，去的是人，回来就成鬼了。"在以后的几年里，师傅没当过一次先进，没涨过一次工资。师傅成了怪人。父亲就是那时候学精明的，父亲把师傅当成一面镜子，时时审查自己。父亲领悟了其中的奥秘：师傅有可能当副科长，师傅深得人心，技艺超群，搁在常科长的身边，不啻一颗重磅炸弹。常科长急出一身冷汗，一番波折之后，一个谁也没注意过的窝窝囊囊的家伙被上级部门从角落里扒出来当了副科长。常科长心满意足，常科长喜欢这样的人。

人们发现窝囊废变成金子的时候，师傅教给他们的技能就成了垃圾。

父亲的体会比别人更深刻，如果他不提老师傅当先进，他有可能被常科长提上去。不过常科长这人讲义气。常科长忘不了1959年的春天，即将上任边防站少尉站长的父亲王从善千里寻找老上级，就像他的坐骑，在混战之后，循着血迹在苇丛里找到濒临死亡的他，把他驮回后方医院。常科长喜欢这种性格。马的性格记忆犹新，常科长让父亲当了实权在握的车工班长，班长在第一线，副科长是空架子。那时候，父亲学会了在阴影里生活。

母亲说父亲是真正的泥土坯子。父亲是在师傅的破车床上接受现代文明的，扳钻，扳手，机器，硬生生挤进父亲的世界，父亲进入机械时代。就在父亲发生革命性变化的紧要关头，师傅硬生生被涮了一下，仿佛涂了一层油漆，父亲感到受骗了似的从手上扒掉了刚学到的可怜的技艺。机械时代所赋予他的悟性急速逆转，转向生存本能，父亲领悟到：做一个好工人不需要技术，涨工资不需要，当先进不需要。

老二王根从工科转到文科，在乌鲁木齐专门进修中文，讲课就很轻松，讲到《阿Q正传》就不轻松了。王根心跳加快，脸红得厉害。阿Q是绕不过去的，阿Q是课本里的重点，只有通过它才能完成教学任务。语文教师不讲阿Q就不是语文教师。

学生提问："阿Q是好人还是坏人？"

王根说："阿Q是好人。"

学生说："阿Q调戏吴妈调戏小尼姑，阿Q赌博，他是好人吗？"

王根说："阿Q能干活儿，撑船便撑船，舂米便舂米，未庄的人们一致认为阿Q能干。阿Q是雇农，百分之百的劳动人民。"

学生说："老师你太有人情味儿了，你很理解阿Q，阿Q要是知道了一定感激你。"

王根嘴张得很大。

学生说："我们都想做阿Q，没人理解我们。"

王根赶忙下课，这帮学生，心灵很深，进去就别想出来，就会跟你没完没了。鲁迅说阿Q有许多后人，子孙不绝于后。阿Q没老婆，吴妈不跟他睡觉，阿Q的精虫像地上的蚂蚁，尽管很多，但没有存放的地方。这样的精虫生命力往往很强。没老婆的人子孙繁衍极盛，确实是个哲学问题，哲学是研究生命的。

王根想到父亲。父亲是单位最能干的人，王根从记事那天起就发现父亲是个勤快人。父亲虽然不撑船不舂米，但父亲上班很早，每年当先进，奖章铺天盖地。王根懂事的那天，从母亲的眼神里看到父亲的悲哀。母亲做饭时喜欢自言自语，母亲每天都有一大段世界上最长最精彩的内心独白。王根后来翻阅七大卷《追忆逝水年华》，觉得很乏味。母亲的内心独白像滔滔江水，把父亲的全部重重叠叠地折放在他眼前，母亲说："那是一双无用的手，手上没绝活儿就不是男人。"

王根说："大家都说爸爸勤快。"

母亲说："你要学你爸那种勤快，我打断你的腿。你爷爷你外公才是真正能干的人，男子汉要亲眼看着自己使出的力气开花结果，你爸吃个鸡蛋放个屁，一辈子是空的。"

"我爸是空的？我爸是空对空导弹！"

母亲说："使多少力气挣多少钱，这是做人的规矩。有些钱是凭空弄来的，这样子弄钱很容易，很容易弄成的事情往往有鬼，跟鬼沾了边你就不是人了。你长大要是这样子弄钱，娃娃你记住，记住妈的话，你长大要是失鬼掏炭，你就当妈把你塞在尿罐里头淹死了。"

母亲说恶毒话的时候面孔像石头。

父亲是个不会干活的劳动人民。王根讲阿Q时很为难，讲着讲着就跟鲁迅另一篇文章混在一起。王根嗓门特大，这家人都是大嗓门，个个像帕瓦罗蒂，儿子的宏论隔壁教室大概都听见了："九斤老太说过么，一代不如一代。阿Q以前很能干的，撑船便撑船舂米便舂米。后来他不撑船了，撑船不来钱，当小偷来钱。当小偷那阵是阿Q一生最辉煌最受人尊敬的时候，秀才娘子都想讨好他，他撑船舂米的时候可没有这种殊荣。别人取笑他欺侮他，他在屈辱中自我安慰。他不撑船不舂米，太阳反而悬在他眼前大放异彩，生活他妈的就是千奇百怪。"

学生欢呼。

开例会时教务长说王根老师把鲁迅的作品讲活了，学生听得津津有味，个别不文明语言也不大要紧，课文本身就有"妈妈的"，鲁迅老头子一辈子就会骂人，夹两句脏话有利于学生消化。教务长是教语文出身，很理解年轻教师。

最令人头疼的《阿Q正传》给王根带来意想不到的荣誉。王根回家时落在地上的倒影很长，忽前忽后，王根弄不清他到底有多么高。他的老师说："语文教师得有自己的作品，你抓紧时间练笔，若有成熟的作品我帮你找编辑。最好是写一部能引起轰动效应的作品。"王根的心呼啦热起来了，老师循循善诱："赵树理有个《小二黑结婚》，三十多年后就有人写《老二黑离婚》，一下子抓住了读者的情绪。把名著搬个个儿照样是名著，你就能冲出去。"

王根说："有了！"便大踏步走向宿舍。

老师说："小伙子怀孕了。"

同事说："什么？"

老师说："作家来灵感就像女人怀娃娃，非生下来不可。"

星期天的早晨，父亲起床很早。父亲喝一碗奶茶，心里惶惶不安，父亲有了经验，并不马上出门。父亲坐在饭桌前沉思默想，父亲弄明白今天是星期天，星期天不能去车间，那些机床在没人的时候喜欢拿他开玩笑，让他造出废品，让他想大儿子的狼狈样儿。父亲平静下来后才走出家门。

父亲走到厂门口，散步的同事说："你家王根回来了。"

王根拎个大包，高高的个儿，懒洋洋地走过来。父亲心跳加快，父亲有一颗好心脏，不在乎心脏在胸口乱踢腾。但父亲还是有点惊慌。

"你在家待多久？"

"我不走了，我就待在奎屯。"

"你还是走了你哥的路，你兄弟俩咋这么没出息。"

"爸爸你别生气，我是带了任务回来的。"

"不合格，返工，让你娘把你再养一遍，就是这么回事。"

"非得像你一样才成？"

"老子大半辈子磨过来了，你小子屁眼里的屎痂还没掉干净呢，还得你爸一块块往下掰。"

王根小声嘀咕："快把你写进书里了，你咋唬啥？"

"你嘀咕啥？像个娘儿们。"

"你是大人物，我要给你树碑立传。"

"你是我儿子，你不给我立传给谁立传？你爸身上的宝贝你娃娃八辈子都学不到，你娃娃能把你爸写出来，算你的造化。"

爷儿俩进门时碰上胃厂长。胃厂长神情古怪。父亲递烟胃厂长不抽，父亲套近乎胃厂长干咳嗽。老二王根夺过父亲手里的烟，点着狠抽一口，老二王根站在胃厂长一米之外喷烟圈。烟圈一个连一个落在胃厂长的脸蛋，胃厂长的脸就成了青茄子。胃厂长大声咳嗽。浓烟滚滚，熏烤胃厂长的喉咙，胃厂长这回是真咳嗽，胃厂长捂着嘴巴走向厂里，像挨了一个耳光。父亲紧跟上去，父亲的话像连珠炮，噼啪响着显露苍老的赤胆忠心。

老二王根斜靠着门框，看着他悲哀的父亲。阿Q是被别人揪住小辫子往墙上磕，父亲是自己磕，边磕边问人家："响声大不大？"老大看着弟弟的傻模样感到可笑："你又要愤世嫉俗了，父亲的现在就是我们的未来。"

"你觉得我幼稚可笑？"

"你比我成熟，腰杆硬的时候不要弯着，腰杆没劲儿了，也不要硬撑着。你千万不要看不起父亲。"

"他创造了我们，我干吗妄自菲薄？我现在没事了。"

"胃厂长是个新潮人物，很有雄心壮志。"

"他找你什么事？"

"谈单位的事。"

"呵呵，大哥你成人物了，你的博士头衔挺吓人的。"

"他是八一农学院毕业的，读过我的论文，他搞农机，单位死气沉沉他很着急。"

"他想给单位做外科手术。"

"他在职业中心当教员的时候就有这种想法，他去年才提拔上来，摸底搞调查。"

"他想拿爸爸开刀。"

"爸爸代表一种势力，这是一大批人，在生产第一线却很少干生产上的工作，干的都是装潢门面没有实际效果的工作。空对空。稍有头脑的人都看得见，胃厂长胆子大一点儿罢了。干工作就像做买卖，付出与收获大多数情况下成反比。理论上是多劳多得，实际上往往是不劳不得。"

"大哥你聪明多了。你钻在实验室里，不知秦汉，你以为世界上只有陈景润，我们同学都不知陈景润是谁，林彪是谁也没人知道。大哥你吃惊了吧？爸爸总想教训我，我懂的比他多，他一张嘴我心里就笑。"

"心里想的不要说出来。爸爸要是知道你那样看他，就会垮掉。"

"你没见妈妈咋看他吗？男人在老婆眼里站不起来是什么滋味，爸爸会不知道？"

老二王根说："大哥你快而立之年了，你该找媳妇了。你不找媳妇你就不知道人是怎么回事。"

老大压低嗓门说："我看见你兜里的东西了，你玩了多少姑娘？"

"你不用为她们操心，她们跟我一样。你们总以为她们是受害者，她们看你们是残疾人。非得结婚才能探索生命吗？所以，我说你关键的问题是找个姑娘。"

老大抽了老二王根一巴掌，老二王根冲上去抱住老大，把老大平放在桌面上，老大躺着喘粗气，老二王根嘿嘿笑："我练过拳击，我们兄弟之间自相残杀可不好。"老大揉搓手腕子。老二帮着大哥揉。老二王根说："爸爸说要把你重新养一遍，你当真回到胎儿时代在娘肚子里蛰伏十个月？"

老大说："你为什么这样恨爸爸？"

老二王根说："我已经预感到我的结局了。你已经说了，爸爸的现在就是我们的未来。"

"我们是读书人，跟爸爸层次不同，你不要见风就是雨。"

"只有行与不行，生命没有档次。有那么一天，我成了教书匠，没有激情没有创造，什么也不会干，什么也干不了，却要每天去哄学生，加工出大批的废品，比爸爸出更多的废品。爸爸这辈子没出过一件成品，没有激情没有创造的生命还不如一条蛔虫。"

"老二，你哪来的奇谈怪论？都是那些个叔本华尼采把你脑子弄乱了，还有什么福柯。"

"我对我没有办法，我以后比爸爸更糟，九斤老太说了，一代不如一代。"

大哥不吭声了，老二自言自语："父亲一直喜欢你，因为你不像他，父亲对我熟视无睹，就因为他的全部都在我身上。"

"你才二十岁，咋这么多怪念头？我们都是父亲的儿子，我们身上当然有他生命的痕迹。"

"总该有点变化吧，他在我身上没一点变化，简直如出一辙。"

"你刚工作还没站稳脚跟就这么消沉，你的同学都去中学，你留在大学，你比他们强多了。"

"我不跟别人比，我比我自己，我给自己画一个圆，结果跟父亲的一样大。"

"你说清楚点，画什么圆？"

"学校给了创作假，我要写一部小说。"

"这是好事啊。"

"我只能干成这么一件事，小说肯定能写成功，成功之后我就凝固了，我不会再有创造性。我有这种预感。"

"你写完之后还会来第二次灵感。"

"你还会说有第三次第四次，你压根儿不知道我写什么书。我写父亲也是写自己，写完之后我就成熟了。"

"作家都是精神病，你没动笔就犯病了。"

老二王根动笔前去厨房看妈妈。妈妈的头发和脸都是灰的，妈妈又灰又瘦。王根想起冬天黑尘弥漫天空时的小麻雀，这么瘦弱灰白的母亲何以能养出两个大小伙子？生命简直不可思议。妈妈由美丽轻盈的少女变成丰腴秀丽的少妇再变成一只冬天里的小麻雀，这本身就是对丈夫的一种抗议。人们谈起年轻时的妈妈，总是情不自禁地哼起草原上的歌谣：

> 小蜻蜓　苇湖里的小蜻蜓
>
> 那时你就是一只红蜻蜓
>
> 那是一只红蜻蜓
>
> 她刚生下来是青青的
>
> 像苇叶一样青青的
>
> 她飞上蓝天　太阳把她晒红了
>
> 就像晒红秋天的果子
>
> 太阳把她晒红了

……太阳把她晒红之后，丈夫把她领回家，丈夫稍有一点悟性，就会用手触摸到太阳在妻子的冰肌玉骨上所描绘的旖旎风光。太阳所喻示的生命的底蕴，完全可以把一个毛头小伙子变成真正的男人。这样，母亲就会把她在二十个春天所孕育的灵性全部灌注给父亲。那时，父亲正处于人生的紧要关头，父亲一方面迷醉于美丽的妻子，一方面迷醉于刚刚学到的谋生的技艺，这二者正是太阳的神谕。那时父亲血气方刚，很容易做到完美无缺。

那是个令人遗憾的春天，父亲发现技艺是无用的，父亲的观念就变了。父亲一点也觉察不到这种变化对他生命世界的影响，他的生命世界顿时黯然无光。美丽的妻子再也看不到苇湖上飞翔颤动的红蜻蜓了，灰灰的麻雀弥漫天空，只有快进棺材的人才会看到这种鸟儿。母亲的悲哀悄无声息，岁月之河终于干涸了，露出凶顽的河床。

妈妈，那时你一点感觉都没有吗？

我感觉到了，我跑到车间看见你爸在做一个工件。我亲眼看到他做出第一件废品。那种活儿需要把以前学会的技艺糅在一起，你爸糅不到一块儿。你爸从机床上抬起头的时候，惊慌不安，他的圆脸第一次露出蠢相。一个男人在他要干的活路面前露出蠢相，比鬼怪更吓人。我不相信自己的眼睛，你爸是很聪明的，你爸种庄稼是一把好手，学钳工学车工一点就通。那时我对自己说：他情绪不好，要让他高兴起来。我明知道那不是情绪好不好的问题。可我容不下丈夫无能的现实，我把他那副蠢相刷洗掉。在那些日子里，我使出做妻子的全部柔情，你们哥儿俩就是那时怀上的。我格外关注你爸的神态，丈夫可以在外边掩饰自己的蠢相，做许多聪明事儿，在家里无法掩饰。我苦苦地等待着，老大快走路了，老二快出生了，我的眼珠子快要蹦出眼窝了，那副蠢相刻在他脸上了。我这才发现他命里的那一点灵气早已从手上消散。尽管他很勤快，擦窗抹凳，单位的大小事情他比谁都热心，唯独不热心那双手，那双可以使他堂堂正正活人的手。他拿回好多奖章，每次涨工资都有他的份儿，哪个领导都喜欢他这样的热心人。有他这样的人，单位里总是热热闹闹的。

爸爸是坏人吗？

你这样想你爸就错了。他在机器和老婆跟前是个笨家伙，在其他方面是很出色的。给灾区捐款给同事帮忙，慷慨大方利利落落，单位的大小活儿他都干，唯独不干机器上的活儿。一上机器就笨手笨脚，有别人在场他还能掩饰，车间没人，他看着机器发抖淌冷汗，大男人就变成小鬼了。

爸爸是什么人呢？

妈妈的嘴巴张好半天，风把嘴巴吹得呜儿呜儿响，像鸽哨。王根又看见一群灰蒙蒙的麻雀。麻雀只有叽叽喳喳的烦恼，麻雀没有烦恼。你叫她说什么？

妈妈说："干那些无用的活儿，他的手蛮有灵气。单位不景气，坏就坏在这上头。看起来热热闹闹，谁也不干正事儿，干的越偏越容易出成绩，单位年年是先进。这个单位就像你爸。"

这个单位的办公室王根经常去，校长的秃脑袋被红光满面的锦旗围起来。校长很威严地趴在办公桌上唰唰写字，颇像古代军队元帅的中军帐。锦旗上清清楚楚地写着这个单位是自治区卫生模范单位，市军民共建先进单位，市计划生育先进单位，教育系统歌咏比赛第二名，植树造林模范单位，学雷锋先进单位，税法考核第一名，党的知识抢答赛第三名，唯独没有教学和生产上的锦旗。这是一所职业培训学校，这个学校就像父亲。

你外公常说："薄技在身，胜过黄金万两。手上没绝活，男人就硬不起来，一辈子就得趴着。跟趴在地上的男人过日子，过不到头就老了。你弄不清是在房子里还是在棺材里。"

王根看见冬天里的麻雀像尘土一样飞扬，王根不知道母亲什么时候坐在棺材里的，母亲看破了儿子的心思。

你看我像一只灰麻雀是不是？我变成麻雀的时候就躺在棺材里了。娃娃们小，娃娃们还得活人，我又从棺材里爬出来，女人不兴这么干的。你漂漂亮亮地进去就别出来，你进去的时候是一只红蜻蜓，就不可能再飞出一只红蜻蜓来。老天爷只给你一次机会，女人命长，你硬要出来，从棺材里出来的鸟就不是红蜻蜓了。那些没有歌声，乱喊乱叫的麻雀都是像我一样的女人。没用的男人什么也干不了，就会把红蜻蜓变成灰麻雀。

王根的姐姐曾是棉纺厂的团支部书记，军民共建时被部队一位上尉军官看上了。结婚前一周，姐姐突然跟一个浙江木工远走他乡。那时，母亲把暴跳如雷的父亲拨拉到屋子里，挺身而出，应付厂方与军方，很快平息了轰动小城的爆炸性新闻。母亲对姐姐单位的领导和那位上尉说：我尊重我女儿的选择，事关她的一生，她不会看错人的。

姐姐现在在珠海她自己家的小楼里，如痴如醉地搞服装设计。姐姐从小喜欢画画，姐姐向往着当一名服装设计师。姐姐是在帮小姐妹布置新房时发现那个浙江木工的。那个沉默寡言的木工刚刚打好家具，正当少女们惊叹于他精巧的木工手艺时，他用油漆马上又涂抹出一片色彩辉煌的生命世界，那彩光彻底干净地把英姿勃勃的上尉军官从姐姐眼中抹去了。少女的花蕾是在一个瞬间开放的，而不是在漫长的冬天。

王根端一杯水给母亲。母亲吃惊地看着儿子："你怎么有这种坏毛病？老盯着人看。"

"你好多年一直在自言自语，我不知道你说什么，不知道你跟谁说话。"

"你知道啦？"

"我知道了……"

王根开始写小说……

小说第一章

地保找阿Q，阿Q睡大觉，地保生气了："妈妈的阿贵，钱老爷雇你，稻子送到城里，大洋十块。"

"谁想撑叫谁撑去,三伏天撑船累死了。"

地保要发火,阿Q丢给他一张大红请帖:"赵太爷请我。"

"赵太爷请你?"

"对呀,请我。赵太爷的儿子进了秀才,我是他的本家,能不请我么?"

"阿贵你等着。"

"我等着,我等酒喝呢。"

地保呸呸吐两口唾沫,离开土谷祠。地保走得飞快,以前阿Q曾口出狂言,说赵太爷是他的本家。赵太爷大怒跳过去给了他一个嘴巴,地保借着赵太爷的威风把阿Q拎到角落里训儿子一般训一顿,直到他抖出二百文酒钱才算罢了。

"你也配喝赵太爷的酒,就凭你的癞癞头?!该喝酒的怕是你爷爷我。"

地保敲开赵府。一刻钟后满脸臊红走出来。地保走得歪歪扭扭,径直走进土谷祠。阿Q倒鞋窝里的沙土,拍打衣服,对着水缸挤眉弄眼,阿Q说:"酒筵开了没有?"

"快了,赵太爷请你快去。"地保缩在角落里,筛出一点点声音,"见了赵太爷别提刚才的事。"

阿Q听不见,阿Q昂首挺胸走到门口,忽然回头:"哎,你给我看着门。"

地保躺阿Q的地铺,地保躺着睡不着觉。土谷祠金光闪闪,世界变得不可思议了,阿Q也抖起来了。地保瞅手腕上的电子表。这玩意儿时间很准,整整三个小时,土谷祠外才响起阿Q的脚步声，继而是温暖的饱嗝声。

阿Q站在门口，望着地铺上大张嘴巴的地保，"秀才娘子没治了，那么细的腰，腰那么细。"阿Q冲前几步，俯下身："秀才娘子跟我跳舞了，探戈伦巴华尔兹的士高，她教我我一学就会，她说阿贵你真聪明，阿贵你真棒!"

"赵太爷不是打过你么?"

"赵太爷参加维新了。赵太爷到口里去了几趟，深圳珠海，地方多了，学到许多新观念。他对我说了，他以前打我不对，我们都姓赵岂不更好。"

"那你姓赵了?"

"早姓了，赵阿贵，赵太爷摆出家谱白纸黑字写得清清楚楚，赵阿贵。我长秀才三辈呢，要不秀才娘子能跟我跳舞?"

"阿贵我真羡慕你，你把我甩后边了，我正儿八经二十三级干部比不上你了。"

"别说丧气话，我有什么好羡慕的，我住这破地方，媳妇都没有。"

"你姓赵了，你什么都会有的。摩托车沙发床漂亮丫头很快就会有的。"

阿Q抽着从赵太爷家带来的剑牌香烟，很神气。

地保说："老弟，你能不能指点指点，我这死脑筋不开窍了，落后了。"

阿Q挺起身，摁灭烟头："把你的一切全交给太爷，叫太爷领导你，就这么简单。"

地保眼睛里冒起雾团，阿Q噗噗吹二口，说："什么独立人格啊自尊心啊个人奋斗啊自身价值啊，全是狗屁。把这些破玩意儿丢垃圾堆里你就什么都有了，就这么简单。"

地保摸着圆圆的膝盖，虔诚无比。

阿Q望着土谷祠的屋顶说："五九年我转业的时候，发誓要学一身好本领，我拼着命学车工学钳工，一心想把机床当冲锋枪使。折腾了好几年才明白，反动派早消灭了，解放了，机器以外还有更近的路，舒舒服服，一劳永逸……"

地保的舌头伸老长，像夏天的狗。地保咕噜咽一口唾沫催他。

阿Q说："成功之路在工作之外，功夫在外么。"

地保还要吐舌头，阿Q生气了："你又不是我儿子，我给你抖的够多了。"阿Q下逐客令了，地保忙退出土谷祠。阿Q烦得要死，两个儿子对他的人生经验不得要领，地保的狗熊样儿使他想起未来的儿子。九斤老太说了："一代不如一代。"虽然他的媳妇还在丈母娘的冰柜里存放着，但那仅仅是时间问题，姑娘总是要发芽的，断子绝孙万万不能，子孙不孝似乎更烦人。

小说第二章

革命后阿Q剪掉辫子，取大名阿贵小名阿桂。

阿桂一头浓发，同事称为黑森林，有人怀疑他偷吃"101"，他不置可否。癞疮疤流星一般消失在人们的记忆里。如今的阿桂走在大街上颇有男士风度，可阿桂也有恼人的事情。他在老婆和机器跟前一点也不潇洒，而且露出一副蠢相，这是他万万难以承受的。他心里清楚，这是头上的癞疮疤在作怪。癞疮疤可以从人们的记忆中消失，可以从脑壳上消失，但绝不会从他身上消失，癞疮以更为隐蔽的方式潜伏在他的心灵深处，像一座冰山或海龟，趁他注意力不集中的时候显露一下，闪电一般划出他的面孔。那短暂的一瞬便是他最真实的写照，在那一瞬里，他看到了超越癞疮千倍万倍的蠢态。那种蠢态闪电般飘忽不定，仅仅显露八分之一，把更深厚的内涵隐藏在海水以下。人们想象着，他的脑海里全是癞蛤蟆。人们肯定这么想，连他自己都这么想，别人肯定这么想。他万万没有想到癞疮疤变成活的，变成具有生命的小动物。

　　癞疮疤消失的那天晚上，他就感到不对劲。脑壳痒酥酥的，红月亮赤裸裸地爬上土谷祠的窗台，远处的尼姑庵像一座坟墓，小尼姑不该躺在墓堆里。那么嫩的妞，没头发就没头发；身子可是水嫩的身子，散发着白杨嫩叶的清爽和野玫瑰的芳香。阿桂也曾没有头发，没有头发就没有负担，两颗年轻的光头磕在一块最容易产生共鸣。阿桂的心花就这样怒放了，这一怒放不要紧，红月亮一跃跃入土谷祠，跃到阿桂身边。月亮赤条条的。阿桂看见嫦娥从里边出来了，阿桂跳起来：妈妈的，我革命了，我造反了。阿桂的心花开得一塌糊涂，万恶淫为首，红红的月亮快被他揉烂了。他忘记了嫦娥是玉皇大帝宫里的仙女，猪八戒当年淫心稍动，就被打下天庭，由威风凛凛的天蓬元帅变为丑陋不堪受万人耻笑的八眉猪。玉皇大帝不但给了他丑陋，同时给了他丰沛的性欲。在去西天取经的路上，老猪屡犯男女错误。老天拿你开玩笑，总要弄得你啼笑皆非。阿桂得意忘形，忘了天蓬元帅的前车之鉴，搂着月亮纵情欢乐，把压抑很久的情绪全都喷射出来了。阿桂射精那会儿，眼前出现了他小时候的恶作剧……他和小伙伴们在麦田里抓蛤蟆。把麦秆插进蛤蟆的屁股，憋圆了腮狠命吹气。一鼓作气把蛤蟆吹得四脚朝天。蛤蟆又圆又大像孕妇的肚子，阿桂这会儿正在月亮白软的肚子上激动呢。阿桂那时候最捣蛋，蹲下去用手摁那圆溜溜的癞蛤蟆，噗噗蛤蟆背上喷出乳白色的汁液，黏糊糊落在他头上，他的头发就没了。阿桂这会儿正向月亮喷射那苍白而黏稠的玩意儿。愤怒的蛤蟆噗噗发火，喷射汁液。阿桂那时没想到自己以后会像那只蛤蟆，蜷着身体在月光溶溶的土谷祠里干那伤天害理的罪恶勾当。红月亮忽悠一下没了，阿桂怀里抱着冰冷的土地，地面上涂抹着激情之后的脏物。月亮在天空看他的狼狈样儿。阿桂大梦初醒，他的生命之水流向了虚无。他向天空发射精虫，那些虫子像小蝌蚪干在河床上。阿桂看到一片白光，土谷祠外，月光如水，人们把这种水叫蟾光。蟾就是蛤蟆。阿桂知道他是蛤蟆命，他的灵魂在今晚显形，他又丑又蠢，以前在头上，现在在心底。在心底发芽了哺育后代了，他的丑陋和蠢态将无穷尽地繁衍下去，恩泽后世。愚蠢和丑陋最好显示在脸上。千万不能沉落心灵，沉入心灵妈妈的可难受。吴妈当年不跟他睡觉是对的，那娘儿们有眼力。不过，娘儿们的眼力从未超过一米。自他巴上赵太爷以后，特别是黑森森的浓发代替满头癞疮以后，伊看他的眼光就不一样了，蒙蒙眬眬，没睡醒的样子。

阿桂现在阔多了，他不用翻老祖宗，他现在就很牛皮。他牛皮的第一步是收拾王胡和小 D。这两个穷鬼王八蛋，当年揪他的辫子往墙上磕脑袋，磕得他眼前金光灿烂，如同朝见如来佛。

小说第三章

小 D 很傲慢，不怎么尿他。阿桂近来很受人尊敬，常去赵府走动，手指夹着洋烟，身穿鳄鱼牌西装，缓缓地走在大街上像个绅士。唯独这个小 D，胯下夹着雅马哈，后腰上箍着一个漂亮妞儿，突突地冲过来活脱脱一匹野马。阿桂万万不能像那些慌乱的小贩，向路边逃窜，阿桂要从容不迫，这才是现在的阿桂。妈妈的小 D，想把他拖回以前的狼狈境地。摩托车径直朝他奔来，阿桂不能不慌神了，慌了神的阿桂蹦起来。意大利皮鞋不适合蹦迪，只好用脚后跟蹦，活像只鸭子，呱呱呱蹦到台阶上，摩托车呼啸而过，那妞儿竟然扭过头来："嘻嘻，你这唐老鸭。"街上的人哄然大笑。唐老鸭跟癞蛤蟆差不了多少。

那一刻，阿桂怔在大街上。他们这家人，发起怔来都是一个毬样。阿桂真的置身于满头癞疮的年代，冷汗簌簌地奔流着。阿桂知道，这是那沉落心底的丑陋和蠢态在显露本相。阿桂没有眼泪，阿桂的悲哀迅速地分泌成仇恨。

这年春天，给职工定级，阿桂和小D挤在一块儿了。他俩同时进厂，小D技术好，略胜阿桂一筹。小D不在乎那级工资，小D每天晚上有活儿，每个月都能挣来千儿八百，小D的技术在这座小城里还是有名的，所以小D不在乎，手艺在那儿摆着，市长的车子还是他修好的，定级么，定的就是技术。其实小D心里很在乎，你有技术得让国家承认，得给你发个本子。小D觉得他理所当然，大家也觉得评上他理所当然。那些日子，阿桂很少露面，偶尔到赵府去一下。赵太爷不兴阿桂叫他太爷，要阿桂叫他老赵。阿桂"太爷太爷"地叫惯了，叫"老赵"舌头老摆不顺，阿桂说：还是叫太爷吧，叫老赵拗口，说外语都没这么难。老赵哈哈笑，说他跟不上时代的潮流。话题谈到技术定级，阿桂说，小D技术好，应该评小D，我嘛等以后再说，干革命工作不在乎级别高低。

老赵说："都有你这种思想境界就好了。不就是一二级工资么，争得一塌糊涂。"

阿桂连连称是。

老赵说："不过不能只看技术，技术再好，思想不好也不行。"

有老赵这句话，阿桂就放心了。阿桂何等的聪明啊，不会玩机器不等于不会玩脑子。在那关键性的日子里，阿桂忘记了周围的一切，阿桂每天都要去阅览室翻报纸。从一版到四版到中缝。老婆、娃娃也从身边消失了，他吃饭时守着录音机，儿子要听立体声广播被吼一边去。他从中央台听到地方台，听了中波听短波。那些日子里，他的耳朵忽扇忽扇像爬在夜幕上的蝙蝠。他的眼睛红红的，像电量不足的手电筒，贴近报纸低空飞行。在评委会举行最后一次拍板会议的前夕，学校收到云南某地的表扬信。信中对赵阿贵同志的无私奉献精神给予高度评价。云南某山区发生 5.6 级地震，地震范围极小，损失也不大，云南台只做了简短报道，没想到引起西北边陲普通工人的深切关注。工人赵阿贵拿出存款五百元寄往灾区……后面多啦。收到表扬信的第二天，自治区电台播放了这则消息。市长听了很激动，亲自打电话给老赵，询问赵阿贵的情况，市长说："不要以为只有大兴安岭那样的火灾才值得我们去奉献，小灾小难更能看出一个人的品质。"

老赵很激动，老赵说："这个同志是我们单位有口皆碑的热心人。林带跑水了有他，半夜起大风关办公室窗户的是他，同事病逝了帮忙最多的还是他。多了不说了，这次技术定级，虽他技术上差点儿，但我们还是考虑给他定六级工。"

市长说："你们做得对，应该给他定级，定得高高的。这是我们时代的新型工人，很有典型意义啊。"

不久，阿桂拿到了六级工证书。那天，小 D 没有骑摩托车，小 D 在路边看他，看了很久。那目光充满轻蔑和嘲笑，他赵阿桂权当没看见。真正的阿桂瞅着六级工证书呢，承受小 D 蔑视和嘲笑的是另一个阿桂。阿桂心里说：看谁？看你爷爷哩，龟儿子秃熊王八蛋。阿桂心里骂着脸上笑着，迎着小 D 的目光走。阿桂很冷静，他已不是当年的阿桂了，他已不满足于可怜的精神胜利了，他要物质胜利，这才是真正的胜利。宽宽的大街真舒坦，阿桂慢慢走着承受着女士们的青睐。阿桂风度翩翩是个真正的绅士。

小说第四章

王胡就不同了。王胡是车间主任，满脑子新玩意儿。一会儿搞暖气安装队，一会儿搞食品加工，一会儿又搞锅炉维修，给学校弄了不少钱，职工的福利全市有名。老赵认为王胡这人很危险。阿桂也觉得王胡这人特讨厌，阿桂没让他少折腾。装暖气修锅炉做点心，阿桂只能顶个装卸工用，谁都能使唤他，他赵阿桂也是老职工了。三十年前他虽然成了工人阶级，可他见了机器就打摆子你有啥办法？你不能叫我不吃饭？王胡你这浑小子这不是哪壶不开提哪壶么。妈妈的。老赵不张嘴他阿桂也知道老赵的心思：不拔掉这个满脸黑毛的家伙，再过半年人心就让他买光了。

实习车间不放暑假，王胡新揽一批活，给保险公司做防盗门，每个铁门净赚八十元。大家起早贪黑地干。王胡说了："计件算奖金。阿桂没手艺，只能跑跑腿，搬搬料。"王胡说了："阿桂按班算。"这样一来，阿桂虽然拿不到大家一样的奖金，但数目也很可观。阿桂知道，这是王胡在甜他，怕他对外人乱说。其他科室的人都很眼红。暑假里王胡一下弄了好几万。老赵突然派工作组进车间，查账收钱。王胡的底老赵一清二楚。大家怀疑阿桂，阿桂满腔委屈，并且抽自己耳光来证明他的清白。王胡就这样被老赵捏蔫了，王胡不知道阿桂捅他刀子。

小说第五章

阿桂技术六级，月工资加补贴三百二十八元九毛五分，生计无虑，有滋有味。

小说第六章

吴妈通过地保传来爱的信息。阿桂委婉地说："伊是寡妇，脚太大，再说么，好马不吃回头草。"阿桂一直忘不了秀才娘子的袅娉婀娜。阿桂回来找了一位个体户的女儿。确切地说是个体户看中了他，把女儿的心从徒弟身上收回来给了阿桂。老个体户万万不能把女儿嫁给小个体户。卖石灰的见不得卖面粉的。阿桂虽然得了一笔嫁妆，但老婆很瞧不起他。老婆嫌他手上没功夫，啥也干不了。后来，阿桂的女儿抛弃年轻英武的上尉军官，跟一个小木工私奔到江南去了，其魄力得之于母亲。

小说第七章

阿桂联合赵太爷搞掉王胡以后，很寂寞，没有对手的日子不怎么好过。听说上级要从工学院调一名讲师当校长，老赵心里颇不宁静。老赵骂了半天王八蛋就是弄不明白：有才能的人妈妈的跟韭菜一样割一茬又长一茬。阿桂比老赵潇洒多了，阿桂说："谁来也弄不成，胃教授炒不出几盘菜。鲁迅老头子怎么样？他最了解咱中国人，他万般无奈只好从亿万人当中拉我出来，'蜀中无大将，廖化作先锋'，咱中国人的一切都在我身上。"

老赵确实要重新打量阿桂了，鲁迅老头子能给他立传，足见其底蕴之深厚。老赵不再犹豫了，决定让阿桂去参加自治区劳模表彰会。

这座小城从来没有出过英雄，虽然鲁迅老头子用如椽之笔涂抹出一个深刻的阿桂，阿桂毕竟不是英雄。老赵要给这座小城办一件恩泽子孙的大事，老赵要让这里出一个英雄，一个平凡而伟大的英雄。老赵是个能适应历史潮流的人，他让大家不要叫他赵太爷叫他老赵以示人人平等就是一例。老赵知道：没有伟大人物出现的民族，是世界上最可怜的生物之群；有了伟大的人物，而不知拥护、爱戴、崇仰的国家，是没有希望的奴隶之邦。英雄是众人从绝望中推上去的，作为一方显要，他老赵有义不容辞的责任，况且也是他赵氏家族的骄傲。

阿桂去城里领奖那天，从新建的火车站到市政广场，两公里长的大街上人头攒动。阿桂再也看不到身背洋炮的大兵了，阿桂被迎上敞篷吉普车，缓慢地驶向火车站。人们欢呼叫他的名字，幼儿园的小朋友前来献花，车子停一会儿又开了。人群中忽然有人喊"唱两句，唱呀，唱两句"。

阿桂忽然很羞愧自己没志气，竟没有唱几句戏。人生是应该唱几折子戏的，在人生最辉煌的瞬间一定要发出肺腑之强音。阿桂心里没几句词，这些年到处都是港台歌曲要么就是歇斯底里的摇滚乐，阿桂以前是哼过两句的，他试了两下，从心底涌出《沙家浜》郭建光的唱段。

要学那泰山顶上一青松！

哗，在人们的喝彩声中，阿桂喷出一脸热泪。阿桂在人们心中唤起了一个时代。阿桂清楚地记得，他向红月亮喷射激情的时候就这么激动。

王根在小说开头写上《阿Q新传》，小说就写完了。

后来，老二王根回忆说，写这种小说毁了他。与其说是宣泄一种情绪，不如说是在体验人生，因为老二王根再也没有写出第二篇这样的作品。有价值的东西都是一次性的。

这篇小说的完成改变了他的观念。那时他二十多岁，生命的激情刚刚显露就惨遭毁灭，那些飘忽不定的念头通过文字固定下来，这是极其危险的。小说的主人公开始主宰他的命运，他以后的生活简直不可思议，他始终在水面漂浮着，一种不可抑制的力量在驱驶他，如同一叶扁舟，主人划到哪儿去怎么个划法，船本身无法预测。

大哥不承认王根写的《阿Q新传》，说这是胡闹，大哥的悲剧就开始了。

大哥读完王根的定稿后，农科院的小车开到他们家，来人是大哥的朋友。

朋友说："有个重要课题搞不下去了，上边来检查，头儿们想起用你老兄来救驾。"

大哥啊啊两声，眼睛放光，朋友急了："你千万不能答应。所长和书记争副院长的位子，你去肯定能干成，可你干成了，所长和书记就不能把老院长拉下马，他们就会恨死你。他们迟早要上台，你犯不着为一个老头子毁了自己。明天老头子的秘书来接你，你千万不要答应。"

父亲和老二王根都赞同朋友的分析。大哥也连说：好好好。车子一走，大哥就去睡觉。

父亲神情忧郁，父亲说："你哥这次要吃亏。"

老二王根将信将疑。

父亲说："他是牲口的命，就像马戏团里的马，锣鼓一响就要尥蹶子。"

果然，院长的车子一到，大哥失魂落魄般扑上车子，大声嚷嚷："麦子！我的麦子！"

老二王根说："读书人咋都这副毬样子啊。李白整天嚷嚷他是酒中仙，天子呼来不上船，唐明皇的诏书一到他就直扑长安，可见他喝酒是假的。"

老二王根摇头感叹："爸，我也要走了。"

父亲说："别学你哥那毬样子，好好干，你比他有出息。一年二十四个春天，就看你有没有长心眼儿。"

老二王根知道他很难有出息。这种忧郁极其短暂。他知道在专业上他很难有所作为，就像父亲在机床上寸步难行一样。功夫在诗外，老二王根找到了终南捷径：既然手不能写，何不用嘴呢？父亲不就是这样走出来了吗？

老二王根以后的日子很顺。老二王根开始搞专题讲演。一开始在本校打响，接着兄弟院校邀请他，接着走向社会，走进部队厂矿……讲累了再回原位弄些新材料新课题。中国古典文学的任何一个章节都能讲他好几个学期，我们的老祖宗很阔气很有些家产。比如他以汉乐府《孔雀东南飞》来讲青年男女的婚姻恋爱，很受大男大女的欢迎。

他也开始动笔。他几次想写《阿Q新传》那样的作品，试几下，不行，笔老断，弄得他挺尴尬。父亲见了机器就打摆子，他见了笔手就发颤。父亲可以不玩机器，日子照样过得有滋有味，他却不能不玩笔，老二的脑子还是好使的。老二开始撰写小文章，两三百字，上报纸很容易。最多的那一年竟发表了三百多篇，吓他一跳，妈妈的，巴尔扎克一辈子才弄了一百来篇。老二王根半天弄不明白这是咋回事。噢——世界本来很简单么，妈妈的。

那年父亲很高兴，记得不错的话那是龙年。那是个灾年，火车出轨飞机失事森林着火，父亲把银行的存款都寄光了。胃厂长在大会上表扬了父亲，父亲觉得老胃这人还可以。年终评先进，老胃提名让父亲当先进。第二年春天，给百分之二十的职工涨工资，老胃按他的新方案来，老胃给每个职工建立了业务档案，父亲被排在最后，父亲没涨上工资，定级也没他的份。人们知道，老胃的改革方案开始见血了。涨了工资定了级的人只高兴了半年就不高兴了，新政策听起来甜，吃起来一点也不甜，把大家忙得团团转。在企业里也看你怎么个混法，只要你肯动脑子，不用累死累活地干也能过好日子。老胃把大家的双手看成用废了的锄头，总想淬火加钢，大家都觉得烫人。

老胃的政策只对少数人有利：比如王胡和小D。这俩人是父亲当年的师傅，老技工了，车间里没有比得上的，现在他俩拿钱最多。还有那个工学院才来二年的大学生，整天忙设计这设计那，在屁股上都想绘最新最美的图画。老胃竟答应说：设计搞成了，可以提前晋升你为工程师。王胡和小 D 没学历，父亲当时看得清楚，王胡的黑胡子抖了几下。父亲虽然得罪过王胡和小 D，但对待大学生他们是一致的，他们讨厌这些假洋鬼子。

王胡说："老胃没什么了不起，他是副的，正校长还空着哩，他得留一手。"

事情就这样复杂化了。老胃想依靠有专长的人，可这些人尿不到一个壶里，尿水溅得到处都是。

在这些日子里，父亲兢兢业业，"舂米便舂米，撑船便撑船"。林带里的草高了，他用铁锹去铲；花圃里的地有点干，他拎水壶去洒水；总有人下班不关窗户，父亲半夜三更爬上办公楼噼里啪啦关窗户，关得山响，便有脑袋伸出家属楼的阳台看一会儿，进去继续睡觉。

老胃问父亲："老王，你就不能开机器吗？"

父亲说："世界上的事情就是这样，会开机器的人都很牛皮，不吹牛皮的人不怎么会弄那玩意儿。"

老胃的嘴张得很大，比他的胃还要大。父亲并不笨，简直是个哲学家，老胃在心里说：鲁迅老头子造出来的人物就是不一样，他干吗跟中国人开这种玩笑？老胃忽然感觉父亲很顺眼，父亲顺眼以后，世界看起来也就顺眼了。

沙　蚀

儿子方成长得人高马大，在城里安了家。

儿子方成穿的西装值一千八百块钱，西装挺括，像宾馆大楼。儿子方成在宾馆把老头请一顿，让老爸享受现代化的生活。儿子方成戴墨镜，不是墨眼镜，是蛤蟆镜，老头仔细看，儿子方成的确像蛤蟆。

儿子的女朋友穿牛仔裙，腿像白萝卜。丫头已经跟儿子领了本本。丫头出汗的时候，脸上的粉像积雪消融。

儿子在锅炉房领班，管十几个小工人。暖气管通市长家，儿子给市长当差。老头觉得儿子了不起。

老头坐上汽车，是儿子熟人的车。车子离开市政大楼，儿子跟身边的楼像亲兄弟。

老头没想到他能有这么一个好儿子。

老头的家在农七师最边远的团场，在白杨河。

当年垦荒时，白杨河没有白杨树，白杨河只是石头滩上浅浅的一层水。水浅王八多，石头像王八。老兵们在河边睡觉，睡到中午，爬起来看河水。老兵们不说话。这里望不到天山。望不到四边，望不到更高的东西。人站在这里最高，人很自豪。老兵们的身边全是空气和沙石，水薄得像纸像眼球上的皮。老兵们挖坑，班长说要挖得比战壕深，要住人。老兵们是口里人，以为是挖墓。老兵们挖深深的洞，班长钻进去看，得！成啦。班长说，这是地窝子，都进去吧。老兵们钻进去。狂风正好杀到，石块劈头盖脸像炮弹。老兵们的心在地层深处扑通扑通，地层隐隐颤动，颤到乌尔禾那边。马背上的老哈萨耳朵很灵，挽住马缰细听，马后的羊也抬头细听。粗沙潮烘烘的，老兵们说，这地方日怪，石头下边渗水，身上快长芽芽啦。老兵们真长出芽芽来，白杨河边大片的林子长起来。太阳的车轱辘不在石块上颤荡，太阳的车轱辘碾着柔软的树叶子，树叶飒飒响。太阳的方脸盘冷峻坚硬，蓝光熠熠，像钢。林带中间是庄稼地。

老兵们身上长出许多芽芽。沙颗不见影儿了。林带和庄稼地一片一片，长得茂密。

老兵们的娃娃蹦蹦跳跳也长大了。

老头把娃娃送到师部。那里变成了城市，那地方以前也是荒滩。沙子像穷人身上的跳蚤，被林带和庄稼一下一下梳理干净。老头把儿子送到干干净净的城市上学，心里美滋滋的。老兵们谈起来都很高兴：沙子石块像他妈反动派，乒乒乓乓叫咱撵光了。

那里空气多么干爽，阳光多么美好呀。老头希望儿子跟

227

白杨树一样疯长。老头对方成说："那些树都是我们的胳膊长起来的。"老头领方成在大街上逛，拍打结实的墙壁，指给方成看圆圆的柱子，好像那真是从他身上锯下的一截。

那时，方成傻傻的，不像现在这么潇洒。现在的方成，成楼房喽！

车子到团部，老头不好意思，赶忙下车。街上的熟人说："嗨嗨，这老狗日的坐小卧车。"老战友手搭额头朝路口瞧，柏油马路上，小卧车像玩具盒子三晃两晃没影儿了。老头说："儿子熟人的车。"老头说得很随便，老战友们羡慕他：这老锤子，夯出的娃娃像回事儿嘛。好像他们的锤子是根木头棍棍，没起色。

老头步行三公里，过营部给营长打招呼，他不干了，他要退休。并且郑重地叮咛，去城里找我儿子啊。他留下儿子的地址。哎哟，市政府！营长吓一跳。营长打量他半天，笑了，拍他肩膀给他让烟。

老头去年就该退休了。那时儿子方成在石河子实习，花费大，他得挺到儿子毕业。营长动员他退休，他不干。他是治沙能手。从垦区创建到现在，老头领着十几个老兵像偏牛，挺着犄角，硬是把沙漠抵到白杨河北岸。在北岸开一条林带，栽上榆树。树根像他的手，牢牢地抓住北岸的石块。大漠风吼了三年，终于躲到沙丘后边去了。老头跟树有缘分，他喜欢高大的东西。那年，团部拉来一卡车娘儿们，大伙都找个头矮一点儿的。娘儿们里有个黑大个儿，人人咋舌。他提提腰劲，上去搭话，三言两语把大黑个儿给收拾了。老婆比他高一头，别人笑，他一本正经：你们懂个茄子，男的犟，犟一个，娘儿们犟，犟一窝。他儿子果真像一匹马。儿子在城里的大街上晃悠，老头心里咯噔咯噔，老婆子看了肯定要拍大腿。

老头把白杨河北岸的林带向前推进五公里，林带中间建成草场。老头和他的老兵们只剩下一把老骨头了。师长摸着这些老兵的肩膀像摸心爱的大炮。师长在林带里发布命令，这些老同志一定要撤。要好好安置。

团里在白杨河南岸的田野中间盖一排砖房，老兵们搬进去。大漠风从北边杀来，像骑兵方阵。过了榆树林过了白杨林，风在高空呜呜叫。林带攒动，像排炮，打得狂风在高空盘旋，不敢贴近地面。沙子在河北岸五公里纷纷倒毙。垦区只能听到风的呼喊。老兵们刚撤下来时，听到风叫眼睛就红。

老头收到儿子的信，念给大伙听，大伙都说他儿子有出息。他儿子在学生会当干部。在城里念书的娃娃不多，他儿子有希望留在城里。

大伙说："咱们把沙子赶跑，咱们的娃娃应该在城里，学些技术。"

老头说他儿子方成上的是技术学校。大伙话就更多：给他写信，叫他好好学技术，技术比手强啊。

十几个老兵个个当参谋，仿佛这儿子是他们大家的。

老头就这么一个儿子。草多没用，树少人人爱。老头拍打粗壮的白杨树，白杨树的枝条扎进蓝色的大气里，树干嗡嗡颤动，像汪洋中的大船，树叶儿翻转像高高耸起的帆，老头看得眼花缭乱。白杨树一棵挨一棵，从团部排到连队到家门口。

营长亲自把手续送到家里，老头退休了。

营长说："安度晚年吧，我要有这么一个儿子也退休。"

营长站起来，到院子里弯腰摘一颗西红柿，咬一口，摆摆手走了。

圈里的鸡咕咕咕像河水流动，老婆子用刀劈菜叶，劈得细碎。老头站在门外的清风里，大口地呼吸，喷出的烟团像鸟儿，飞出老远。

老头在屋后开一块地，老婆子等着种菜吃。

老婆子拣地里的石块在地边堆一圈，老头把石块夯实，把地耙得暄暄的。这些年，他一直裹在风沙里，挖坑栽树，很少跟庄稼打交道。他想弄弄庄稼。

老头挑两只大桶，到团中学去挑大粪。大粪臭气熏天，在新开地里厚厚铺一层。老头在地边用土堆粪，用土把粪捂严实。这是老家人的法子，酿酒似的把粪捂半年。黄土被粪汁酱成黑的，又暄又粉。

老头开始翻地，翻了好几天。太阳拎着鼓槌，在老头脊背上嘡嘡嘡狠敲。老头干干的瘦瘦的，老头身上敲不出一点水星。老头的躯体蓄满了火，像铁砧子，太阳的大锤在上边敲出火焰，敲出一只只火鸟喳喳叫。

营长派人送来两袋化肥，那是俏货。

老婆子抓一把想撒进地里。不慌不忙，老头拦住老婆子，使不得使不得，咱这是新开地，身子虚肠胃不好，要吃屎喝尿，吃不得化肥。你少哄我，公家几百亩地一用一卡车，把你能的！老头跺脚，你还是地里爬出来的，这个理儿都不懂？化肥用多了地板结。这化肥像鸦片烟，提个神可以，上了瘾就把地弄日塌咧。

老婆子踢了他一脚：老东西。

老头给老婆子留一小块地，专门种菜，刚好是种秋菜的时辰，萝卜白菜很快冒出嫩芽芽。

老头想，老骨头冒嫩芽芽，还能活几年。

大伙都羡慕他的地，就像羡慕他的儿子，老头很自豪。大伙给他出主意，叫他全都种菜，国庆节前卖个好价钱。老头不吭声，叫他们说去。

老头的地黑乎乎潮烘烘，土粒松散饱满，落下一粒种子就能吱吱啦啦燃起绿焰。

老头等待着。

透明的天空渐渐阴沉，天离地很近，天紧绷绷的，阳光短促，星星闪出白光。老头的骨头架像屋梁，开始嘎嘎响，疼痛带着声音。那些枪伤像虫子，天凉就苏醒，跟他的命一样顽强。

当年剿匪时，他的左小腿内侧中过一颗子弹。医生用钳子夹出弹头，是水连珠步枪子弹，有大拇指那么粗，弹洞很深。没伤筋。医生说：打筋上你可就惨啦。打筋上他就到不了白杨河。那时，他全身是腱子肉，运运劲吃一个月鸡蛋，腿圆滚滚像柏木杠子。

他身上的小伤多啦，肘上背上都有流弹的印记，流弹没劲，只舔一丁点血。那颗步枪子弹可是长眼睛的。步枪手以为他死了，他却趁机换上弹夹，鹞鹰一般舞着冲锋枪嘎嘎嘎嘎嘎击碎匪徒的脑壳。他打过六年仗，这是他干掉的最后一个敌人。敌步枪手那咬牙切齿穷凶极恶的面孔留在他的记忆里，战争岁月过来的老兵都有这种记忆，当他跟风沙搏斗时，总会想到那张丑恶的面孔。

腿上的腱子肉淹没了弹洞，那里长出一片新肉，光滑鲜亮。他经常摸那块疤，不疼，一点不疼。现在开始疼了，说明他底气不足了。

伤痛像虫子，弄得老头睡不安稳。老头就想那些庄稼地，这些地是老兵们从风沙里夺回来的。老兵们消灭了反动派又消灭沙子，于是有了大片大片的良田。

阳光有点潮，再过两个月就干燥了。

老头往手心里吐唾沫，开始播种。麦种是他挑好的。他用牲口，他不想用机耕连的机器。他对连长说这是他的爱好。连长嘿嘿笑，爱好，小青年有爱好，你这老骨头也爱好？连长牵给他一头花牛，老了点，凑合着还可以用。

麦子发芽展叶，老头们围在地边，用手摸麦叶，仿佛摸自己年轻时的头发。树梢上吊着太阳，像熟透的果子，嘀嗒着香气。老头挖开粪堆，锄头下去，噗一声，黑洞里冲出一股酒气。左一锨右一锨，黑褐色的粪末子成扇面落在麦叶上，麦地盖严实了。

连长不知道啥时候蹲他跟前，扯他的衣角讨烟抽。他给连长一根"天池"。连长说："地不亏我们，我们把地亏狠了。"

老头不冷不热地说："我们那时候烧苇子烧树叶子，入冬前地里铺一层灰，等着老天落雪。我们那时候，地多肥多有劲。产量不高，籽儿实腾腾。化肥催起来的麦子不行，吃着不香。"

连长抓地里的土，捏一下松开手指，手上一个黑圆疙瘩。连长说："这土能当馍馍吃。化肥上地不行啊，两三年下来地都板结了。"

老头说："没好法子吗？"

连长摇头。连长三十来岁，是老头的晚辈，农垦大学毕业的。

老头说："城里厕所都满了，花钱雇人掏哩。"连长还是摇头："谁肯下那份苦力？包够三年五年，地有没有劲他就不管喽。"

连长说："美国的养鸡场用催生素，鸡一天下好几个蛋，那种蛋用油炸还有一股腥味，清炖就咽不下去，哪能跟我们国家的鸡蛋比。我们的鸡吃虫子吃菜叶子不吃催生素。粮食也一样。"

连长说这是全球问题，大自然跟人结了仇，大自然要报复。连长说老同志你真了不起，你想的这些很实际，你跟沙子拼了一辈子，像你这样理解土地的老人太难得了。连长握住他的手不停地晃。

连长往地里走，几百亩大的方田里，连长的影子很孤单。

农垦大学就要出这样的小伙子，这样的小伙子像虹蛹螺，多了地不吃亏。

老头想到儿子，儿子方成学的东西地里用不上，但儿子跟连长一样是学校里出来的，有专长。

他后悔那次去城里没看儿子的机器，亲眼看看才对。儿子年轻，不知道一双手对人有多么重要。手这东西太奇妙了，人有没有本领全看手，手勤快人就不容易变坏。

儿子见过这个小连长，揣个小本本钻庄稼地里抄抄写写，几千亩庄稼愣瞅着变了样，连长给大伙交代几句就行，你照着办没错。

老头想，儿子方成是不是这样，把那大机器玩得跟猴子一样？

儿子方成在石河子实习，老头搭团里的便车去看儿子，给儿子送两百块钱。

石河子是兵团最大的垦区，繁华优美，儿子领着他逛街，逛团结商店逛西环大商场。儿子说奎屯以后要超过这里。老头不相信，可儿子说得那么肯定。儿子一套一套的，什么铁路大动脉国际大循环。儿子的口才真棒，跟团政委一样。

　　儿子打台球时随便说到留奎屯市问题不大，老头点头相信。儿子拎着杆子架势很足，跨腿仰头，夹住杆子，轻轻一磕，盯着台球翻滚，咣啷进网。儿子收起架势，笑得很矜持。老头感到儿子有点拿模拿样。周围的小青年吐唾沫打口哨，儿子很夸张地抬起手腕："哟，十二点啦，有个会，很重要的会。"儿子看他，好像向他讨主意，没等他想好，儿子自言自语："给科长挂个电话吧，科长家的电话3322913，3322913，嗯，挂个电话好。"小饭馆有电话，儿子抓起话筒，从兜里摸出一张粉红卫生纸把话筒擦几圈开始拨号码。儿子跟科长说得热乎，像对老同学。儿子来石河子才半个月，实习完还得回奎屯。儿子的架势很足，谁也不会想到儿子是烧锅炉的。

　　那时老头就想到，儿子并不喜欢锅炉。儿子床头的锅炉专业书是架势，儿子向实习单位的工程师和科长借来这些专业书，并在书中夹了好多条子。这些书，技工学校的学生很少问津，儿子不但问了，还能拣出几条临场发挥。

　　儿子的适应能力极强，把城里人的精明学得惟妙惟肖，因为他这父亲跟风沙拼了一辈子，儿子便具有先天性的生存优势。老头好长时间都在想，儿子把这些精明用在专业技能上，早成专家了。他好几次想问儿子的专业，可他没法问。他见过锅炉，却不懂这些铁家伙。

那些学生都是小娃娃，个头挺高，却嫩得能掐出水。儿子在他们中间又老又辣。三年前，他送儿子入学时，儿子跟这些娃娃一样娇嫩。好多家长都来送孩子，娃娃们眼泪汪汪，家长们便给娃娃许愿，买耐克鞋买牛仔裤。

老头对儿子说："白杨河第一条林带是爸栽的，别人栽的都枯了，爸栽的长出绿芽芽。娃娃，爸把你栽在奎屯了，你要长芽芽哩，记牢了？"

儿子说："记牢了。"

儿子给他的第一封信中说："爸，我一个人逛了奎屯商场，跟售货员谝了十五分钟。售货员说我油得很，不像团场来的。爸，我要发芽芽了。"

老头看信时嘴里嚼着米饭，咯铮铮牙齿硌出血。老头摔碗拍桌子，骂老婆子米饭里掺沙子谋害他。老婆子像只老母鸡，把他吐地上的饭团一粒一粒扒开摆均匀，全是米，没沙子。

老头想收拾儿子，儿子在奎屯。

儿子的动作都是慢镜头，儿子朝嘴里丢一粒药丸，灌一口水。水在嘴里响一会儿，脖子拉长了，水和药丸咕儿咕儿有节奏地咽下去。学生们都笑嘻嘻地看方成吃药。儿子方成给大家看手里的药瓶："看清楚了，这是科长吃的药。"

大家说："陶科长的药也是诊所里开的。"

儿子说："药有科长吃的，有处长吃的，还有院长吃的。每一级的待遇都不一样。院长看病有专号病房，可以坐飞机去口里大城市治。"

儿子一套一套的，像个人事干部，把这些细则弄得很细很清，学生娃娃被儿子震得一愣一愣。

老头爬出被窝，一宿睡得他怒气冲天，忍不住放出一串臭屁。掀开被子，被窝里的屁耗子似的四处乱窜。老婆子噼里啪啦打开窗户。

老头扶住床，伸长脖子，痰块雪崩似的迸出来。老头很烦。他身上的好东西都留给树了。他跟风沙拼杀，那些树像他身上的物件，他一样一样把它们埋进沙窝里。他自个儿身上积满了痰和臭屁。人上年纪就恶心，首先恶心自己。

老头到院子里，老婆子给他一杯温开水，老头咕噜咕噜漱口，漱好半天开始刷牙。老头吞几口天空落下的清风，筋肉直起来，身上的骨头架也稳当了。老头吸烟，烟味火辣辣刷掉了痰和臭屁的腥臭。这才像个人。

老婆子问："没睡好？"

老头不吭声。

老婆子又问："心烦啦，烦哪个？"

老头只知道烦得要命，恶心得要命，他弄不清是什么东西跟他过不去。那东西模糊不清，跟痰一样吐出来才一清二楚。

老头朝白杨镇走，团部在那里。老头心里烦透了，要是梦倒罢了，可那是他亲眼所见。儿子的德行里有一种说不出口的味道，老头怎么嚼也不对劲。

老头气得咻咻，老头知道这是对儿子的不满意。

他对儿子太满意了，他容不下这突如其来的不满意。

老头在人群里挤过来挤过去，后肩被扁担撞一下，又被人揉到小摊跟前。摊主拉住他不放手，要他吃热包子。老头不知所措坐小板凳上，他弄不清自己吃了几个，反正碟子空了。摊主趁机又塞他一碗豆腐脑，烫得嘴皮子吱喽响，连吹带吸吱喽完。摊主嬉皮笑脸，老头只想唾他一口，摊主转身对别人笑。

老头在人群里被揉过来揉过去，半天挪不了一步。到处都是白气团，白杨镇被白气团罩得严严实实。老头阿嚏打一个喷嚏，身上舒服极了。

烦了这么久，就舒展这么一会儿，心又沉了。老头像辆破车，被人群挤得嘎吱响。

白杨镇被十几个连队包围，庄稼地和林带以外是沙漠。沙漠里一条细细的公路连着北疆的城市。人们闲着没事，到镇上来挤一身臭汗，进馆子里吃一顿，臭烘烘地拖着夜幕回家。黑夜吞没他们蹂躏他们。太阳总能在灰白的窗户里看到被黑夜吐出来的白身子。白身子打着呵欠，喷着酸腐味儿，从眼角掰下一堆堆眼屎，那是黑夜的排泄物。家家的马桶响起来。厕所里人声鼎沸，有些人离厕所老远就扯下裤带。老头惊呆了，这些司空见惯的情形偏偏现在变清晰了。老头没理由为这种景象生气，大家都这么生活。老头在白杨河栽下第一棵树的时候，只想着挡住风沙。沙子日夜不息地侵蚀土地，老头把风沙从白杨河南岸逼到北岸。大片的林带在他身后长起来，接着是庄稼是白杨镇。大风再也吹不到白杨镇了，垦区的中心地带风力减弱，可以盖四层楼了。人们像耗子一样挤满楼房。树像哨兵护卫这些楼。老头心疼他的树，心疼得莫名其妙。栽树就是给人乘凉的，可老头偏偏看见了树荫下不该看见的东西。

营长从人群里挤过来。营长脸上冒热气，说是从奎屯回来，见他儿子啦。

营长说："你儿子真有出息，刚毕业就当领导，为人处世呱呱叫。"

老头问："你见他们的锅炉没有？"

营长哈哈笑，见那玩意儿干啥？你儿子是领班，一天去不了几趟，有事才找他。锅炉黑不溜秋，手下人干，他不干。营长说："你儿子行啊，领导给他订两份报纸，两份报，咱营部才两份报。"营长说，"你儿子见了老乡特客气，叫便车拉我兜风下馆子。"营长从包里掏出一条红雪莲、两包蛋糕："你儿子捎的，多孝顺哇。"

营长是白杨镇的头面人物，营长跟他叨叨半小时，拱拱手离开。

老婆子见到儿子捎来的礼物，又是营长捎的，高兴得直咧嘴。咧够了，发觉老头脸色阴沉，老婆子有点怕这老东西。这老头干瘪的身子，在过去的岁月里曾经使她心醉神迷，又曾不止一次地捶她抽她，把她锤炼成手脚勤快的过家女人。

老头不看儿子的蛋糕。老头说："那东西尝尝可以，不能当饭吃没啥营养。"说得老婆子直瞪眼睛："你放屁，公家造的东西没养分，你拉的屎有养分？"老头说："那东西跟化肥一样，催个儿不催脑子。"

"你说咱娃不长脑子？不长脑子咋当领导？管十来号人。你干一辈子才管十来号人么。"

"管人就有脑子啦？"

老头咳一阵，抹嘴角的痰擦鞋帮上，鞋帮油光闪亮。

老头说："技术学校嘛，技术在手上，刚出校门的娃娃手上没功夫，就想管教别人。看看连长。"

老婆子死倔："连长是官儿不是兵。"

老头说："人家有技术才当连长。你啥时见连长咋咋呼呼吆三喝四？人家往地里一站，大伙都觉得像回事。人家管的是上万亩地，上万亩咧，像个将军。"

老头说："那年，从兰州来一位专家，在白杨河北岸转两圈，给我们比画几下。别人愣看不相信，我嚼半天嚼出点眉目，几千亩树苗才站住脚。人家看两眼，我们得拼好几年。师长说那人是治沙专家，在联合国都有位置。我问师长，咱兵团咋没这号人？师长说那是大专家，国际水平，我们兵团太小啦。专家走时，师长行了军礼，我们老兵都行军礼。"

老头突然不说话了。他栽的树像大炮，轰了好多年，把风沙轰成碎末，散落在空气里，弥漫在他周围，他没有觉察到罢了。沙子最先从儿子那里出现。老头心惊肉跳，嘴角抽几下，抽出一丝微弱的声音："冬天说来就来了。"

老婆子说："入冬一个月了，你老糊涂啦。"

老头说："冬天说来就来了。"

老婆子扶他到床上，扒掉鞋子。老头硬硬地躺下去，像掀翻一辆破车，腿在空中晃几下，放稳当，老婆子拉上被子。

老婆子扒开火炉，在火心里捅，长长的火焰爬进火墙，在里边吓轰吓轰响，屋里热起来。老头像秋天田野里的南瓜，红透了。

老头睡到半下午，哎哟哟叫起来。老婆子丢下她的鸡，奔进屋里。老头抱着一只脚在地上跳，老头疼歪脸了。老婆子扶住他。老头喘气，喘半天说："扎钉子啦，你看伤没伤骨头？"

老婆子把脚抱怀里瞅半天，只瞅出一个疤，在大拇指上，有黄豆那么大。老婆子说："啥钉子，是鸡眼。"

用指甲掐一下，老头叫起来。老婆子说："就疼成这样儿？大老爷们儿哩，有女人生娃娃疼？"

老头望着老婆子，额上渗出汗星子。老头的汗早就叫沙子吸干了，自己奇怪怎么泛潮了？

老婆子叫来连队卫生员。卫生员是个半大老头，瞅着脚趾说："长得不是地方呀，在筋上，用不成鸡眼膏。"老婆子跳起来："咋办呀？"卫生员说："送州医院，要快。"

营部来一辆大卡车。左邻右舍用皮大衣把老头裹严实，塞驾驶室里。老婆子拎个包，也挤上去。

儿子的面孔慢慢清晰了。儿子问："病在哪儿？"老头指指脚，脚趾上睁开两只小眼睛。老头说："沙子在里边生根发芽啦，医生说要动手术。"

儿子把水果、糕点放好，去找熟人。儿子把鸡眼不当回事儿，儿子小时候也长过那玩意儿，打盆开水把脚泡嫩，用指甲刀剔鸡眼里的筋，剔一个洞，捂上白药，当两天瘸子就好了。医生是他熟人，说："你老爸的鸡眼长得不是地方，在神经上，人上了年纪，弄不好要命的。"儿子很吃惊："你不是开玩笑吧？""拿病人开玩笑？开你老弟的玩笑？"医生说，"你老爸饱经风霜，不能让他有心理负担，要让他高高兴兴，你是儿子，能办到。"

儿子给女朋友打电话，丫头来时掂一个小录音机，上边有耳机。丫头说："爸，送你一个，解解闷儿。"老头望儿子，儿子说："不是流行歌曲，是戏。老家的正宗秦腔。"老头戴上耳机，像部队里的报务员。丫头对老婆子说："妈，你听这个。"老婆子是河南人，丫头给她一盒《卷席筒》。丫头说："我上班去，晚上再来。"儿子送丫头出去。病房的人很羡慕。

老头对儿子的怨恨没影儿了。儿子不像沙子，儿子很顺眼，一举一动跟这座城市很默契。

这是医院林带中的小路，儿子方成从地上抓起沙子，搓一会儿丢掉。沙子真要把父亲放倒吗？父亲跟沙子打了一辈子交道。方成知道这里边的奥秘，玩刀的死于刀，玩泥巴的死于泥巴。父亲最终将因沙子了结余生。医生跟他很熟，不会诓他。沙子真的这么厉害吗？

儿子五岁那年见识过沙子的厉害。父亲带他到白杨河岸边，沙丘像坦克，把骆驼和人全埋了。推土机吼一整天，找出两具尸体。儿子第一次见这场面。儿子问父亲："叔叔咋啦？"父亲说："叔叔睡着了。"大家给睡着的叔叔裹上白布，毛驴车拉上他们到遥远的地方去了。儿子几个晚上不敢睡。睡之前要想半天，想好了才合眼，总担心睡着后魂儿打开脑门跑掉。魂儿最终还是坐上毛驴车跑掉了，那是后来的事。

给他印象最深的是老师王根离开新疆时的情景。他代表全班去乌鲁木齐机场送行。王根老师在餐厅请他喝酒，他说："老师你为啥要离开新疆？"老师看着楼外，市郊的大戈壁隐约可见。老师说："沙漠，沙漠永远是沙漠。"他说："奎屯不是，还有石河子。"王根老师说："还有克拉玛依，还有你们白杨镇，都不是沙漠。你父亲那样的老兵，奋战了一辈子把沙漠赶跑了。沙漠从大地消失的时候，它又从人们的灵魂深处钻出来。"他当时没有听出那些弦外之音，说："林带对风沙还是起作用的。奎屯要建林带公园，我们那里的林带已经越过白杨河到北岸啦。"王根老师说："沙子钻进肉里你没法剔，沙子还会钻进脑壳子。"王根老师抬起一只脚，"沙子咬掉了我的脚趾，我成了无根之人。"

当时他认为王根老师开玩笑，王根老师脚上长鸡眼，住过两个医院。王根老师那么悲观，鸡眼大概在神经上。

方成没想到沙子这么厉害。

王根老师大学毕业可以留在乌鲁木齐工作，报到的那一刻王根老师想起了沙漠里的小城奎屯，王根老师就回来了。方成问王根老师："来奎屯干啥？乌鲁木齐多好。"王老师便仔细看方成，发现他很可爱。学生用搪瓷碗盛开水给老师喝，老师一口气喝光，喝得咕儿咕儿响。王老师说："我太嫩，风沙里煮一煮，过过瘾。"王老师说："沙漠很有意思，乌鲁木齐没有沙漠。"

学生们摇头。王老师说："从飞机上看北疆大地，你就会发现我们被戈壁沙漠包围着，林带就像战壕，树像大炮，树像骑手，日夜不息跟风沙拼杀，在别处看不到这种景象。新疆的一切都是清晰的，沙子和树，一目了然。大家首先要掌握技能，技能就像树的根须，根有劲，树才能扎进地层站稳脚跟。"王老师说："手，手。"大家伸出手。老师说："手上有技术，不但可以工作，重要的是它可以防止人干坏事。技术是我们的根。"

王老师就这样把大家逗起来了，有人还说出了英国人培根的名言：知识就是力量。王老师就在那个学生的头上点一下："我给你补充补充，那是19世纪的格言，今天应该是能力就是力量。"王老师讲钱学森，王老师说钱学森离开美国时美国人说他一个人可以顶美军五个师。王老师说："五个师，这就是力量。你们说霍元甲李小龙成龙阿兰·德龙史泰龙有力量还是钱学森有力量？他们那些人两个小警察就能对付。"

大家脑子一热，话题就多了，走后门拉关系给头儿们当干儿子当孙子等等等等。王根老师说："他们有老婆孩子，他们要生活还要活得有滋有味，又没有技能没有正常的求生手段，又不能公开去偷去抢，一句话，没有强盗和小偷的胆量，他们便成群结伙找靠山，找一个像父亲一样可以庇护自己的人来曲线救国。所以本领技能可以避免道德沦丧，至少能使自己站着，不给别人当干儿子干孙子。"

王老师看外边的林带："那些树抵挡住风沙，那些军垦老兵真了不起，一片荒原，后来有了庄稼有了城市有了学校，老兵的第二代见不到风沙了，可风沙并没有消失。你们该怎样抵挡风沙？"

大家伸出手，王老师看看大家的手，王老师说这是土枪土炮。王老师指大家的脑门子，大家哎哟一声知道飞机大炮在那里边，王老师就这样给大家打开了一扇一扇窗户。

王老师说："有智慧的人最有力量，有力量的人最富有人

245

性最有人味儿。"王老师抓两个瘦小子，伸过鼻子很夸张地嗅嗅："好香啊，人味儿十足。"

大家都笑，笑得很放肆。

后来，王根老师的教学经验登在报纸上，占一大版，配着照片。那张报纸各班都有，老师成为学生的热门话题，成为大家心目中的英雄。大家很少再谈《天龙八部》《笑傲江湖》。那时，学生们都认为智慧和技能是人生的光明大道，学生们还没有走过独木桥，不知智慧也可能搁浅，不知道虎落平阳被犬欺，龙搁浅滩被虾戏。王根老师和学生都不知道这些。

方成拿着报纸一直走到王根老师跟前，方成说："老师真了不起，你在报纸上占那么大位置。"王根老师马上不高兴了："不要看那破报纸了，这是我一生最后悔的一件事。我不应该把教学经验投报纸，应该寄给杂志，报纸人人看，学术刊物没人管。"

王根老师会吹口琴会弹吉他会跳舞会下围棋会踢足球会唱《北方的狼》和《冬天里的一把火》。王根老师是高材生。加上那张招人的报纸，王老师不知不觉就成了热锅上的蚂蚁。

王根老师是一只大蚂蚁，大家不用热锅烫，用大戈壁上的烈日烫。

王根老师孤孤单单，提着收录机独自去大戈壁，王根老师去找海子，蓝蓝的海子可以使王根老师澄明清净。

王根老师没有看到海子，沙子却钻进脚指头。王根老师在医院躺两个月，出来人瘦一圈。

那时，方成崇拜王根老师，王根老师浑身上下全是本领，方成学到一样就知足了。方成说："老师你真厉害。"王根老师说："恰恰相反，谁都可以欺负我。"当时方成不知道王根老师受气受压。方成说："你会那么多东西。"王根老师说："两码事，那是两码事。我差一门课，所有的学校都不会开这门课。"方成说："老师你这么聪明，你用心学没有学不会的。"王根老师说："世故这门课我学不会，学会我就完了。"

王根老师不愿意学这门课，王根老师后来很惨。

后来方成学会了这门课，并且成为他的看家本领。方成知道这门课对人有多么重要。他学会这门课的那一瞬间，王根老师教他的东西全没了，王根老师也没了。

爸来学校看方成，碰上王根老师查房。王根老师对爸爸说："你娃娃悟性好。"爸爸好高兴。

王根老师说："他们一毕业就是三级工，个别学生能拿到四级工，到工厂好好干几年就是五级六级，当技师没问题。"

"技师。"老头觉得这个词像金子，沉得厉害。

爸听明白了："农艺师，农艺师可了不起！"爸很激动："娃娃，农艺师是专家哩。师长团长手里也没几个农艺师，那都是干才，地里的庄稼全靠他们。"爸觉得农艺师是核武器。

王根老师从兜里掏出"阿诗玛"，王根老师说他从不抽烟，熟人例外。王根老师给爸一棵烟。王根老师的火柴很别致，铁盒子，梗比一般火柴长一倍，火柴头划燃后火焰很旺，呈五角星形状。王根老师说："有身份的人不用打火机，中央领导桌上都是火柴。爸说他见过张仲翰。张仲翰抽烟用火柴不用打火机，穿圆口布鞋不穿皮鞋。"王根老师说首长师长都像伙夫，卖架子的都是小头目。

后来方成当了小科长，对此深有体会。

那天，王根老师离开宿舍后，爸把大家看一圈，好像他是所有学生的父亲。爸说："王老师说的是大实话。给他当学生亏不了你们。"爸伸手让大家看："娃娃，人活世上全靠一双手撑着，不能偷不能抢不能搞歪门邪道儿，得让它长茧子，人的能耐都在手上。"

爸走时给方成二百块钱，爸蘸着唾沫星子把钱数一遍。方成皱着眉头，大家怪怪地看方成。爸低头一门心思地数完，爸说："我数一遍是让你看明白，钱是一张一张从爸身上揭下来的。爸不在乎几个钱，出门在外能吃就吃别亏了肚子。"爸看着方成把钱装好。爸要走，爸说："不要光长个儿，肚子里要有东西，那比个儿重要。"后来，方成长得又高又壮像栋楼。大家都长起来了。奶子羊肉白米细面把他们暄起来，把他们砌得很高。

爸后来进太平间前问方成："你老师哩？"

方成说："找老师干啥？"

"你这浑小子，没看见老子还睁着眼吗？老子咽气前想见见他，见他一面就合眼。"

他说："老师走了，到口里去了。"

爸双脚一蹬上了西天。

方成听见吧嗒一声，他知道爸咽气了，那声音像打呵欠，一个困倦至极的呵欠。

爸的眼睛睁着，方成用手摸，摸不拢。离太平间还有二百米，爸望着头顶的树丫。那是春天，树丫稠密，毛白杨的穗儿很长。春天是老人们的门槛，挨不过去就会被挡住。爸眼睛里装满树影上了西天。爸对这医院很满意，尤其是林带里孤零零的太平间，那个圆木堆起来的笨拙的木头房子。

妈说："你爸跟树有缘分，带着树走，他就称心啦。"老婆子要见王根老师，说是还缘。老婆子说："你爸跟王根老师是忘年交有缘分，你爸没见上，咱得去见见，把缘还了。"方成说："王老师去口里啦。"老婆子说："有地址吧，天南地北又咋啦？"方成说："王老师留给校长一封信，拎个皮箱子就走了，给谁也没留地址，他说他去流浪了。"老婆子说："你不是好东西，你们都不是好东西。你们伤了老师，老师就会走掉，好人走的时候都静悄悄的，跟他们来的时候一样。"

好长时间，方成都在想父亲咽气后的眼神，一架照相机，拍摄够了才松手；脑袋里的快门只一下，就把世界照进去了。临死的人才知道那一下多么重要。

爸的眼睛里装满他喜爱的树。

爸用树把沙子撵出白杨镇，把沙子撵到白杨河以北。爸把方成交给王根老师，爸知道王根老师能赶走儿子身上的沙子，把儿子变成林带环绕的田野。爸就是硬生生把沙子变成沃土。

方成想透这层道理时，已经是几年以后了，那时方成不再是学生，方成是奎屯市民。方成骑车子在小城的大街小巷里晃动，身上落一层厚厚的灰尘。这些道理对方成不起作用了，方成有自己的惯性，方成跟世界上所有人一样，靠自己的惯性向前滑行。

爸给方成的信中说："人跟庄稼一样，不能靠化肥，化肥弄起来的庄稼是样子货。"

爸那时正给地里灌大粪。爸讨厌化肥，爸把有本领的老师比作大粪，把花架子老师比作化肥。

化肥老师很走俏，化肥老师很少在教室待，化肥老师都待领导办公室，跟领导谈心。化肥老师知道，在头儿跟前长个子近水楼台先得月，靠近屁股的地方富有营养。

这些无声语言方成领会得很快，听这些话要有一双好耳朵，发现这一点很重要。方成开始出入各办公室"学雷锋"，提水抹桌拖地板，校长书记对方成很满意：这娃娃手脚勤快有出息。方成愣了，方成爸就让他学一双好手脚。

没有晚自习的晚上，方成去家属楼头儿家里看电视，不光一个学生，还有翔子和老鸭。翔子跟马校长熟，方成处处让着这小子。不过翔子这人够意思。

方成发现大粪老师王根很呆，王根老师一整天就知道上课备课，上教室教研室，很少去头儿办公室坐坐，也不知道头儿办公室里有多么暖和。

方成找王根老师，王根老师在里边批改作业。方成说："老师，这里好冷。"王根老师说："教研室里都是冷板凳。"王根老师说："你父亲给我来一封信，你父亲很幽默。他说我是大粪！"老师哈哈大笑。

爸好糊涂。王老师说："话是粗一点，它比头儿们的奖状管用。你别小看你父亲，那些老兵不会讲大道理，可他们个个懂大道理。你父亲说得对：要学本领，就要不怕坐冷板凳，不要哪儿热乎就往哪儿蹭。"

方成觉得大粪老师冷飕飕。

王老师上楼的时候，方成跟在后边。王老师的头发乱蓬蓬，衣服松散。大粪老师下课总是一个人走。

化肥老师总是同校长、书记走一起，化肥老师个个像老师，仪表堂堂，衣着整洁，举止得体。化肥老师很少到教室来，若到教室来那准是领导要检查。

父亲是个幽默大师，父亲很有概括能力，父亲在校园转几圈，把几十号老师划分为两类：化肥老师与大粪老师。就像毛泽东划分三个世界。

后来方成当行管科长，方成试着学父亲的简练与精辟，反而闹出笑话。方成好沮丧，再后来方成试着学王老师的风趣与机智，效果更差。别人觉得方成很滑稽，方成急出一头汗，方成再也不敢造次。他学不来父亲，也学不来王老师。

父亲来信说：十四五岁正是长个儿的时候，最需要营养，把大粪老师跟紧点。

那段时间，方成跟大粪老师是好朋友。

方成在办公室"学雷锋"，大粪老师是各办公室的中心话题，人们说大粪老师的怪话。那时，方成刚离开白杨河，这些怪话告诉方成一个事实，大粪老师很有才华。

父亲敬慕这个，好多家长都敬慕这个。

方成把"学雷锋"的范围扩大到五楼。王老师那里是被人遗忘的角落，方成闯进去擦地板擦桌子打开水，王老师跟他成了好朋友。

有一天，王老师收到一大封信，王老师从里边抽出一本杂志。王老师翻一下，仰头靠椅背上打呵欠，胳膊长长伸出去，腰高高挺起来，亮出黑褐色的宽牛皮带。王老师啊一声唱起来，唱《庆功酒》："壮志未酬誓不休。"老师说他才二十岁，该玩玩。

方成说："老师，我们踢足球去吧。"

足球在王老师办公桌腿上挂着，像硕大的果子。

王老师说："现在不行，吃过晚饭你叫一帮人来。"

方成说："老师你应该天天这样，你好长时间不高兴了。"

"是吗？"

"你好长时间冷着脸。"

方成看王老师的大耳朵忽闪忽闪，方成说："你耳朵像兔子。"

王老师摸一下耳朵："你真调皮，兔子很警觉。你说我处处小心，你说得很对，你有乃父遗风。"

王老师咧嘴笑，牙齿很白，老师的确才二十岁。

方成说："老师有喜事？"

王老师说："我的论文发表了。"

是本《建筑工艺》。

王老师说："我是学工科的，技术学校是工科，花了整整一年半时间总算写出高质量的文章，这是我第一篇论文。"

方成曾在办公室听那些老师怪声怪气地说："高材生在这儿吃不开，学工科的教数理化可以，专业课技术操作课不行。""对，对，叫他上专业课叫他上操作课，隔行如隔山，叫他爬山。"

方成对王老师说："他们要给你调课。"

王老师说："可能是吧，这是好事呀，多学一门专业课多一条路么。"王老师说："我发论文的事不要对别人讲。"方成说："写文章多了不起。你要受表扬的。"王老师："表扬有时是好事，更多的时候是灾难。"

方成想起王老师上报纸的事情。人们对王老师耿耿于怀："咱们在这儿住地窝子盖房子，干一辈子去一趟乌鲁木齐就了不起了，这小子出校门就上报，这小子。"

王老师说："有一句老话叫夹紧尾巴做人，这话很有道理。"

方成问老师："有才能的人都有尾巴吗？钱学森、爱因斯坦是不是猴子？"

王老师说："你真调皮，有乃父遗风。"

那时候方成天性淳朴，离开白杨河不久，不懂社会达尔文主义，不懂物竞天择适者生存。

晚饭后，二十岁的小老师领着猎狗似的学生娃娃，啊啊呀呀在大操场上杀过来杀过去。大家都很乐意跟老师踢足球，雪很厚，雪地踢足球不怕摔。杀声震天，家属楼的阳台上，老师们伸长脖子看。有些人嘀咕："这小子疯啦，这么乐，乐个鸟。"实习工厂的小工人经不起诱惑，也冲进去，踢到繁星满天。王老师领大家敲开锅炉房，冲澡时大家痛快得嗷嗷直叫。

那天，方成在办公室"学雷锋"，教务主任对王老师说："课调一下，专业课太多，你上建筑课怎么样？"王老师说："建工组不是有人吗？我去上，人家会不会有意见？""什么意见？""有抢人饭碗之嫌啊。""我做工作，你去上吧。"

王老师对方成说："有人想看我热闹。"

建筑班跟他们锅炉班门对门，方成听不进锅炉课，方成不时地瞅建筑班。锅炉老师关上门，方成的耳朵挺起来像喇叭。锅炉老师看着扎眼，叫方成站起来，方成站起来耳朵显得更大。锅炉老师说："你瞅建筑班干啥？""那边热闹。"大家笑，锅炉老师把他推出去："哪儿热闹到哪儿去。"

方成站在建筑班后门口，看见大粪老师王根在黑板上写字。王根老师个头很高，肩又平又宽，胳膊长悠悠，那棵香烟一样的粉笔捏王老师手上很舒服地在黑板上吱吱叫，像林中鸟。王老师上课不带教案，讲桌上放一本书，书里夹两张纸条，一张是习题一张是作业题。下课时，王老师手指一弹，纸片跳起来，王老师喊一声学习委员，学习委员接住纸片，那是作业题。王老师说："好老师备教案，上课不带教案，教案在心里；上课带书，不一定要翻书，书搁讲桌上起镇静作用，学生不乱。"老师就这样讲建筑课，后排听课的老师默不作声。常说怪话的几位老师大惑不解。

　　方成转身咚咚咚咚下楼，响声很大。在一楼被学生科陶科长喊住，记下名字，扣十分操行分，扣五块钱菜票。方成很痛快地填上名字，方成只想一件事，王老师给他们班上课该多好。王老师只给他们上过数学课。

　　那一段日子很平静，方成去办公室"学雷锋"，大家不再谈大粪老师王根，大家忘记了王根。父亲很了不起，把有才华的老师叫大粪。大粪扎眼，因为它臭；大粪被丢在角落里，也是因为它臭。大家不注意王老师的那一段时间确实是王老师的好日子。

　　那一段时间，王老师把方成当作朋友。王老师用扑克牌给自己算命。王老师说这是解闷不要信，扑克里有数学。王老师算牌很准。王老师说："我猜猜下学期我上什么课。""老师这不是整你吗？上什么课老师不知道能行吗？"王老师说：

"我要上什么课那是个未知数。"方成吓一跳。方成替王老师担心。王老师说:"已知的东西没有诱惑力,未知数才刺激。"王老师像个拳击手,跃跃欲试。王老师抽出红方块:"下学期是制图。"王老师又抽出一张小王,嘿嘿笑:"下学期没新班。他们会调我带老班。"

主任对王老师说:"下学期,嗯,下学期么。"

王老师说:"下学期么,根据学校的实际情况,你上,你上。"

主任没好气地说:"上什么?"

"上制图。"

主任噗噗吐烟团,烟团散开,主任的面孔无遮无拦,王老师站在主任的办公桌边,手指梆梆梆梆敲桌面奏乐。主任笑笑,笑时长出一口气,两个男人像在谈一笔生意,用沉默来估价,主任又吐一口烟:"好嘛,尊重你的意见,就上制图课吧。"王老师说:"尊重是个好词,可不容易学会。"

王老师上全年级的制图课。五月中旬,自治区统考,制图课获一等奖第五名。王老师从乌鲁木齐扛回一面锦旗。

办公室里的横匾框镜,都是毕业班给母校的纪念品以及军民共建单位送的。王老师扛回了建校以来唯一一面因教学成果而获得的锦旗。

楼道里静悄悄。方成找王老师去踢足球。王老师说不想踢,方成猜想王老师怕别人说他张狂。这次统考,王老师推荐方成去,他们八名学生都获得名次。方成一直保存着获奖证书。后来，方成当了科长，把这张证书当作猴子尾巴剪掉，制成标本，以纪念自己向高层次进化的艰苦历程，方成是进化论者。

王老师带他们获奖的学生到公园划船照相，他们有节制地乐一下，玩得很不开心。他们十五六岁，不大知道王老师的难处。

方成在办公室"学雷锋"，好多人给主任提建议，让大粪老师当班主任。主任说："人家上专业课了，三个专业课课头，工作量太重啦。"大伙嚷嚷："不行，不行，他一个人出风头，别人干的不是工作吗？他给共产党干，我们也不是给国民党干哪。"主任摁灭烟头，很重视大家的意见。

方成说："我们王老师上学期就知道他要当班主任。"

主任和老师们抬头看方成，满脸尴尬。

主任说："你对王老师有感情很好么，让他带你们班好不好？"

方成说好好。

主任说："你是学雷锋标兵，事事要带头，这件事不能落后啊，你们可以写联名信，要新班主任，点名要王老师么。"

方成到班上一说，大家都欢迎大粪老师来当班主任，全班签名。方成和班长把联名信送教务科。主任很高兴，接过去看两遍，"民心所向啊"。

方成从来没有见过主任这么高兴。

后来，方成当科长看《三国演义》，才知道其中的奥妙，孙权写信让曹操当皇帝，曹操大骂孙权，曹操不想坐火炉子。王老师坐上了，王老师从坐上那天起，就注定要倒霉。

那天，方成局促不安，方成发现办公室里的人笑得很奸邪。王老师点一下头就答应了，接管锅炉班。

王老师从此再也没有安宁过。

王老师没做就职演说，王老师进教室点名，点完了说："我也算一个，进教室是你们老师，出教室是朋友。"这两句说完就讲课。

事情是这样开始的，课间操时陶科长叫八个女生去食堂帮伙。陶科长刚走，蛤蟆干事来点名。班长说明情况，蛤蟆干事说："你叫唤啥，你这毛驴子，我是老师还是你是老师？"班长不敢吭声。蛤蟆干事把出勤情况写黑板上。下课了，学生往外拥，大家围着黑板看哪班缺人多。锅炉班学生很气愤，翔子骂骂咧咧，大家跟着他骂，踢黑板。科长、书记、校长高声大叫大粪老师，王老师挤过去，书记说："这班真差劲，人数有误，改一下，骂什么？骂老师，太差劲了。"校长、书记都说差劲。陶科长说："算了算了，吃饭吃饭。"

王老师下课出来，陶科长说："电大有舞会，一块去咋样？"王老师冷笑两声。后来方成知道：那是个机会，很关键。王老师要是跟陶科长一块去，不但是给了陶科长面子，而且是科长圈子里的人了。当下属跟进圈子不一样，永远不一样。王老师说他不钻狗洞。

王老师不平静的日子就这样开始了。

陶科长的王牌是翔子。翔子有钱，每次回家都要带好多东西，翔子跟科长主任书记们很熟，知道学校许多秘密。学校的每项决定发布前，翔子就给大家说了，弄得学校的决定很没威信，威信在翔子这里。翔子经常请大家喝酒，外班的人很羡慕，外班学生喝酒要受处分扣生活费，翔子他们没事。

大粪老师不尿陶科长那一壶，养兵千日用在一时，陶科长决定用一下翔子。

翔子带酒来，大家一起喝。翔子犯困，到别的宿舍去睡觉。半小时后，蛤蟆干事冲进来大喊："缴枪不杀！"大家举起手，挨个儿走出宿舍，蛤蟆干事记下名字，一共七个。蛤蟆干事问："谁买的酒？"学生们说我们合伙买的。翔子说过，男子汉要讲义气，不能出卖朋友。学生娃都想当男子汉，都想让小鸡鸡壮壮的像铁塔。蛤蟆干事说："三个警告处分，四个记大过。"方成在旁边站着，方成看得清清楚楚。

方成告诉王老师要防着翔子，王老师有点不相信。蛤蟆干事说："锅炉班以前多好，硬是让你带坏了。"王老师说："你说他们有多坏？"蛤蟆干事说："下礼拜他们照样喝，你信不信？"

下礼拜，翔子带两个外班的老生在宿舍喝酒，酒香扑鼻，大家经不住诱惑。大家喝得提心吊胆。楼道里静悄悄，直到喝完没人敲门。大家暗喜，上床睡觉，睡得好沉。响起敲门声，大家浑然不觉。有人上厕所，一开门，王根老师、蛤蟆干事冲进来。蛤蟆干事从被窝里拎起一个："嘴，张开嘴。"蛤蟆干事挨个闻，个个嘴里酒气冲天。翔子说他没喝，蛤蟆干事使劲闻，就是没喝。王老师不相信，翔子张大嘴啊啊啊，王老师闻半天闻不出什么。翔子说："要不要翻肠子？没喝就是没喝。"蛤蟆干事说："处分，统统处分。你们班十四个啦，接近总人口的二分之一。嘿嘿。"大粪老师说："翔子你出去。"翔子说："我要睡觉，我不出去。""到别的宿舍挤着去，你又没喝，你怕啥？"翔子出去了。王老师把门关上，叫班长站门外。王老师说："谁买的酒？说！"大家缩脑袋。王老师说："给老师说实话，不用怕，男子汉顶天立地，一句话能憋死你？"有人小声说："翔子买的。""好！"王老师说："有立功表现，从轻处理，符合党的政策。"蛤蟆干事说："这怎么行？""怎么不行，你自己查吧。"蛤蟆干事抓住王老师不让走，王老师说："你听清楚，翔子买的酒。"王老师叫翔子过来，王老师说："你别耍赖，你敢报复同学，我敲断你的狗腿。"翔子咧咧嘴。

翔子躲不过，跟大家一起受处分，而且最重。陶科长挥泪斩马谡，很难受。

翔子请方成到酒馆里喝两杯，翔子说："你跟王老师熟，你说他是不是上边有人？"方成说："什么人？""我怀疑王老师在州上有靠山。陶科长也这样说。"方成半天听不懂，翔子说："有靠山的人不怕官，王老师压根儿不尿陶科长，连校长也不尿。他是个怪家伙，摸不透。"

方成给王老师说，王老师笑笑不吭声。

翔子说陶科长急了，翔子自己也急。翔子去电大洗澡，跟电大的学生吵起来，翔子给老鸭使眼色。老鸭回来叫人，十几个娃娃抄起棒子冲到电大。电大只有三个人，一会儿被揍趴下；晚上翔子到蛤蟆干事家去。第二天，警察进学校抓学生，抓十来个。被反铐在白杨树上挨个吃电棒。翔子被领进另一间房子。

下午，科长校长书记来领学生，一个学生一张罚款通知。科长校长书记说："翔子学校要用，不要处理吧。"警察不答应。陶科长说："算了，我们自己还要处理，罚款通知叫班主任来拿，翔子的交给我。"警察把翔子的罚款通知交给陶科长。

方成也在里边，被罚款八十元。学生很惨，陶科长一口气开除三个，陶科长顿一会儿，唰唰唰五个统招生改成集资生，每个交三千元。翔子没事。

陶科长说："保释翔子一石二鸟。"陶科长说："王老师不是不尿我么，咱把他引向学校，他有胆量跟头儿去斗。最好是他谁都不尿，不尿我一个我怪难受。"

陶科长和蛤蟆干事一起笑，笑声很怪像夜枭。方成在屋外拖地板，屋里还在笑，方成头发竖起来，方成想尿，拐进厕所半天才挤两滴。

方成敲开大粪老师的教研室，大粪老师听了很激动。大粪老师跟书记校长闹一场，书记校长皱眉头。大粪老师又去找警察，警察说你们领导保释，我们没办法。警察没想到大粪老师的兜里有录音机。警察说："翔子有立功表现，从轻处理是应该的，幸亏翔子开名单，要不累死我们啦。"大粪老师都录下来了。

大粪老师开班会骂翔子是婊子养的。翔子跳起来，大粪老师说你等一会儿再跳。翔子准备等会儿再跳，翔子看大粪老师从兜里掏出砖块录音机，录音机响起来，翔子眼前白花花一片空白。大家尖叫打口哨，翔子惨极了，眼泪像沙子扑簌簌流下来。

谁也没想到会是这种结局。翔子说："当时没在意，我有后台怕个鸟。"后来大家都躲开翔子，把翔子当臭狗屎。翔子说："我太惨了。"王老师说："你眼睛长在头顶，以为世界上只有官儿们。你是我的学生，我有义务给你的眼睛挪地方。"王老师指着校园里的人群："把他们不当一回事，你要吃亏的。"

方成敲王老师的门，没动静。他推门进去，王老师趴桌子上看牌。王老师手气不好叫方成洗牌，方成洗一遍，王老师一张一张排开，王老师说他在劫难逃。王老师把牌收起来，楼道里空空的，王老师慢慢地下楼梯，皮鞋声很有节奏。

传达室的哈萨克老头叫王老师，王老师过去，老头说："我给你保密保两年了，今天听见他们讲你坏话，我把杂志抱出来叫他们看，吓他们一跳。"王老师说："你咋这样？你叫我咋待下去？"老头说："娃娃，一棵树吊不死人。"王老师叹气搓手。老头说："我们哈萨克人在山里待惯了，喜欢山一样的男人，本领不用藏，你们汉人咋回事么。"

发表论文的杂志有好几本，王老师夹起来就走，走得跟跟跄跄，像沧州古道上的林冲……沙漠过去还是沙漠，永无止境……王老师没有看到海子，王老师从沙漠里回来，抱住脚猛跳，王老师叫沙子咬住了，沙子钻进肉里，王老师住院两个月。

后来王老师走了，方成去乌鲁木齐飞机场送行。方成问王老师啥时候回来，王老师说："不回来了。"王老师请他喝酒。王老师说："你父亲是个大好人。"王老师说："那些老兵把沙子赶走，真是奇迹，他们建起一座城。"王老师说："乌鲁木齐昌吉石河子奎屯克拉玛依乌尔禾北屯。"王老师落泪，泪水粗糙像沙石，喉咙里滚出来的词更像沙石："这些沙子像伞兵部队，跟人类打立体战争。"王老师说："那些老兵知道大地，知道大地的秘密，老兵以后就没有秘密了。"

那时候方成应该知道沙子的秘密，沙子咬住了老师，这次又咬住了父亲。

方成找主治大夫，问能不能转院。

大夫说："转院？转哪儿去？"

方成说："我们王老师也是这种病，在你们这儿住两个月，转北京去治，治好了。"

"你老师多大年纪？"

"二十来岁。"

"你父亲七十多了。"

"我父亲是不是很严重？"

"现在不好说，要观察一段时间，你父亲可能要耍小孩脾气，你要注意。"

老头嚷嚷要回白杨河，老头不吃饭骂护士。

有一天，连长转进病房。连长眼睛上裹着白纱布。父亲说眼睛是人的灯，连长的灯叫沙子摘了。

老婆子扶连长坐下，连长吃苹果，连长说他给玉米授粉，起大风，沙子吹进眼睛。

老婆子心疼得叫起来："起风了你听不见吗？玉米叶子哗啦啦响。"

连长说："是哗啦啦啦响来着，常待玉米地，就忘了，瞅天花眼睛瞪得老大；来不及闭，沙子就进去了。"

老头说："沙子总跟好人过不去。"老头指脚片子："脚上挨一下，比子弹还厉害。"老头突然悟性大开："他们早就给你揉沙子了，他们早就想摘掉你的灯。"

连长说："我知道，我又不是为他们干，我为大家干。"

老头说："你刚从农垦大学分下来，他们叫你来治沙，都知道你是学农的，没想到你还懂树。"

连长说："庄稼跟树是一回事。"

老头说："后来他们又把你调到牧场。"

连长说："没想到我就是奎屯牧场长大的。"

连长和老头一起笑。

连长说："制服我只有一个绝招。叫我啥也别干。"

老头说："像他们一样看报聊天喝茶打麻将。"

连长说："他们试过一回。我待办公室啃外语看专业书。"

连长和父亲聊天，方成不用担心了。连长跟大粪老师是一类人，这些人的故事各有千秋，但结局是一样的。

方成想大粪老师王根。

王根老师临走前心不在焉，那时方成正一门心思学本领，以为专业本领是金子。方成对王根老师的一举一动很注意，下课后，方成对王根老师说："老师，你这节课没讲好，没发挥出来。"

王老师吃惊，沉默。

学生们说："以前别人给你找事，你挥挥手就没事了。"

王老师说："我不在乎这些。"学生们说："可现在你在乎了。"王老师再次吃惊，沉默。学生们说："老师你那时候多么潇洒，你的眼睛跟海子一样静静的亮亮的。"学生们不说了，沉默了。老师说："说呀，现在呢？"学生说："现在你急吼吼的，头发乱乱的，胡子也不刮，你被缠住了，是不是？摔跤不能让对手缠住，缠住你就没劲了，没劲就会跟对手一起倒下。"王老师说："你们懂那么多，你们应该学专业学技能，来学校不是学世故这门课的。"学生们说："我们以后要工作，我们快毕业了。"王老师自言自语："教育是个立体工程，他妈的我怎么能乱了呢？"

后来，方成在办公室里跟小耗子似的一声不吭，听科长们高谈阔论。陶科长："这叫乱其心志。"

方成把情报透露给王老师，王老师说："我真的乱了？他们也看出来了？"

方成说："老师你有法子，你能静下来，你请病假去三台海子去福海。你带我们春游时去看过三台海子。你说海子是个奇迹，无论沙暴多么疯狂，海子总是清澄而明亮，把吹来的沙子沉到湖底。"

王老师说："后来，沙子从湖底冒出来，人们把它叫作岛，后来岛扩大了，跟岸接在一起。那叫什么，那叫沙子大会师。湖水就消失了。"

"三台海子没消失嘛。"

"那是个位置问题，位置就是环境。三台海子有天山护着，福海有阿尔泰山护着。群山挡住了风沙，湖水才那样清澈。"

方成叫起来："老师你不能绝望。"王老师吃惊地看方成。方成的头发竖起来，方成的声音充满恐惧，方成跟所有的学生一样接受不了这个现实，方成那一声长号惊动了学生，方成的表情传到其他人脸上。从那些人的脸上，方成看到了自己的面孔：方成就是在那一刻灵魂出窍的，面孔上的筋肉消失后，露出一副年轻而新鲜的骷髅相，那一声长号就是从骷髅的七个黑洞里发出的。

当时所有的学生都显露出一副骷髅相，那场面他们永世难忘，包括大粪老师王根。

那时候他们是一伙小娃娃，他们希望大粪老师平静如初。大粪老师去找陶科长请假。陶科长伏在桌子上，给王老师看玻璃板下边的工作条例，仿佛在看作战地图，陶科长找到了打击的目标，陶科长说："你看你看，在这儿么，很清楚，请病假要医生开证明。"王老师说："我烦着呢，想休息几天。"陶科长说："哪有心烦就请假的条例？没这条例嘛。其实呀，你这是心理病，找神经科大夫开条子就行了，把精神世界的紊乱状态扩大一些，大夫开的假就会多一些。"王老师刚出去，陶科长和她手下的人公鸡叫鸣似的笑起来。学生们都趴在窗户边，学生们第一次见识如此亢奋的狂笑，那笑像夜枭，陶科长说："这叫痛打落水狗，宜将剩勇追穷寇，不可沽名学霸王。"

那时，方成跟大家一起趴在窗边，他们都听到了陶科长慷慨激昂地重复伟人的名言，他们感到毛骨悚然。他们的父亲都是王震将军陶峙岳将军张仲翰将军的老兵，老兵们都会两句"宜将剩勇追穷寇，不可沽名学霸王"，老兵们用这些话激励斗志，打日本打老蒋战风沙战盐碱地整出丰饶的良田。老兵们不用这些话斗心眼儿。那天，王根老师心急如焚，开班会告诉大家："你们要学技术，不要心有旁骛。"学生们说："老师，你给我们捉虱子是不是？我们身上没虱子。陶科长身上有，化肥老师身上有，我们看在眼里记在心里，浑身痒痒。"王老师说："做人眼睛里不能揉沙子。"学生们眼睛红红的，个个像猴子。王老师突然不说话了，揉进沙子的眼睛都是红的，红过后光就浑浊了。孩子不会永远清澄，总有一天沙子会填满海子。王根老师心里说："他们是孩子，他们能不能例外？像三台海子像福海。"王根老师这么想的时候，就把自己看成天山和阿尔泰山了，三台海子和福海有群山护卫，风沙才不敢越雷池一步。

那一刻，方成发现王根老师跟爸爸一样，爸爸和老兵们跟风沙搏斗就是这种劲头，他们建造的林带把风沙挡在白杨河北岸，垦区几十万亩良田才清澈如水。那一刻，同学们都激动了，激动得沉默不语，静静地看着王老师走下讲台。王老师下楼梯时嘴里念念有词："海子，海子。"

王老师骑自行车找海子去了。

王老师不可能找到海子。奎屯离三台海子三百多公里，王老师穿越沙漠时自行车爆胎，王老师走出沙漠，鞋底磨穿，沙子钻进脚掌，医生用镊子夹。父亲去医院看王老师，父亲吓一跳："伤这么重，跟我中的枪伤一模一样。"父亲拣一粒吃过人肉的沙子到窗户前细看，"小不点儿这么凶，比机枪子弹还凶比长脚达姆弹还凶哇。"医生说："越是小的东西越凶，细菌癌细胞肉眼看不见，威力超过原子弹。"

陶科长也来看王老师，陶科长说："这样住院才符合条例嘛，谁能跟病人过不去呢？哟，你别激动，你是病人，病人应该安静。其实呀，要安静不用找海子，找医院就行了。"

陶科长刚出去，医生说："这人就特凶，身上都是铀元素。"

方成那时张了张嘴，但没喊出声音。方成的魂儿早出窍了，见怪不怪了。方成这就给以后跟陶科长合作做了心理准备，尽管方成当时替老师鸣不平，想宰了陶科长，这并不影响方成以后跟陶科长的交往。人总是最终接受难以接受的现实。

后来王老师走了。王老师问方成："我这样走是不是在逃跑？"方成说："口里比新疆好，人往高处走，水往低处流，陶科长他们羡慕你呢。"王老师说："叫他们羡慕可不是好事。""老师，是不是后悔了？"王老师说不是。方成说："沙子咬你，你害怕了？"王老师瞪大了眼睛，脸色白煞煞的，最后方成看见了老师面孔下白煞煞的骨头，皮肉失去血色跟骨头没差别。方成看见过自己的骷髅相，就很容易看出别人的骷髅相。方成看见王老师白晃晃的嘴唇中间有个黑洞，王老师的声音从那里飞出来："我这是不是逃跑？""老师你是在找一块安身之地。"

父亲的眼珠子在儿子与连长之间转悠，父亲小声说："不一样啊，咋看都不一样。化肥上的跟大粪老师灌的咋看都不一样。"父亲的声音突然大起来："你白长这么大个儿，你骗不了爸，爸的眼睛沙子都骗不过呢。"

连长说："我见过你一回，我刚分到白杨河去过你们家，那时你小小一点么，这么高。"连长用手比画，连长画出来的方成确实小小一点，像扫把。

那时方成十四岁，大家都这年龄。大家从伊犁塔城阿勒泰来到这座新建的小城。这是他们第一次见大世面，家长大包小包送吃的送穿的送玩的，家长摸自己娃娃的大脑袋。

娃娃们都小小一点，像扫把。

那些哈萨克老头用鞭子抽打白杨树，哼着含糊不清的歌子，泪水涟涟，大意是祝愿自己娃娃长成高大的白杨长成骏马。

学校的伙食总是很差，再好也不及家里。家里人隔三岔五捎来腊肉捎来苹果，一大筐子一大筐子。十四五岁，喝西北风都长个子，他们能吞下去大地上所有的东西，化肥老师的陶科长的大粪老师的他们全吃，吃了就长个子。

毕业时大家都一米八了，少数几个还是小小的，那是工程队和兵团的娃娃。工程队的娃娃，很小就跟父母在天山里修国防公路，搬石头喝雪水，用黄泥汤洗脸，黄泥汤把脸染得黄巴巴的，骨头叫雪水浸透了老长不结实。团场的娃娃小小一点，喝不上奶子喝玉米糊糊。后来粮多了肉多了再吃也不顶用。

团场学生中方成例外，方成是大个子高得像栋楼。五岁那年，父亲带他到白杨河北岸，方成吃厌了玉米糊糊，见了就哭。父亲撅来嫩苜蓿，煮熟喂他。父亲领他到油菜地，油菜花小得像米粒像金沙，父亲掐油菜尖上的嫩苔生吃，脆脆的。父亲掰玉米棒子，玉米豆还是一泡水，父亲说："这样的好吃，跟牛奶一样。"林带里有风吹折的榆树，父亲像碰上了猎物，抽出蒙古刀削树皮，树皮一大堆像福海里的墨鱼。父亲刮掉树皮的黑疤，露瓤子，瓤又光又软像剖洗过的白条鱼。晒干捣细，铜箩过了弄面条吃，光光的筋筋的。父亲说："那些年没亏你，你吃的都是地里的精华。冬虫夏草，养身子的好东西。"父亲当真挖过蛹，油炸了让方成吃。父亲总能从空旷的野地里弄好吃的。父亲说他是王震的侦察班长。有本领在敌后待几年没事，后来，父亲看美国录像，撇撇嘴不屑一顾，父亲把史泰龙阿兰·德龙当小娃娃玩抓强盗。

后来粮多了肉多了，父亲还是改不了陕西老家的习惯。父亲把羊肉炖烂，把半生不熟的饼子切碎，放肉汤里煮，把肉汤上那层油煮进碎饼子里，加上粉条，再弄一碟糖蒜，父子俩吃得吸溜吸溜，满头大汗。父亲说这样子吃不浪费养分。

父亲就这样把方成喂养大，把方成送到学校。

父亲劝那些泪水涟涟歌声不断的老哈萨："老乡咋回事吗？马儿能跑不用扶，娃娃半大小子啦，眨眼就能长大。"父亲拍一下林带里的白杨树，树干嗡儿嗡儿，父亲放心了。父亲说这里水好，天山里流来的雪水能长树就能长人。

大家都长高了，照毕业照，大个头的学生们挺胸仰头，无比自豪，自信心空前高涨。

照完相，躺床上想心思。一个说："我学几门课都记不清了。"大家扳指头算，每个人算的都不一样。班长打开成绩册，大声嚷嚷："九门课九门课。"班长念一遍，好多科目，他们仿佛第一次听到。一个说："制图课建筑课好像有点印象。"大家想想就是。大家翻床头的书，除了制图建筑数学语文其余全是武侠和《黄金大盗》。那些课本之所以没印象，都叫他们卷莫合烟抽了，擦屁股了。他们中的一个从日记本里取出个小本本，那是他唯一值得骄傲的东西，是参加自治区统考的获奖证书，这个娃娃是工程队的小不点儿，现在大家瞧他，发现他不算低。小不点儿说："大粪老师在，我肯定长大个儿。"

大家想起大粪老师王根。

听到王根老师离校的消息，父亲说："真是祸不单行，团里上万亩地板结了，团里发动大家用大粪灌地，没人干，怕麻烦。出这主意的连长惹一身臊。连长跟团长吵一架，气病了。连长是农垦大学出来的，知道地里的秘密。唉！你们王老师跟他一样，可惜走了。"

父亲在校园转一圈，使劲跺水泥地板。父亲说："种子撒在板结的地里长不出啥东西。娃娃待这儿可惜啦。"父亲想了想还说了两句："爸能从野地里弄来吃的，爸没法子给你再找一个大粪老师，把脑仁里的沙石剖出来。"父亲伤心极了。父亲想起农艺师讲过的爱迪生钱学森们，那都是老鼻子的事了。

团场的地板结，城里的不会，城里是水泥马路。以后把爸爸妈妈接城里来。醒来后细细一想，这不是梦。

确实不是梦。

方成到办公室"学雷锋"，陶科长掩上门，陶科长问方成："城里好还是白杨河好？""城里当然好啦。""你说说怎么个好法？"方成得想一想："谁不知道城里风光，有吃有喝有舞跳，离天堂只有一步半。"可实话讨人嫌。方成说："城里发达，能发展自己，给国家做贡献。""在白杨河不做贡献了？""农工贡献小么，要不我上技术学校干吗？"科长笑："小家伙挺聪明，我喜欢聪明人，跟聪明人打交道不费劲。"陶科长说："你想待城里？"方成说："我上学就是想待城里。"陶科长说："我下学期准备上课，跟你们王老师一样是制图课。其实我是一边干行政一边干专业。"陶科长拉开抽屉叫方成看，里边是制图课本，书里夹一根红铅笔。陶科长说："明天局里来人了解自治区统考经验，咱们是获奖单位嘛，可王老师走了。""不是回北京看病吗？""他病得不轻，待北京多舒服。"陶科长说："我打算让你介绍经验，你是获奖者嘛，又是王根老师的真传弟子。"陶科长说："获奖学生有八个，我让你去。""谢谢老师。"

那篇经验介绍很成功，出乎方成的意料。方成忘不了大粪老师，方成写得相当吃力，陶科长要加进去挺困难。最后，方成把陶科长加进去了。方成的制图课是大粪老师上，方成加一笔科长课余辅导给他开小灶。其实大粪老师跟陶科长尿不到一个壶里。

局领导祝贺方成跟方成握手，方成是获奖者代表。校长说："陶科长不容易啊，繁杂的行政工作之余不放弃学业，这种精神值得提倡。"局领导说："能不能让她担任一些课？对学生好啊。"校长说："我的意见，应该给陶科长补中级职称。"

方成知道，学校能拿名次是大粪老师的功劳，给陶科长分一半方成很对不起王老师。念到科长那一段时他舌头很大吞吞吐吐像吐石块，没人理会他的窘样儿。

翔子说："我以前小看你了，你比我世故多了。你这一手他妈的叫水涨船高。你这小子走红运不费劲。"翔子妈开理发店，挣的票子比剪的头发多。翔子说他每年要烧几次香，一根要比一根粗，开了头不能停。翔子要保持霸权地位确实不容易。

世界上有一门比烧香拜佛比掌握技能比拥有智慧更管用的学问，叫世故；也不知不觉给学会了，方成有点小激动，就一点点。

翔子说得不错，方成时来运转。陶科长让方成干学生会主席，不久又兼任校团总支副书记，正书记是专职教师。方成经常跟科长校长书记坐在一起开会，有时坐主席台给领导倒开水。方成在娃娃堆里鹤立鸡群。

父亲来信说："白杨河下游的良田变成白碱滩，白杨镇周围的地像瓷砖，能砸掉人的脚趾。"

泥土板结，地就没用了。方成他跟土地没关系了，住在城里他不用管那么多。今天方成跟陶科长去宾馆开会，会餐时陶科长说："泰国米，快吃，多吃点。"以后，方成在城里经常吃外国面粉外国大米坐外国汽车，方成比父亲出息多了。父亲一辈子待在白杨河吃沙子。

陶科长问方成："大粪老师的外号谁给起的？""我爸。""你爸？""我爸喜欢用大粪灌地不喜欢用化肥，化肥把地弄坏了。""我以为是学生起的，大粪臭啊。"老师外号学生起，陶科长叫笑面虎，干事叫蛤蟆，大粪老师例外，是家长起的。陶科长说："大粪老师在学生中影响咋样？""我不好说。""没什么，说吧！""学生都喜欢他。"陶科长点烟抽。方成说："大粪老师会吹口琴会弹吉他会下围棋会跳迪斯科会唱《冬天里的一把火》。"陶科长吐烟圈。方成说："大半专业课他都会上，还会写文章。""写文章，咋没听说过？""他叫收发室的老头保密，他说干得越好越倒霉，他说他是电视剧里的袁崇焕，打一次胜仗倒一次霉。"陶科长小声问："我跟大粪老师比，谁厉害？""你厉害！""为什么？""你是科长。""对，你是真聪明。"陶科长叫方成坐下，陶科长说："管人的人最厉害，技术只是小小的手艺，有技术的人还得由我们管嘛。你懂这个道理，说明你大有前途。"

陶科长请方成看电视，方成在科长家看许多台湾香港新加坡的很长很长的电视连续剧。香港人把小叔叫"安口"，陶科长的儿子涛涛就叫方成安口。开始方成挺难受，后来就不难受了。陶科长对《昨夜星辰》里的屋内布置很感兴趣，很快就照那样子重新布置房间。方成说："你真换呀？费多少钱哪！"陶科长说笑："城里不比团场，跟不上时代变化别人笑话，时代就在电视里。"

时代确实在电视里。陶科长妹妹从电视里学发型选择化妆品，陶科长弟弟照新加坡电视剧里大亨的样子，花衬衫上套黑皮马夹，细腰白裤子板鞋，说话带南方口音。

方成对陶科长说："怪不得城里人结婚要买大彩电。"陶科长说："新疆闭塞，文明玩意儿全靠大彩电，要么人家看不起。"科长更换设备，借好多钱，陶科长说："这就是城市生活。"陶科长后来调州上去了。

方成在大街上转悠，方成不跟学生娃一道，一个人办事牢靠。肚子饿方成绝不去脏兮兮的小餐馆，方成进宾馆餐厅，坐窗户跟前，用纯正的北京话叫菜。服务员是个漂亮丫头，问方成："你是口里来的？"方成点点头，样子很帅。丫头送菜时问："你住哪儿？""我刚到。""怪不得呢，住这儿的人我都认识。"方成又点两道菜。方成随便吃几口，方成没碰拌面，那盘多漂亮，羊肉嫩嫩的。方成掏餐巾纸揉揉嘴，问丫头："电话在哪儿？"丫头领方成到柜台。方成抓起话筒，摸卫生纸把话筒擦一圈。方成拨电话号码时感觉到就餐的人和服务员在注意他。丫头对同伴说："大城市有身份的人就这样子，刚兴起，新疆没有哩。"电话接到学校，方成跟陶科长通一阵话。他温文尔雅，管陶科长叫女士不叫同志，搁下电话方成向丫头致谢，然后转身耸肩昂首，悠悠而出。

沙子常常落进鞋子，渗进筋肉，筋肉睁开黄豆大的鸡眼睛，人疼得失声号叫。

方成在白杨河尝过鸡眼的苦头，到城里后，方成的脚板光光的，不长茧子，沙子就咬不住你。方成说："沙子可讨厌了，脚上长鸡眼都是沙子弄的。"陶科长说："鸡眼是贱病，下苦力的人才有这病。"方成说："大粪老师有鸡眼。""他，他跟人不一样。从乌鲁木齐跑奎屯，又不安分，混学生堆里踢足球跑戈壁沙漠逛野风景。沙漠里有屁风景，沙子不咬他才怪哩。"科长提到大粪老师就来气，陶科长说："病也分等级，坐办公室的人长痔疮，工人就没这病；大领导都是心脏病冠心病肥胖病，小人物想得富贵病得不上呢。"陶科长拍方成一下："你以后不会再长鸡眼喽。"

连长是农业专家，老头一定要连长看儿子的锅炉。儿子好歹是技术学校毕业的，有专业。

老头一瘸一拐，挽扶着连长站在市委大楼的后边，锅炉的轰隆声令人兴奋。老头说："嘿，我儿子的锅炉！"

工人问他们找谁，连长说："他儿子在这儿上班。"父子俩一模一样，工人知道他们找谁。工人说："你儿子在办公室。"

老头大声问："他不在这儿上班？"工人们笑。老头很生气，工人说："你儿子快升副科长了，咋能跟我们混在一起。"老头说："什么长我不管，我儿子学了三年锅炉专业，算得上半个专家，连长你说是不是？"连长说："对，对。"
工人说："我们这儿有锅炉专业的本科生有工程师，他们都不
如你儿子厉害，你儿子有核武器。你儿子快升副科长了，你
儿子不但管我们小工人，还要管专家管工程师。"老头说：
"什么话，这算什么话。"

儿子跑过来："爸爸你咋来了，你有病啊？"老头抓儿子
进锅炉房："你弄两下子，爸要看你的本领。"工人们喝彩：
"好！好！好呀！欢迎科长表演。"工人们把科长推到锅炉
前，炉膛里火焰轰轰响。一个工人拎着水管子给科长："试两
下，试两下。"儿子把黑皮管子塞进去，炉膛里滋滋冒白烟，
老工人冷眼瞅半天，走过来劈手拔掉水管子，用铁钩子钩几
下，边钩边塞水管子："锅炉快熄火啦。"

方成干笑两声，扶老爸和连长上办公楼。老头大声嚷
嚷："我猜的没错，你白长一个大大头，技术不如一个工人
哩。""爸爸你别叫了。"连长也劝："大叔你冷静冷静，影响
不好。"

进办公室，老头坐立不安。方成说："我是领导，不可能
经常到第一线。我会看图纸，会看图纸。"方成指着墙上的锅
炉结构图说："爸爸，这是我自己绘的，爸爸你忘了，我上学
时获过制图竞赛奖。""那是大粪老师教你的，你在他手下学
了点东西，以后两年多你干啥来？""爸爸你别激动，社会复
杂得很，城里不比白杨河，光有技术不行。""别说了，我知
道了，你毬毛没长几根官做得不小哇！副科长，你当副科

长。""爸爸，领导是一门艺术，是一门科学，需要智慧的。"方成摇着连长的胳膊。连长说："大叔你静一静，娃能当副科长说明娃在进步呢，副科长不是谁想干就能干的。"老头说："不是这回事，都怪他二舅，那个耍猴的鬼东西。"

方成十二岁那年，二舅从河南来。二舅跑江湖，牵一只猴子提一面小铜锣，锣声一响，二尺高的猴子做鬼脸翻跟头系围裙吃水果抽烟打拳，惹得人群轰轰笑。锣声一停，猴子敲着大铁碗讨钱，一毛两毛一块两块。猴子很精，掉地上的钱它捡起来，丢钢镚儿它赖着不走，猴子认纸币，毛票五分两分倒能哄住它。二舅在白杨河待了两个月，走遍奎屯垦区，大家都见识了河南人的厉害，猴子本来就精，河南人能耍猴。

那年方成十二岁，方成死缠着要跟二舅去口里见大世面，二舅摇头："你爸死脑筋，关中冷娃跟咱河南老乡尿不到一个壶里。"方成缠着妈妈，妈妈缠着爸爸。那年暑假，方成跟二舅跑江湖一直跑到东北。开学前，二舅从郑州送方成上车，方成在乌鲁木齐玩两天，搭便车回到白杨河。那年方成十二岁，连里的人都觉得方成了不起。

方成仔细琢磨了二舅的秘密，方成发现二舅根本不看猴子，眯缝着眼睛扫描场子周围的人，扫一下，心里就有数了。所以二舅的锣声很有学问。二舅闭上眼睛，便知道猴子到谁跟前了，二舅开始喊叫："老乡哎，一毛不少十块不多，出门在外，口吃八方，行个方便，祖上烧高香。"每次都能敲进几个十块的票子。二舅说他眼睛的精确度在小数点后十位以上，二舅说耍猴子是架势，耍人才是真格的。

方成十二岁就从二舅那里学到这种本领。方成到城里来求学，几乎是下意识地做出学雷锋的举动，这样方成可以从容地出入各个办公室。方成问二舅："猴子不听话咋办？"二舅笑："陕西娃说陕西话，以后干事儿要改一改。"二舅说："没驯好的猴子就不能入玩场，会玩动物就会玩人。"以后方成升副科长科长处长，方成每每想起大粪老师教给他的扎实的制图本领，这本领就像二舅手里的猴子，干正经事不在这上边。方成全部的悟性和智慧是二舅开发的。

父亲骂耍猴的二舅反倒提醒了方成，大粪老师之上还有一位大师，待在冥冥之中。方成觉得二舅才是最了不起的人。

大家都盯着一厅的新楼眼睛喷火。

方成敲开市长的办公室，市长听完方成的陈述，说："你等一下。"市长挂电话找农七师政委，说了几分钟。市长转回来对方成说："你父亲是个有特殊贡献的老兵，农七师很重视。你咋不早说？像这样的老同志，应该在城里欢度晚年嘛。"方成说："我背着我爸找领导，他认为世界上最好的地方在白杨河。"市长说："老同志了。都这样。"方成说："我爸要问千万别提我，他知道了要收拾我的。"市长说："农七师派专人去白杨河办，房子我们给你三大间。儿女应该关心老人，特别是那些老兵。"

女朋友不相信方成能分来房子，市委的头头都想住新楼呢。方成说你等着瞧。方成把钥匙掏出来，女朋友吓一跳。他们冲上家属楼，因为有老人，他们住二楼，跟市长是邻居。

女朋友把方成当成大英雄，学电影里的镜头吊方成脖子上嗲两声，喘着气说："下月我们结婚。""这回拿定主意啊。"女朋友说："老头老太太，美中不足。""我爸不会住这儿的，老头是怪人。"女朋友说："我发现你特别能来事儿。"

老婆子住进新楼，老婆子天天站阳台，阳台上有挡风玻璃。女朋友来新居，等父亲做完手术就办喜事。方成让妈妈不要告诉爸爸分房子的事，老婆子听儿子的。

老头只知道老婆子住儿子单位，每天来送饭。老头跟连长泡在一起聊天，不寂寞。

方成在街上碰见陶科长，方成跟陶科长握手，方成指着市委家属楼二层："老师，家里坐坐吗？"陶科长很惊讶，方成说："203号。"陶科长说："我早知道你会有大出息，果然不错。"方成对女朋友说："我上学时全靠老师帮忙，我留市里工作也是老师努力来的。"女朋友说："下月我们结婚，你是大贵宾。"陶科长说："一定来。"

陶科长的熟人凑上来，方成和女朋友走出十来步远，方成听见科长说："那是我的学生，在市委工作。"

老头明天做手术，老头说："熬出来喽。"问医生："啥时能出院？"医生说："一个礼拜后你就在白杨河了。"

老头一瘸一拐到连长房里。连长还得待一个月，连长说："我出去只怕不能跑野外了。"老头不知道该怎么办，连长说："别人给我下巴底下垫砖头都没难住我，一粒沙子把我给废了。"老头说："你念那么多书，不到野外行吗？"连长说："看书没问题。干我这行没好视力不行，我以后只能待房子里看书搞理论，我看不到庄稼了。""能看书就能看庄稼，咱团场多少地？""不是那种看法。"

连长不吭声了，老头知道连长是专家。科学上的事情他不明白。老头说："我儿子像你一样就好了，不想干专业，反而长得人高马大，还是什么副科长，猴子爬杆似的。"连长说："团里来人看我，我要被调师农科所了，他们羡慕得不行，说是因祸得福。其实我是被判死刑的，离开专业就等于慢性死亡。""农科所里有农嘛，你不要胡思乱想。""我只能搞理论，我搞不成实验了。他们说我有牌牌有成果，当所长别忘了他们，他们说我这人平时不吭声，领导就爱把不吭声的人往上提。"连长说："那次实验要是搞成功，玉米产量可以提四至五成，是澳大利亚新品种。团里可以办玉米加工厂，加工后的玉米跟大米一样好吃。"连长说："没人使坏两年前就搞成了。出师未捷身先死，长使英雄泪满襟。"

老头落泪，那年，扶眉战役打胡宗南，打得难解难分。他在医院见过一位失去双腿的旅长，旅长大喊大叫，叫的就是这两句诗。

　　老头坐不住，到外边去转。医院门口围一圈人，老头挤跟前。里边锣声喧响，一个河南人在场子中央走来走去，老头黑血直冒，耍猴的，又是他娘的耍猴的。老头回病房，气得嘴唇打哆嗦。连长说："大叔你明天动手术，心里要安静。""安静个屁，叔心里烦透了。"老头说："我把沙子赶出白杨河，沙子却咬我的脚；我把儿子养成人，还以为他出息了，他却成了耍猴的！"连长说："那也是一种活法，你就别管了。"

　　老头梦见一个洞，很深，那是他当年挖的地窝子。他在里边铺厚厚一层芦苇和红柳条子，芦苇和红柳条渗出嫩芽芽。他怕身体长芽儿，白天在太阳底下猛晒。太阳像白火石，把身上的潮气打磨干净，他们在地窝子里住两年，林带里的树比腿还粗。军报记者感到奇怪，沙子里长树？沙子里连草都不长啊！他领记者钻地窝子，记者趴地上咔咔拍照，闪光灯亮如白昼。地窝子从来没有这样亮过。记者说："里边有土，怪不得长树。"一个老兵说："以前没土，土是我们身上长出来的。"另一个老兵说："打洞时还以为是给战友打墓。"这话阴森森的，后来他们搬进房子，地窝子咋看都像墓地。沙漠里没土，他们注定要变成土。

　　太平间被高大的白杨围起来，太平间是圆松木堆起来的。外层腐烂黑乎乎的，老头很满意。老头上手术台时对大夫说："割掉那玩意儿，我去住大房子。"老头的心脏扑通扑通像哈萨克的马蹄声。

老头从手术台下来，没几天就死了。医生说："成功率本来就不高，他本人情绪又不稳。"老婆子向医生要人，冲了几次被儿子方成拉回来。方成知道是咋回事，方成说："不做手术最多也只能挺到冬天。"老婆子说："你知道啊！"方成说："医生打过招呼，只要我爸配合好，手术就能成功。我不明白他还有什么烦心的事情？我把手续办妥了，他不用回白杨河，住在城里多好。城里人脚上不长鸡眼。"

连长说："娃娃你白长这么大，住城里就不长鸡眼吗？沙子要咬你，你躲不过。"方成说："你调市里当所长，沙子不咬你了，你不用怕。"连长说："我比你爸更惨，我是慢性死亡。"

方成望他半天："沙子把你吓成这样，沙子就这么可怕？"

连长说："狼嚎叫的时候，跟着狼一起嚎叫最安全。沙子咬你的时候，你不妨变成沙子。"

方成号叫过了，见怪不怪了。连长一个人站在林带里自言自语，没人理这个小连长，连长说什么没人知道。

那一天，垦区静悄悄的，没有人理会这些事情。在远方，一间斗室里，我们的王根老师躺在床上望着天花板，水泥楼板是穿不透的，他还这么看着，他的眼睛黑洞洞的，他揉他的眼睛，揉着揉着就睡着了。王根老师再也没有醒来，他的两个最好的学生来看他，他都没醒来。

第四部

《新疆植物志》之四：黑戈壁

有一种无法命名的植物，种子随风飘行，落掌心。呵一口气就可以发芽长叶，十小时枯死。

野啤酒花开了以后

……装瓶子。那些酒瓶个个是好汉，装满酒的时候像钢一样蓝光闪闪。后来酒没了，瓶子成了碎玻璃散落林带。

老师带着米琪穿过啤酒花盛开的田野，在林带里把米琪给吻了；吻声清脆芳香，跟啤酒花泡沫一样，全城人都听到了，都知道了啤酒的味道。

大家心里都发凉，浑身打哆嗦，要找老师算账。酒把他们烧起来，骨头轻轻的像灰，风吹着他们走。

他们不相信自己是冰凉的，喝酒的人都不相信这个。越是不相信反而喝得越猛。一箱子乌苏啤酒被打开，他们肚子圆起来，像填满弹药的大炮，他们要找老师算账。

老师把米琪给吻了。

他们把老师从麻袋里倒出来，老师嘴唇上有红红的胭脂，那是亲米琪亲来的。

林带里的白杨萧萧如雨。红胭脂蹿出火焰，他们竭尽全力把刀子捅进去晃着膀子摇，像发动汽车。刀子在老师身体里搅起强劲的获胜的吼声。老师张大嘴巴吐白气，吐完咕咚倒地上。

林带里的尸体又红又亮，像篝火的灰烬。

大地开始浮动，白杨树显得比任何时候都高，阳光像砖块直溜溜排到尸体身边。死人不能走砖路要走土路。

这种死亡令人怀疑。

死者的胸和腹被刀子啄开深深的黑洞，阳光可以触摸到死者的心和肠子。阳光跟大黄蜂一样叮在伤口上，血痂开始发黑。

伤口轻轻颤动，仿佛接受一个轻吻。

我吻你时，镇上的男人都哭了，他们如此热爱你，从你显露少女的容颜那天起，你就被如痴如醉的崇拜者所包围，以至于没人敢接近你，这是我后来知道的。

火车把我吐到这个西部小城，我就预感到厄运落在肩头。我是那么恐慌不安。我在站台上抽掉一包烟，迟迟不敢走出车站。我没想到很快就会吻一个姑娘，吻得那么轻那么沉闷，吻声震得我们彼此的胸口发疼。

在此之前我吻过不少姑娘，我把她们都忘了。主要是因为我吻她们时从容不迫镇静自若，她们偏偏喜欢这要命的假正经。

现在我慌乱得不行，狂风吹奏的白杨树也没有我这样慌乱。

我们都急于表白，但眼睁睁说不出话。我们彼此凝视，都明白这是一个什么样的吻。林带里很清脆地响了一下。我们抬头看天空，天空深处有一个洞，吻声就从那里落下来的。

米琪让老师吻了！

她的嘴唇被我咬开了，我啃掉那上边的胭脂。我发现事情很糟：这么漂亮的姑娘长到十九岁没有被人吻过。

有人爱你吗，米琪？

爱我的人太多，大家挤在一起结果谁也够不上。

我知道糟透了。

你说什么？

好多人围在一起就是一口陷阱，我会掉下去的。

有棵树倒在地上，有人用斧子谋害它。我马上联想到那是在谋害我，那轰地一下就是我倒下去的响声。

死者有好多伤口，每个伤口都比嘴大，并且在风中发出长长的啸声。

你劲儿真大。好多男人想碰我都没有成功，你一下子就把我吻了。

我不是有意的。

他们太有意我反而怕。

我不知道有那么多人崇拜你。

崇拜者吻我我会很痛苦。

死者高兴得轻轻发抖。

这是最轻的吻了，可还是弄掉了你的胭脂。

死者像块石头，泥土啃不动他，他简直是长在那里。太阳融化过好多死者，太阳直直照着他，要在他身上停留好长时间。

他直挺挺躺在地上，固执地瞪着飞驰的太阳。

他死后一直没有腐烂，因为米琪真诚地爱着他。

死者松一口气，仿佛了却一桩心愿。谋杀他的那伙人，从小城奎屯的各个角落里都感觉到这一声愉快的叹息。

那天早晨，他们没有闻到牛羊粪的呛味，米琪的眼睛湿漉漉，死者开始在她心里发芽。

死人都发芽了，他们什么动静都没有，他们爱她好多年了。

大家都在摁自己的胸口，火热的心结成硬痂，是米琪不让它发芽。刀子凿子钢钎铁锤铿铿锵锵要帮他们说话。

他们穿过田野，铁器在旷野里尖叫。

他们小心翼翼靠近尸体。苍蝇全逃了，他们填补了苍蝇的空位。他们饶有兴味地看着尸体。伤口经过变形像古人烧制的陶器：质朴大方很有节奏感，可以看见里边整段整段白苍苍的骨头。骨头就像银洋，无须太阳照射，骨头在里边兀自闪亮。

他们爱米琪却无法接近她。他们被岁月的灰尘堵塞了，他们要有这么大的伤口去接近她，那真是太幸福了。

不知道是谁最先拿起铁锤在尸体上狠敲一下，其他人惊醒似的纷纷操起家伙，迫不及待地插进尸体的肌肉；那些铁器像兀鹰的钩嘴。

尸体不断轰响，像一架暴躁的钢琴。

每开一道口子，他们就愉快地对视一下。血浆成了黑乎乎的沥青，扒起来很吃力。他们的手越陷越深，拉出里边的东西，肠子冰凉如蛇没有臭味，腹腔空荡荡如同悲凉的荒野。

但老师吻过米琪，从那以后米琪潮湿鲜亮，全然一派天然光泽。老师从米琪的嘴唇上攫取的是一颗红宝石，老师已经把它咽进肚里。

他们专心搜索肠子，手可以感觉到里边的粪便，粪便光滑细腻。死者有一个很好的胃，不论吃什么东西，都能很精美地消化。这样的肠胃对姑娘很有吸引力，不少姑娘就因为喜欢男人吃饭的劲头，从而爱上他们。她们喜欢男人坚实的牙床和牙齿上滚动的咀嚼声。

他们越摸越沮丧。米琪整个儿被死者消化吸收了。大家沉默，手里的铁器也不响了。白杨树很高。太阳把它全部的黄铜的重量敲进他的脑袋。

啤酒花盛开的时候，姑娘也要开花。谁也无法承受如此迅猛的春天。

啤酒花盛开后，被人收割，挤压成水，再酿制。那是一个令人神往的过程。把啤酒花装进瓶子，酒瓶挺拔英武，那是啤酒花最好的去处。

米琪被吻的那天，大家都闻到了清冽的酒香，人们发现空气被群山和草原酿制了好几千年。

人们打开窗户放进清冷的风。滚烫的雪水和清冽的空气从天山里纷涌而出，仿佛骑兵方阵。人们经过啤酒厂时，便感觉到酒瓶里装的今天的空气。这一天，在啤酒花盛开的田野上，米琪被人吻了，吻声清脆悠长。

米琪姑娘从啤酒花地里走出来，去酒厂上班。女工们都发现米琪脸蛋上月牙形的吻。她们说："米琪你被马蹄子踩了。"米琪吓一跳。她们说："马蹄子能把人踩成泥巴。"她们触摸米琪脸上潮润的吻，长一点的是嘴唇，短一点的是上下嘴唇，春蚕似的卧在米琪脸上。她们说："米琪你开花了，小心那些男人，他们会做手脚。"

米琪叫起来："他谁也不怕，他很了不起。"

她们说："男人们恨他，会合伙儿整他。"

米琪瞪大眼睛看着她们。她们说："米琪你不要去那里，你干吗要跟啤酒花开在一起？你知道你开的是什么花吗？"

那天的空气跟啤酒泡沫一样。可老师跟他们不一样，他们把姑娘变成女人，老师把女人变成姑娘。

他们怒不可遏，戳破死者的膀胱，冰凉的尿液在里边闪闪发亮，像是黄色的酒液。有人朝膀胱猛击，尿溅了大家一身一脸。他们闻到的是啤酒味而不是死尸所特有的恶臭。

他的阳气没散尽。

把他的尿都放了，还有什么阳气？

他亲了米琪并没有睡她，破他的膀胱没用。

大家身上落满他的尿液，那是地道的啤酒味。

米琪我爱你，我可以告诉你怎样爱上你的。你走进啤酒花盛开的地里，我一下子感觉到那将是什么样的花，温馨的啤酒花的火焰把整个黄昏都点燃了。

你在夕阳下斜着头，头发成了金森林。啤酒花摇曳着拍打你的胸脯，啤酒花的茎秆像我吻你那样埋住你裸足踩过的地方。

啤酒花的火焰一直亮着，我捧着夕阳黄昏的烛光，一个挨一个瞧那些娇嫩的面孔，直到黑夜把它们埋住。

他们在解剖我，我身上充满刺耳的铁器声，可我一直守着那个声音：我吻你的声音。我吻你之后一下子明白了：那是我生命全部的感觉；我把它们吹进你的身体，你就是两个人了。米琪，你是我们的混合体。

他们再也忍不住了，用凿子在死者太阳穴上狠敲一下，死者轻轻发抖，那笑声响彻云霄。在凿开的黑洞里滚出一颗娇嫩的太阳，太阳落在地上碎成幽静的湖。死者慢慢躺下去，泥土全放松了。

破碎的是阳光，而太阳还在天上，天空蓝汪汪，太阳就像泡在母腹羊水里的婴孩。

米琪没跟他睡觉，怎么会有娃娃？

生命在天地间凌翔，死者的阳气并没有消散。他哪像死人呀，他的肠子凉飕飕，他的胃跟铁砧一样结实，他的膀胱像酒缸装满亮晃晃的啤酒。

膀胱里哪来的酒浆？而且是优质乌苏啤酒！

他俩走进啤酒花地时他们在后边跟着，他不但咬米琪的嘴唇，他把所有的花瓣都咬了。

尸体轻轻发抖：我吻你就等于把所有的花都吻了。

他们杀了我，可我还活着；因为空气还活着，泥土还活着，啤酒花还活着。我咬你的嘴唇你就开了。花儿开的时候并不需要很多东西，只需要一丁点生命的气息，她们就全开了。

这家伙之前变成空气了，咱们弄不死他。

白杨萧萧如雨。

好多男的在想，这家伙没睡她，反而成了她的空气。吻跟睡不一样，一个干净一个不干净；女人情愿就干净，不情愿这事就脏了。

解剖尸体时，他们亲眼看见太阳从死者的太阳穴里滚出来。他的阳光散入空气变成米琪的呼吸，咱们没杀死他，反而把他杀活了。

泥土和空气分享了死者。

天地间除了泥土和空气还有什么呢？他活在奎屯还不够，还要活在米琪的呼吸里，活在泥土和空气里。人这东西，你不杀，他死得踏踏实实，你拿刀子捅他反而把他弄活了。

那些伤口潮润新鲜，呈现生命之美。伤口既像米琪的眼睛又像她的嘴唇，死者就是从那里进入空气的。

人活到一定时候，总是要离开自己到另一个地方去。他吻米琪是为了离开自己的躯体。女人离开娘家就行了，男人没这么容易，男人要在心爱的女人心里再长一遍，男人是从少女的处女地里长出来的。

迷恋米琪的人很多，好多年过去了，谁也没碰米琪一下，米琪一出现，大家便觉得要睡米琪也很艰难。没有米琪的微笑和眼神，他们根本不敢动；没有米琪的鼓励，他们什么也干不成。直到那个年轻人闯进小城，把他们激怒。

那天，火车经过小城时吐出一个小伙子。他像秋天的果子，米琪一下子就熟透了，米琪的生命酿制了十九年，就等着启封这一瞬间。

在啤酒花盛开的田野上，米琪的嘴唇像拔酒瓶盖一样发出一声脆响，整个奎屯在幸福中战栗。

小伙子头发竖立，脸色煞白，他预感到了死亡。米琪安慰他给他鼓劲，可他的头发直楞楞刺向天空。他说自己从来没有挺拔过，上大学时都没有。米琪不信，大学生最爱激动，激动时没法不挺啊。大学生忽然明白了，他不是无缘无故到这荒凉的地方来；这里的天空和大地全是用石头构筑，而石头是世界上最后一条硬条子。他来这里就是要成为荒凉之地的一块石头。在成为石头之前，首先要放走激情。

我放走激情的时候，连生命一起放走了。

我预感到风来了，我犹如一面旗吻你，米琪……

米琪用手绢揾幸福之泪。手绢哗地展开在空气里，大家发现了米琪的美丽，而这美很早以前就存在着，一直在小城里生长。

大家见了别的女人就想干那事，见了米琪则不同。没有她的首肯和鼓励，他们什么事都办不成，甚至在喝酒时说几句有关米琪的粗话，都要后悔大半天。

米琪这姑娘，睡她之前先要进入她的内心，然后再干那种事。可谁也没有那样睡过女人，结过婚的人说："古今中外睡女人都一个样儿。"

直到小伙子来到小城，大家才知道，睡女人之前先要进入女人的心灵，这样不会毁坏女人的美丽。

老师吻米琪吻得好狠，不但把他的呼吸灌进米琪的肺里，而且连舌头也伸进去了，一直伸到米琪的咽喉，咽喉像炉膛响起冬天的音乐。

他们叫起来：这样不把她憋死了吗？

目击者沉静地说：他把舌头伸到米琪的咽喉，米琪的眼泪都流出来了。

米琪就这样成了世界上最幸福的女人。

大家不能靠近米琪是因为大家太沉太重了，大家被自己堵塞着，我们身上有窟窿的话就可以跳出去，像逃离一所破房子一样从积尘累累的躯体里逃出去，去见米琪，去轻轻地吻她，把大家生命的气息吹进她的肺叶。

大家找不到体验生命的地方，大家只好沉默，不是在沉默中苏醒，就是在沉默中毁灭！

白杨萧萧，没有风，树为什么要响？

精通文墨的人说：耶稣被钉死在白杨木的十字架上，所以这树以后便永远颤抖着。

米琪抱着耶稣上十字架的心情，穿过啤酒花盛开的田野，到林带里去接受亲吻。米琪被按在粗大光洁的树干上，树液唰唰流淌如同旷野的大河，催动她的生命和血液；所以无须风来吹，一切便都颤动了，如同地震一般，震撼着身体的每一个角落。那是一场天翻地覆的苏醒，无须风来吹，一切便都抽搐痉挛了。

他们面面相觑，不明白生命的抽搐和痉挛，精通文墨的人引经据典：就是抽筋，心里边抽筋。他们的脚脖子上抽过筋，心里边从来没抽过，要能体验上一回，那该多乐和。

不是乐和，是幸福。

大家都愣了，他们乐和多少年了，却没有幸福过一次；幸福离他们太遥远了，遥远得令人绝望。

米琪离开以后，啤酒花也开了；啤酒花开始发酵，开始酝酿泡沫散发清香。而这一切都是从吻声开始的。

他们恨那个人，他们杀他时用了十多把刀子，那些刀全弯了钝了；面对强劲的生命，刀子无能为力。

他们冲进林带乱砍乱踢，冲进啤酒花地里乱砍乱踢。

他吻了米琪还不够，连白杨树和啤酒花都吻了。

白杨萧萧如雨，啤酒花摇曳不休。它们颤抖无须外来的风，是它们自己在动。

老师的生命已经进入空气进入米琪的呼吸，而凶器的局限性很大，很难达到预期的目的。

米琪对发生的一切全然不知，米琪送老师上车，列车在下一站暂停时少了一个人，谁也没注意。

对米琪来说，她和老师已经是一个人了；老师真死了，米琪也不会承认这种死亡。

他们跟米琪搭讪，米琪捂鼻子躲开，来琪说他们吃了死老鼠，这么臭啊！街上的人都捂着鼻子躲他们，他们也闻出来自己身上有股恶臭味儿。

那是墓坑酿制的尸臭。

尸体早就烂了臭了，但死亡不是死者的。

死者仰望长空，露出白茬茬的骨头，样子很倔强，皮肉融化很快，他们看到的尸体是白晃晃的骨骼，像剥了皮的树，可以闻到骨头特有的木屑气味。

被人攫取死亡之后，死者安然无恙，尸骨像船滑入河流一般在土层里移动。

死者相信他是活着的，没有皮肉的眼窝还有黑幽幽的亮光，没有皮肉的嘴巴仿佛还在吻着；吻从一开始就把他改变了，吻一直没有停息。刀子扎进胸腹时，嘴马上张到了极限，那是人所能使出的最大最热烈的吻，那巨大的吻可以给鸟儿做巢。

太阳飞旋过来，照得尸骨白光闪闪，那些骨头在电火中重复着那句话：我没有肉了，我用我的骨头吻你，米琪。吻了你之后，我就可以消失了。

他们挖好墓坑却没有找到死者。

放羊的老汉说：林带里有过一架尸骨，大概叫狼叼走了。老汉说："死的是个小孩吧？"

他们说不是小孩，不过他年龄不大。

年龄不大不是小孩是什么？小孩死了不能用土埋，应该随便扔了让狼吃。

他真让狼吃了就好啦。

你们说对了，狼一吃他就活了。

他没死？

当然没死，要真死了，就该埋进土里烂成泥巴。狼的命多结实，他跟着狼到野地里还能活不了？老汉说：他是个孩子，扔到野地里就行了。你们挖坑干什么？埋自己啊？

大家心惊肉跳，放羊老汉一下子把谜底捅破了。他们被破译了，破译后的心脏鸦雀无声。

他们无望地期待着，个个都像石制的乞丐。

好多年了，他们想方设法离开自己，投入米琪的呼吸。原来，他们的心脏是一座牢房，他们一直在寻找体验生命的地方；他们刚刚确定在米琪身上，米琪就被老师吻了。他们杀了他，在他身上挖很深的坑，来剔除米琪的痕迹，米琪也吻了他。

他们至少犯了两个错误：一是墓坑应该挖在地上，生命埋进土里就不会复活；二是他们被死者强劲的生命震撼了，他们无法躲避，正是这种启示要了他们的命。

看看他们刚挖好的墓坑你会知道：死者已经消失或者他根本没死。

墓坑里埋谁呀？

埋咱们自己！

挖掘墓坑实际上是在自戕。

他们仿佛石雕的乞丐，无望地期待着；他们期待像死者那样，把生命投入空气投入米琪的呼吸，然后消失。

啤酒花从天山脚下一直蔓延到准噶尔腹地，那么多人收割盛开的啤酒花，那么多人在车间里捣制啤酒花，还有那么多玻璃瓶子期待着酒液；把花点化成酒的只有米琪，把酒喝到肚子里的只有死者。

而他们都是空瓶子。

他们解剖老师时，老师鲜亮的肉体曾使他们大为吃惊。后来他们明白：死是多层次的。

他们聚在一起抽烟吐痰，只想一件事：咱们死了。

空气里没有他们，米琪的呼吸里没有他们，抽搐颤抖的白杨树上没有他们：这是一种彻底的死亡。

他们无法排除内心的僵硬，他们弄来整箱啤酒。酒店的窗户对着小城唯一的那条街，街道空荡荡，颇像被他们掏空了腹腔的死者。他们在心里叫一声米琪，然后举杯痛饮，他们依然热爱米琪。

在我们新疆，大碗大碗地喝白酒，整瓶整瓶地往肚里灌很随便。那天，大家都想醉一次，可大家老是喝不到家，调节能力极佳。

有人提议兑红酒。这是整治人的法子，大家都想整治整治自己，自己整自己是一种自信的表现，大家很欢迎这法子。

葡萄酒端上来，邻桌的人都看他们，那神情带有明显的鄙夷：葡萄酒是娘儿们喝的，儿子娃娃不喝这个。

他们把白酒跟红酒兑一起干杯时，店里所有的人噢哟叫起来。这种由衷的钦佩之情令他们感动。

他们把兑好的酒全喝下去，便感到身首异处：脑袋在前边飘，身子在后边追。他们追着脱离他们而去的脑袋，跟跟跄跄走出奎屯。

他们穿过啤酒花盛开的田野，看见老师正把米琪按在白杨树上，树皮底下，汁液唰唰流淌，如同旷野汹涌的大河。

米琪说：我把你的吻带走了。那人说：我就在那吻里。

我带走了，你怎么办？

我离开我跟你走了。

我喜欢你的身体，你干吗把它当房子？

当房子不好吗？以后有个好住处。

那我把你带走了，米琪摸腮上那个鲜亮的吻，像在摘一颗红果子。米琪说：我把你装啤酒瓶里，变成泡沫。

想喝就喝。

想喝就喝。

啤酒能把人喝胖。

你这小流氓你真坏。

田野上开满粉粉的啤酒花，米琪把老师的吻带走了。

其实他们经常碰见这种事，比亲吻更刺激的事情他们也见识过。他们早已尝过禁果，对男女之情早就麻木了。

米琪的吻声如此清晰，出乎他们的意料。那时，他们还不知道钉耶稣的十字架是白杨木做的，巨大的颤抖从脚底下传来，他们就这样盯上了米琪。

我们奎屯的男人狠着呢，绝不会让漂亮丫头超过十九岁，否则对不起响亮的春天！让一个美妞处在寂寞之中，不照样是男人的耻辱吗？我们奎屯不缺漂亮丫头，也不缺硬邦邦的儿子娃娃。

米琪悄无声息地跟人相爱，他们一点也不知道，她总是一个人在大街上行走，或者跟丫头们在一起。谁也没想到她会穿越如此宽阔的啤酒花地，到林带里去会男朋友。

小城好玩的地方多的是：酒馆舞厅录像厅电影院路边的林带和葵花地，用不着走那么远。

在远离人群的地方，吻声像庄稼拔节抽穗，清脆圆润。这个发现使他们哑然失声；那是不可捉摸的，那是一种创造。

最初他们行迹诡秘，引起更多人的注意。他们心中的秘密逐渐扩散，波及的人如冰雪融化般加入他们的行列。但唯有他们才发自内心地热爱米琪。

他们这些最先发现米琪的人成了元老和核心，他们把同样热爱米琪的人视为知己。这样，米琪的形象就诞生了。那是多少眼瞳和心灵无声的感应啊。米琪的服饰发型走路的姿势，不自觉地顺应了他们的一片深情，而他们发自内心地沉浸在创造后的快乐之中。

米琪上班的路线成了他们每天盘桓不散的圣地。那条一米来宽的石子路，夹在白杨林带中间，她的上下班成了一种讯号，他们准时出现在林带里，米琪毫无察觉。

他们严格地控制着任何不轨举动，任何引起她注意的事情都是严格禁止的，米琪需要一种无拘无束的状态。

米琪回到她家的小院子，他们才散伙回家。

他们被一种刚刚肩负起的崇高使命压得透不过气，因为他们隐约地感觉到米琪很快就会达到完美的状态，她将白璧无瑕。

终于有一天，他们的人探来一个令人震惊的消息：吻米琪的那个人要离开奎屯回内地。他们为之担心的亲吻声消失了，大家伸长脖子长长地出气，呼吸中夹杂着皮芽子味和火药味。

那天，米琪送老师上车站。那小伙子是个大学生，回内地上学。他脸上流露的幸福和自豪深深地刺伤了大家的心。

列车消失后，他们还未平复这种伤痛，他们当中有些人一下子暴露出令人作呕的国民劣根性，上去跟米琪套近乎献殷勤。他们几次制止，那些人色胆包天置若罔闻。

米琪姑娘走远后，他们把这些败类带到沙滩上狠揍，那些人像沙袋一样沉重地摇晃着，爬起又倒下，如此十几遍，打出一身臭汗。那些人米琪米琪地叫着，那些人的身体已被拳头打僵了，米琪成为那些人求生的本能。

这情景一下子把他们感动了，挨揍的人非但不记恨，反而紧紧握住他们的拳头，把它看作一种福祉，因为它打出了他们的本能。这足以证明，米琪已经彻底地渗透了他们的灵魂。

沙滩出现空白。他们默不作声，他们跟沙石一起构成无边无际的荒凉景象。

对米琪的崇拜使他们发现自己固有的卑微，仿佛他们挨了揍，大家心平气和。从那以后，任何接近米琪的意图都会被视为背叛。

那个老师把米琪给吻了，老师压得他们喘不过气来，老师的嘴巴简直是一口钟，在米琪的嘴唇上敲出如此响亮的回声。它久久地刺疼着他们的心。

首先打破常规的是他们几个核心人物。

大家聚在一起吹牛聊天喝酒划拳，喧闹终究捂不住米琪，米琪的名字首先从他们几个人嘴里吐露出来。他们开了一个很坏的先例。从此，谁都可以谈论米琪，米琪成了镶在牙齿上的金子，大家满口金辉地谈论她。

那些日子，影视明星变成他们的道具，他们用这些道具来演奏米琪。那段时间他们是真诚的。大家谈着他们每天的新发现，米琪的形象在他们心中日新月异地变化着。按诗人们的说法：太阳每天都是新的。大家都消失在这种气氛中，世界上许多感人至深的气氛都是这样形成的。他们并未察觉到它的危险性。

事情的发生是他们始料不及的。

那天街上热闹非凡，那是小城有史以来少有的几次繁华与轰动。人们的脚步声像踩在鼓上，他们情不自禁地停止谈论米琪，有人在窗口喊：噢哟，好热闹啊！

这一喊唤醒了他们，他们压根儿没想到，世界上还存在着比米琪更轰动更吸引人的场面，而窗外大街上的喧闹声在证实，他们应该出去看看。

他们过去时，天成已经带人把他媳妇和野汉子拉到街上。天成媳妇用一块纱巾捂身子，纱巾包头可以包身子捉襟见肘。她乳房和肚皮闯出道道白光，鱼钩似的把大家的眼珠子钓出水面，发出哗哗的水声。

这女人胆子真大，她干脆把纱巾拉下去缠在臂上。她白白的身子一出现，太阳的眼窝就深下去，阳光锋利无比。警察在人群外大喊大叫。大家忘情地看着光膀子受辱的女人。众志成城，警察简直成了挡车的螳螂。

他们最后离开那里。

他们再次相聚时羞愧难忍，原来他们并没有拿出自己的全部，他们原以为米琪是他们最彻底的激情。他们一直在欺骗她。在他们之外，还存在着比米琪更有吸引力的力量。

一切都没有预定，他们自然而然地谈起自己喜欢过的第一个姑娘。大家几乎是同一个模式：在同伴面前竭力诋毁她，用最恶毒的语言把她弄脏，弄得难以下咽。最后连自己都觉得没有胃口了。

他们的初恋是在自伤自残中度过的。他们总是像躲暗礁一样，躲开最先吸引他们的姑娘，去找那些他们可以接受的姑娘做朋友。就这样他们谈到了米琪。

有人说米琪的屁股太大了跟磨盘一样，有人说米琪的奶子跟茄子一样，有人说米琪的脸黑不溜秋，走在大街上都是阴的。

原来有这么多人偷看米琪上厕所偷看米琪洗澡。

大家都这么干过。卑劣和下作人人有份时，卑劣和下作就有亮色了。

他们理所当然地谈着米琪的大屁股，谈着米琪又高又挺的奶子，他们甚至推测出她的乳房里住过多少男人。当他们把米琪谈论成破鞋和性感明星时，他们一点也没意识到，他们是在对米琪耍流氓。

而当米琪出现在他们面前时，他们一下子感到她是那样不可企及。

他们酿制更多更恶毒的语言，肚子里坏水充溢，圆鼓鼓快成大蜘蛛了。

他们看着她走远，看着她穿过林带，走进装有蓝色铁皮门的小院子。他们是那样绝望。谁都清楚这是怎么一回事：他们想接近她触摸她，而当她出现时他们又卑怯难忍。

把她树立起来本来是观赏的，当初没有丝毫下流的想法，结果后患无穷。

他们决心铤而走险了。

他们很快打听到城里所有的色狼，经过筛选，粗俗不堪的土财主被淘汰掉了，他们选出体型矫健声望颇高的色狼来当他们的替身。

说老实话，他们都想跟米琪共度良宵，可他们热爱米琪。谁也没料到一往情深之后是卑怯和下作，重要的是他们把她贬低够了，他们无法再接近她。让替身接近她是个万全之策。

他们充分估计到替身和米琪之间出现的各种可能性。他们选中的替身彼此都有某种内在联系。

头号替身是酒厂的车间主任。米琪在他手下干活儿，他们注意到他看米琪的那种眼神，尽管他脸上一本正经，是大家公认的正人君子，可他们还是发现了他眼神里蓝幽幽的火苗。他们请他喝酒，名义上是托他打条子买出厂价啤酒。喝到痛快处，大家开始说浑话，主任想走开，但挪不动腿。

那天他们讲得很放肆，他们讲米琪的身段如何美妙，奶子亮得像水晶灯，简直是美国大明星梦露再世。主任的耳朵一下子大了，像牛魔王他媳妇的芭蕉扇。主任今夜肯定要过火焰山，他们兴奋得难以自持。

当夜，他们几个骨干分子潜入啤酒厂，其他人员在奎屯的大街小巷静静地等待着。

其他女工下班走了，主任留下米琪到办公室谈工作。他们还喝了酒，主任肯定在红酒里兑白酒了，米琪喝一小口就咳嗽起来，瘫在啤酒箱上。

主任干那事很老练，他没脱米琪的衣服，他撩起米琪的裙子，跟揭一道门帘一样一挥手就闯进去，像进自己的家，随便极了。如果从窗户上平视，准以为主任在干活儿，在给啤酒箱上尼龙绳。

后来主任出来了，他刚泄完内火，打着口哨四处检查防火设施。那种兴奋和喜悦，不亚于一场马拉多纳的足球赛。

那天晚上他们没有做梦，夜真他妈黑啊！他们清楚地记得，死者的血流到最后，就变得跟沥青一样又黏又黑。

主任尝到米琪的甜头后，他的铁哥们儿纷纷提出领土要求，那情形就像西方列强强迫清政府签不平等条约。这些人都是小城的列强。他们不希望自己的替身是个窝囊废，那样的话，他们就会在米琪心中留下不好的形象。这是他们难以接受的。

从此，米琪就不再走林带里边的小路了；经常有小车接她出去，那些车很晚才回来。

他们去看林带里的白杨树，树上的节疤既像伤口又像眼瞳。死者要是活着，米琪绝不会遭受凌辱，死者吻米琪时，就从砍伐倒地的树上预感到死亡来临。他们听见一个声音，那是死者从地底下发出的：

斧子在砍伐树木之后，传来回声，回声扩散，马蹄般向远方奔驰。

树液是我的眼泪，在流尽之后，努力恢复平静的面孔，像镜子，映现出我心中的石块。

它落下去，翻转成一颗白色头颅，为丛生的青草所吞噬。多年之后，我在路上遇见它——话语枯竭，没有了骑手，只有不倦的马蹄踏踏作响。而那深潭之底，众多的星星支配着你的一生。

米琪，我是你的空气。

米琪不再走林带里边的小路了，白杨树上的节疤睁得又圆又大，既像眼瞳又像伤口。

米琪丝毫不知道，男人们用这种曲里拐弯的方式接近她，与她共度良宵。

他们在街头跟她相遇时，她的目光再也没有少女的羞涩了。她火辣辣地打量他们，她的目光肆无忌惮。

他们酿制的是一杯苦酒，米琪就是米琪，不是别的姑娘。

他们太拘泥于传统的经验了。他们当中不少人是情场老手，他们对付冷美人的妙策就是：死缠烂打下跪磕头使其失身，失身后的姑娘就像第三世界就像殖民地，眼神不再那么冷傲倔强，指甲缝里都是温顺柔媚。

这条屡试不爽的妙策，在米琪身上竟然不灵验，她沦陷得莫名其妙。

别提他们多么沮丧了，他们本想借别人之手接近米琪，待时机成熟时再一展雄风。没料想，米琪离他们更远了。

太阳像只黄狗，一瘸一拐向他们走来，毛发零乱，一副备受凌辱的样子，不叫不咬，靠着树趴下。树开始颤抖，树丫在空中不停地抓着什么，像个溺水者，每一下都落空了。

老师吻她一下，他们就怒发冲冠仿佛岳飞再世，直捣黄龙把老师杀了。奎屯的色狼轮奸她，他们竟然心平气和，比秦桧还秦桧，不但引狼入室，而且为虎作伥。

有男朋友保护，米琪就不会遭受凌辱。

有人小声说：有男朋友不顶事，睡她的人都是奎屯的大拿①。

米琪确实没有办法，她唯一的出路是不引人注意。他们真诚地爱她，用心灵祈祷用目光注视，梦她谈论她。小城的大拿们就不同了，这些人对自己感兴趣的姑娘，总是想方设法往床上搬。

---

① 大拿：西北方言，指掌柜、老板、头儿或有权势的人。

他们停止吵闹，他们意识到，热爱米琪的道路是漫长的，它跟历史一样是螺旋形的，他们并没有错。

小孩为了保护自己的糖果，总是对别人说糖果不好吃，是尿做的。他们又重复这种游戏。

这种事不能让手下人干，他们这些骨干分子亲自出马。当没有封口的啤酒瓶从他们跟前过去时，他们毫不犹豫把药粉倒进去。米琪毫无察觉。这些年来，她一直没有感觉到身边所发生的事，她的无动于衷弄得他们很尴尬。他们这些人干吗这么卑劣？他们终于给自己找到"卑劣"这块膏药，然后心满意足地离开。

啤酒中毒事件轰动北疆地区，米琪被判入狱。

他们仔细观察跟米琪睡过觉的男人，这些地方上的大拿心疼得要命，这些人再也得不到米琪了。囚车开过来，他们的目光蛛网一般布满囚车的小窗，米琪又回到他们的世界。

他们穿过啤酒花盛开的田野时，米琪的男朋友从空气里出现了，他用牙咬开啤酒瓶盖，雪白的酒沫子瀑布一般溢流而下。他们又听见那令人心颤的吻声。白杨树哗地全湿了，树液纷如泉涌。

他们亲手给酒瓶下的药，酒不能喝了，他们哄弄了所有的人，却哄弄不了这个书呆子。睡过米琪的人都撒手不管，怕惹麻烦，老师却咬开瓶盖，一任雪白的酒沫子肆意奔流。

老师仅仅吻了米琪，并没有实质性进展，一个吻就这么金贵吗？跟姑娘好，要紧的是上床睡觉呀。

老师就这样从空气里出现了。他们跟踪老师，发现老师经常去劳改农场看望米琪。几年后米琪就会获得自由，他们难以忍受这种自由，那将意味着他们失去一切。

他们拿出那些照片时，心都碎了，可理智告诉他们必须这样做，否则他们会失去米琪。他们希望米琪待在监狱。只要她不属于老师，他们就能保持她神圣的形象。

那些照片拍的都是奎屯的大拿们跟米琪睡觉的镜头。公开它时，他们全身发抖，他们忍不住跑出小城，跑进林带，跟狗一样趴在地上又咬又叫。

白杨萧萧如雨。

钉耶稣的十字架就是白杨木做的。他们想到了犹大，犹大并不坏，犹大太老实，他自杀了么？他完全可以不自杀。他白挨了那么多骂。挨了骂就不自杀，自杀了就不能挨骂。

这日子来了，最可鄙的人也不再对自己定罪。

他们理直气壮回到奎屯，抖那些人的老底，那些人都占过米琪的便宜。他们估计到那些人的狡诈，他们正是利用了那些人的狡诈，使米琪在监狱一直待下去。

那些人很快进行反击。那些人弄到材料，证明米琪拉他们下水，他们跟米琪仅仅是男女关系问题。材料还证明，米琪跟小城大多数男人有过性关系，他们平时的谈话被人录了音，在那些录音带里，他们高谈的全是臆想出来的跟米琪的性经验。米琪以流氓罪又加刑五年。

那些大拿只伤些皮肉，降一二级工资或受行政处分。那些人没对他们下手。真惹了那些人，他们在小城没法待。他们人多但势不大，可他们的目的达到了。

有一天，奎屯的老汉们说：咱老了，拿不住了。

老汉们站在林带里尿尿，跟鸡一样只尿一点点，双手却如获至宝似的端着老鸡鸡。

老汉们说：娃娃们尿尿哗哗哗，老汉尿尿滴滴答答。

他们问其中缘故，老汉们说：娃娃们阳气盛，是大拿。他们大吃一惊。

老汉们说：有权有势能拿事的人，跟娃娃尿尿一样，不用手，鸡鸡自己撒，那是真正的大拿。

大音希声，大象无形，大拿们尿尿不用手。

原来，这就是他们不敢招惹大拿的原因。

那个老师很年轻呀，他尿尿完全可以不用手，尿水像啤酒沫子，纷如泉涌；可他们还是把老师杀了。

后来他们想通了，关键问题是：咱们都不是人揍的东西！

因为这日子来了，连最可鄙的人也不再对自己定罪。

…………

他们一直活着，活得理直气壮！

他们聚在一起，欢声笑语，快乐无比，啤酒花盛开的田野上，再也没有令人战栗的吻声了。

老师又出现在奎屯。这回不像是从空气里出来，而是来自一座遥远的城市。

那天，大家神色冷峻，每个人都想抹去对米琪的回忆。这是很难做到的。

他们隔街相望，从窗户里看见老师跟米琪碰杯喝酒。他们想告诉老师和米琪：酒被弄脏了。可老师和米琪喝得那么带劲，就是真在酒里下了药，老师和米琪也会喝下去的。一个人快乐的时候，你很难进行破坏。

他们保持信心的唯一方式就是沉默。他们深深地热爱米琪，她为此而付出惨重的代价，她无从察觉那些人对她生活的影响。

后来，老师和米琪走出奎屯。

接着他们听到了那巨大的吻声，全城都听到了，生命之鸟在天地间凌翔。

他们都跳起来，奔向旷野，老师跟酒瓶一样挺拔潇洒，晶莹透亮，酒液终于注入瓶中，他们无法忍受它的清冽和芳香。

他们不能忍受任何人睡米琪，他们拔出刀子。他们把老师杀了……墓坑里躺的却是他们！

这种死亡才符合我们的想象。我们多么喜欢那时候的王根老师啊！

枯 枝 败 叶

　　刚开学，组织部来人把校长调走了，工作暂由两个副校长负责，一男一女，当然由男的说了算。男的干了一辈子副职，权柄在握，不免心有余悸，大家都看见他在发抖。大家便看他的眼睛，里边水波不兴，黑洞洞的。男副校长是有城府的人。

　　有城府的人来管大家，大家都感到害怕，那害怕是副校长传给大家的。副校长丰富的内心世界没有从眼睛里表达出来，而是表现在手指尖上，一点点向大家蔓延，大家不由得吸冷气。在相当长一段时间里，大家都忽略了副校长的存在，学校一直是正校长叱咤风云的地方。副校长来学校之前在企业里干副厂长，也是冷板凳，挪窝到事业单位，屁股也没热乎起来。大家对此都负有责任，有一种内疚感。大家甚至不了解这个人，这个人来学校半年多一直处于尘封状态。现在他露面了，在大家眼里一下子高大起来，大家不得不吸口冷气。副校长咳嗽一声，宣布散会，大家待在原地，还在等待奇迹。副校长进自己的办公室，门慢慢地合上了，跟巨大的墙壁一起来封锁众人的目光。

大家穿过走廊，经过副校长办公室，抬头看那块牌子，看得很投入很不一般，以至于把副校长的副字看得比正校长的正字还重要。其实正校长前边不加字，那个正字是空当，无限大的意思。大家像走出沙漠的骆驼，在枯枝败叶跟前也要流露出无限的神往。

那并不是幻象，有人在校园西侧看到了真正的枯枝败叶。那时，春天还停留在天空，大地堆满冰雪，坚硬如装甲部队，从坚冰和积雪中露出来的任何东西都会鲜亮起来。那璀璨夺目的东西是去年秋天的枯枝败叶，跟垃圾堆在一起，把垃圾捂得严严实实，闻不到一丁点垃圾的臭味。

令人惊恐的冲天臭气就这样消失了。

这都是枯枝败叶的功劳。就在大家愣神的工夫，牧羊人从林带那边赶来一群羊。羊群穿过白净的雪地，到这里来吃枯烂的树叶。羊嘴巴简直顶得上尖嘴镐和挖掘机，冰雪很快被清理到一边，垃圾拖斗像打捞上来的沉船。羊群穿出穿进，优雅斯文，好像大排档里的绅士，枯枝败叶成了美味佳肴。

青黄不接的时候，干树叶是羊唯一的食物。

这里树叶多，不吃白不吃。牧羊人说："我的羊把西区全吃遍了，咋就没发现这个好地方呢？"牧羊人笑自己昏头昏脑，把好地方给忽略了。大家眼睛湿漉漉的，个个都是要哭的样子，牧羊人心里说："文化人咋这么爱激动？羊吃树叶子也能把他们打动！"女教师们感情脆弱，告诉牧羊人："你的羊确实把我打动了！"牧羊人很高兴："那我天天来！"

牧羊人说话算数，下午四点半，又把羊赶来了。老师们都说牧羊人心好，那些羊真幸福。

羊成了大家神往的东西。

好多羊没有饲料，牧人必须把它们赶到河沟里吃干苇子，那只能保证羊不被饿死。那些去河沟里觅食的羊只有一张皮跟几根骨头，它们长不出肉，肉是遥远的蓝色之梦。

在我们那里，因为有这堆枯枝败叶，羊不但活了下来，而且又肥又壮。在绿草长出来之前，羊竟然肥壮起来。大家喜气洋洋奔走相告，其实人人皆知，有目共睹，大家还是喜欢互相通报。喜讯靠嘴巴咀嚼，味儿都是嚼出来的。

牧羊人天性厚道，饮水思源，把喂肥的羊卖给学校。在绿草还没长出来的时候，我们吃到了肥美的羊肉。一年之计在于春，今年的春天味道好极了。

副校长宣布：羊是肥起来了，但还没肥到饱和状态，还有发展余地，还可以养它十天半个月，保证大家多吃几斤肉。副校长把这个光荣任务交给后勤部门。后勤的同志挺为难，树叶儿吃光了，干苇子喂不肥羊还会刷油的，掉了膘咋办？副校长说：羊比你们聪明，它们会找到好吃的。

把它们放出去，它们果然一如副校长所言，从容不迫走向校园西侧。那里有垃圾场有厕所，谁能相信那里还会有吃的?

副校长说:"油水总是在老地方。"

羊群爬上垃圾堆,像一支所向披靡的军队在阵地上耀武扬威。我们惊讶得喘不过气来,羊的举动显然超越了我们的想象。就在我们愣神的工夫,该发生的事全发生了,一块块垃圾像西餐大菜被羊嚼得津津有味。我们的肠胃猛烈抽搐。副校长告诉大家:"不要以为垃圾很臭,垃圾是很有营养的。"副校长给我们讲家鸡和野鸡的区别:家鸡专吃饲料,而野鸡什么都吃,虫子草籽屎壳郎,连泥巴都吃,养鸡场的鸡就比不上农民的鸡。话很有道理,可大家将信将疑。

垃圾一天天减少,终于被蚕食一空。那些羊分不清肥瘦,身上挂满泥疙瘩和垃圾条子,个个像垃圾桶,仿佛垃圾活过来了,声音沙哑步履蹒跚臭气熏天面目可憎。大家议论纷纷,这不是坏人胃口吗?

请来的屠宰师傅乐哈哈的,他们只管赚钱,不管畜类的仪表。师徒两人手起刀落,一群羊很快被放倒在地。他们也成了垃圾人,娃娃们叫他们妖怪。他们比娃娃更痛快,干脆说自己是从茅坑里爬出来的。大家翻白眼吐唾沫,他们更快乐:不要嫌他们脏,剥了衣裳一个比一个俊俏。他们的刀子嗛在嘴里,把羊摆顺,然后一人一只埋头苦干,不像屠夫像木匠,在做一件精美的家具,一只只鲜活粉嫩的羊被雕刻出来了,羊皮贴在地上,羊骨头一个接一个被驱赶出来,每张皮上两个小堆，一堆肉一堆骨头。围观的人越来越多，大家全被羊骨头照亮了。屠宰后的羊就像初升的太阳。

屠宰师傅骂大家是贱骨头，羊脏兮兮的时候不见人影，羊变俊俏了一个比一个跑得快。副校长给他嘴里塞上烟，打火点上，抽烟隔味儿，隔一隔气就顺了。师徒两个都把副校长叫哥，大家才明白那是一家人，是来涮大家的。大家都来气，掂肉的、排队的都愣在那里，火山是死是活就看这一时半刻。有些嘴巴张开了，喷出的不是话是粗粗的气。副校长"呵呵"笑两声：吃肉要紧吃肉要紧，愣什么愣？吃肉才是好同志。副校长边打哈哈边摸娃娃头，娃娃头圆溜溜，听话——嗯，听话才是乖娃娃！叔给你个羊骨头，让你妈给你煮上，煮一锅肉汤，你妈喝来你爸喝，喝肉汤长胖胖。那娃掂着羊骨头往回跑，找他妈去了。

大家从娃娃身上看到了一种力量，那就是榜样，榜样的力量是无穷的。在娃娃身后出现了王根的影子，王根没跑，一步一步地走，手里的肉耀眼夺目。进门喊媳妇烧水，媳妇伸手去摸，羊肉羊骨头是热的，烫人呢，没有腥膻味还有一股淡淡的芳香。媳妇叫起来：这是什么羊？没入锅没入料香气自己来了！

媳妇在外单位上班，不知道这群羊的来历，王根要是告诉她这羊是垃圾喂肥的，媳妇非吐不可。王根说："管它什么羊，只要是香的咱就吃！"王根马上想到臭气熏天面目可憎的垃圾。媳妇摇他：干吗吓成这样，不吃就是了！王根牙根打战：我又没惹他，大家都没惹他。媳妇问是谁，王根声音小小的，副校长啊！肉是他分的，他非要让羊肥起来，肥成这样子叫人咋吃？媳妇笑：校长刚来，不把大家喂肥咋开展工作？

"也不能这样喂啊，烂树叶臭垃圾，喂牲口牲口都不吃，谁知道他给羊使了什么邪法，吃垃圾不掉膘反而肥了，哪有这种事？"

"世界上都是这种事，猪吃屎狗也吃屎，猪肉狗肉大家抢着吃。"

媳妇比王根开通，忙出忙进，拉条子揪片子，满盘满碗地端上来。王根操起筷子，两眼放光伸腿钩过一张椅子，一声不吭大嚼大咽。媳妇不停地添菜添肉，提醒他喝汤。王根吃饱喝足点一支烟，烟卷很快葱茏一团，跟森林里的树一样。媳妇问他感觉咋样，王根说："你说得对，吃好喝好，比什么都好！"

下班回来，王根悄悄地告诉媳妇：他有一个美妙的感觉。

"一顿肉就把你吃成这样？"

王根绘声绘色讲他上课的感觉，那简直像教授。王根刚工作时是个好青年，热心教学，教了几年，说不清是学生太次还是自己太次，学生讨厌他，他讨厌学生。技校的学生都是大中专录取后剩下的，从进校门那天起就伤痕累累一副破烂相，老师稍加碰撞，他们就碎得不可收拾。碰上哪位老师不开心，当堂骂大家是垃圾学生，学生敢怒不敢言。老师刚出教室门，学生就叫垃圾学校垃圾老师。老师只叫一次垃圾学生，学生变本加厉一直叫下来，一届传一届。

王根永远不知道学生给他起的绰号，就像丈夫戴了绿帽子永远也找不到凶手一样。多年以后，王根当了科长，同时也听到了自己的绰号，沮丧之情无以复加，败胃口的事情总要败人胃口的。媳妇一针见血指出：这是自我安慰，要是真的，几年前你就是优秀教师了，也不会挨到现在。

"现在跟过去不一样了，羊把垃圾都吃了，效果跟青草一样好。"

王根直奔窗口。书桌搁在那儿，王根一使劲把桌子推到墙角：叫你挪窝，你就得挪窝！王根占据了桌子的位置，问媳妇：这地方谁最合适？

"那里光线好，当然书桌最合适。"

"光线最好的位置应该是你丈夫我，不是桌子！"

"你跟桌子争什么高低，以前你不是这样的。"

"以前我没吃羊肉。"

"每年冬天都吃，你糊涂啦？"

"我不糊涂，新疆人不吃羊肉吗？新疆人就是在冬天养起来，漫长而寒冷的冬天把我们养得人高马大，你说冬天的羊该有多么好！"

"就像冬天的火墙！"

"火墙只暖和手脚和背，我们的肺腑和血液是羊肉煨起来的。校长把羊杀在春天是什么意思？春天本来就是温暖的，根本不需要火炉子和羊，春天的火炉子是冰凉的，羊是干瘪的，校长不搞火炉子把羊搞肥了，老婆你该明白了吧？"

"我越听越糊涂！"

"娘儿们总是这样，关键时候就晕头晕脑，你不知道现在对我有多么重要！"

"火炉子还是羊？"

"当然是羊！火炉子从来都是暖手暖脚暖背的，只有羊才能暖人的五脏六腑。"

"校长要把你们烧起来？"

"谁先冒烟谁就是好同志。"

"争取做个好同志，好处都是好同志的。"

媳妇自己先烧起来，就像电影里送郎参军的拥军模范，对王根恩爱有加，王根还真有点上火线的感觉。

春天遥远而荒凉，在我们新疆，地域占据了一切，时间是留不下痕迹的。我们脱下一件又一件衣服，仅仅是因为太阳的面孔把我们打动了。它像面古镜，高悬在我们头顶，向我们映照季节之钟。那时，黄尘如剽悍的骑手，在地平线上疾驰，废纸片越飘越高，几乎达到鹰的高度。我们不知道怎么办才好，绿草不会很快出现。我们躲进教学楼，连上操场踢足球的勇气都没有了。

我们学校那位王根老师，就是刚刚跟媳妇进行长谈的那一位，急匆匆奔上二楼。副校长在二楼办公，王根来晚了，已经上去了好多人。那些人跟他一样，吃羊肉吃出了味儿。王根在门外全听见了，沮丧得不得了，仿佛失去了某项发财的专利。王根既不敲门也不离开，跟哨兵似的戳在那里，耳朵变得很大，里边的谈话声清晰可辨，像清水里的鱼。那些人有点猴急，找领导谈话不要一窝蜂，不要直奔主题，领导是讲策略的。门开了，那些人恋恋不舍走出来，面对门外的窃听者，他们稍吃一惊很快就接受了。窃听者大大方方，侧身让他们通过。

王根不谈正题，开口便赞美那些肥羊。副校长两眼放光，可嘴上还是不露痕迹："肥是挺肥的，就是脏兮兮的不好。"

"脏的是皮毛，肉是干净的。"

"喂的也不是好饲料，是垃圾啊，他娘的，青黄不接的时候给它喂什么呢？"

"青黄不接的时候，垃圾是最好的饲料。"

"你真这么看？不会吧？"

"吃了肉大家都高兴。"

"我担心人家骂我呢，那毕竟是垃圾喂的，有人拉肚子就麻烦了。"

"羊肉是热性的，补人呢。"

"春天本来就热，补不补无所谓，再说呢，大家吃了一冬天羊肉，也不稀罕那些肉。"

"冬天补身体，春天补脑子。"

副校长目光如炬，给王根一根烟，称赞他是好同志。王根眼睛有点湿，边抽烟边点头。王根告诉副校长，自己一直想进步，不知是自己有毛病还是以前的领导有毛病，总是进步不了。副校长鼓励王根："有这样的愿望就是好同志。"

"老校长批评我呢，光有愿望是不行的，还要有过硬的业务能力，还要有实事求是的科学精神，这么多还要，我就不敢进步了。"

"老校长太片面了，业务能力科学精神也是从人的愿望引发出来的。"

"我这么说了，老校长说这是'大跃进'作风，人有多大胆，地有多大产，改革就是革这种想法的。"

"所以把他调走了。"

"我都不会想了。"

"所以要大家吃肉，让大家热乎起来，像你这样的好同志，一直受压制简直不可思议，你是我来校后碰到的第一个好同志。"

王根把这个喜讯告诉媳妇，媳妇哇地叫起来，手脚也笨了，不过嘴还利索："你窝囊了一辈子还会有人赏识你？"王根一脸严肃，告诉媳妇："窝囊下去的时候，老天爷就会睁开只眼。"媳妇想半天，想象不出窝囊废那只眼怎么开。王根说："你等着瞧就是了。"媳妇把王根瞧好几遍，王根身上果然多了几分豪气！媳妇恍然大悟："校长要拿你树牌子！这是天大的好事。"

今天是礼拜天，媳妇把王根收拾一新，回娘家显阔。三个女婿里头，王根最有起色。大姐夫二姐夫分别得意于官场和商场，王根穷教员一个，还不是什么好教员，当个先进都要吭哧吭哧半年。今天，三丫头三女婿一脸豪气进来了，大姐夫二姐夫不知所措，条件反射似的从沙发里蹦起来，又是递烟又是送茶，问他们发生了什么事，不要紧慢慢说。三丫头拥拥王根："领导要拿他树牌子。"大姐夫二姐夫面面相觑，他们当初就是从树牌子起步的，他们像看一架正在起飞的战机，无论铝合金的还是木制的，只要领导赏识，就能起飞，而且火力凶猛。他们小声告诉连襟："这样的好机会千载难逢，千万不要错过了，一辈子最多遇一次。"老岳母说："人一辈子才一条命。"三个女婿异口同声："好多人一辈子遇不上呢。"老人嗷嗷嗷叫起来，三个女婿的头上罩了一圈灵光。老人忙喊老头子，老头子视力不好，看天山达坂都要戴眼镜。老头子颤巍巍戴上老花镜，一脸严肃地告诉老太婆："王根的额头是紫的。"两个姐夫叫起来："他妈妈的，八字没见一撇就发紫了，兄弟你啥时发达的，连点迹象都没有。"三丫头撇撇嘴："这叫真人不露相。"

三丫头压抑太久，说话恶狠狠的，像苦大仇深的老贫农控诉恶霸地主。这些年，大姐夫二姐夫在官场商场横冲直撞，牛气冲天，在穷人的脖子上拉屎拉尿，虽然这穷人里边不包括小姨子和她不景气的王根，可女人是不讲这些的。女人忘不掉丈夫与大姐夫二姐夫之间强烈的反差，女人在接受丈夫大姐夫二姐夫恩惠的同时，便凭空蹿起一股股恶气。

二姐夫说："财主不一定都是坏人。"

大姐夫说："我没少照顾你们两口子，外人恨我，自己人不该恨我。"

老岳父说："三女婿快发迹了，三丫头生什么气呀！"

两个姐夫说："我们也是磨出来的，吃的苦头自己心里有底。"

"俺那口子没吃苦还吃肉呢。"三丫头喊王根过来，给大家说说吃肉的感觉。王根期期艾艾，三丫头踹他一脚："说你吃肉又没说你吃屎，艾艾你娘个腿！"王根说："三条羊腿呢，条子肉不多。"姐夫们大叫："领导送你的？"

"副校长送的。"

"领导这么抬举你，你他娘的真不含糊。当年大哥我十冬腊月，扛着整羊一户一个送了十二只，回家时天都亮了，兄弟你他娘的真行！"

老岳父说："王根跟牛皋一样是个福将，福将上阵不看本领看运气。"

两姐夫口气惨惨的："天大的本领不如豆大的运气，王根，真他妈有你的！"

老岳父说："中国的事情就是这样，抡锄头的农民千千万万，陈永贵的锄头偏偏抡出了名堂。"

三丫头说："那是'四人帮'搞的，我家王根可不是抡锄头的！"

老头大声嚷嚷："一回事一回事，老子啥没见过？不管咋样搞，牌子总是要树的，要不从古到今就不会有那么多福将。"老头子一口气说了一大堆福将，那都是彪炳史册的大人物。王根告诉大家："咱没那么大野心，能赶上两个姐夫就不错了。"两姐夫骂他虚伪给自家人不说实话，王根龇牙咧嘴："八字没见一撇呢，吃肉的不光是我一个。"大家哟一声愣了，三丫头说："他比别人多了一条羊腿。"老岳父说："多一条腿就多一份愿望，要沉得住气，锅盖揭得早气就跑光了。"

跑了气的馍馍是青的，跑了气的米饭是生的，大家不敢再嚣张，悄悄地喝酒悄悄地吃菜，团圆饭吃得很谦虚。

我们没有王根那么幸运，我们分到的都是肋条，肥肉和油居多。王根老师炒肉片做拉条子拌面的时候，我们把肥肉和油跟皮芽子剁在一起蒸包子吃，每个包子总要露出几个肥肉蛋儿。老婆往馅里倒好多酱油加好多姜和花椒，可包子吃在嘴里还是腻得人发抖。

老婆是爱我们的，老婆劝我们喝几口老酒。我们喝不起伊力特奎屯特，老婆便给我们买五五大曲启明特曲，两块三一瓶。 1994 年的春天，两块多钱就能喝白酒，你还有什么好抱怨的。包子是腻了点，那毕竟是肉呀，肉总是跟素菜不一样的。

老婆捂着鼻子给我们沏茶，茶水漆黑像化了的沥青。皮芽子味更加嚣张，鼻子火辣辣的。我们恐慌不安，不知道要发生什么事情。那浓烈的气味把我们击倒了。老婆说："睡吧，睡一觉就好了。"

1994年春天，阳光灿烂，鲜花盛开，我们鼾声如雷，鼻口间喷出的气味让人流泪。孩子望着他们面目狰狞的爸爸，妻子守着她们臭气熏天的丈夫，毫无怨言，该干什么还干什么。孩子做功课，妻子打毛衣。

孩子说："隔壁叔叔分的全是腿肉。"

妻子说："腿肉肋条都是肉。"

孩子说："腿肉好吃噢。"

妻子说："学校分的，不怪爸爸。"

孩子想半天想不出更好的话。丈夫就这样醒来了。丈夫总是在孩子想不通的时候睁开眼睛，他要给孩子回答这个世界的一切，他只能告诉孩子："这是胡达也回答不了的。"孩子说："胡达创造了一切却不能回答一切，爸爸你睡觉吧。"

爸爸又睡了一觉，醒来时已半夜三更。孩子睡得正香，夜幕无边无际，那毛茸茸的小脑壳像黑夜里长出的瓜。丈夫叽叽扭着手指，给妻子讲述自己的笨拙，妻子说："你千万不要这么想，你课讲得这么好，怎么能说自己笨呢？"妻子这么一安慰，丈夫坦然了。

在赤贫而艰难的日子里，我们没有其他想法，我们唯一能做的事情就是钻研教材备写教案批改作业，把心扑在学生身上。妻子担心地问："扑空了怎么办？"丈夫大吃一惊："这怎么可能，老师不教书干什么？"妻子说："因为教书是你的强项，别人才会在强项上打主意。"丈夫不得不承认这办法高明。妻子说："这就叫釜底抽薪。"失去柴薪的锅灶如同冰窖。妻子告诉丈夫北极圈里的因纽特人就用冰砌房子，寒气对它无可奈何，妻子还告诉丈夫："北极有美丽的极光，跟童话世界一样。"

丈夫就这样睡着了，就像睡在因纽特人的冰屋子里。

太阳在鼾声里升起来，阳光弯弯曲曲像泥巴里的蚯蚓。丈夫的身体自然而然地蜷曲起来，呼吸一短一长，仿佛也是弯曲的。因为在北极圈，一切都是弧形的，大地在那里收尾，收尾的地方总是要缩疙瘩的。丈夫紧紧缩成一团，阳光依然弯曲着，它们已经摆脱蚯蚓的枷锁，蜿蜒盘旋如遒劲的蛇，所到之处空气发出吱吱的战栗声。

妻子给丈夫捂两床被子，把闹钟上到十一点半，丈夫后两节有课，妻子急急忙忙去上班。

我们预感到要出事，进教室前刷牙漱口。古人云：祸从口出。老师这碗饭凭的是口舌功夫，灾祸往往降临在这种地方。

我们彼此相望，点点头，互相勉励，上各自的讲台。唇齿间奔泻而出的不是优美的开场白，而是火辣辣的咳嗽。学生们瞪大眼睛，忍受着浓烈的皮芽子味儿。他们的老师像个痨病鬼，在讲台上哐哐哐发射迫击炮弹。讲课砸了，我们声嘶力竭也无法挽救败局。四十五分钟里，皮芽子味和咳嗽声交替出现，以绝对优势压垮了教材内容。学生满脸呆傻，像看一出荒诞滑稽剧。最后五分钟，优秀的教师总是在这个时候总结课文，加深印象。那天，我们总结不出一句话，我们收起课本，告诉学生："好好读书，少吃肥肉。"学生哗然大笑："我们不吃肥肉，我们吃瘦肉。"老师说："吃瘦肉是好学生，吃瘦肉才能天天向上，造福人类当好接班人。"学生大叫："老师没刷牙，嘴里的味儿太冲了。"

"真那么冲？"

"跟球鞋里的味儿一样。"

女学生掏出口香糖给老师吃，男学生不高兴："老师又没口臭，刷刷牙就好了。"老师自言自语："羊吃垃圾应该消化呀，长出的肉还有垃圾味，真奇怪！"女学生很同情老师："学校为什么天冷的时候不发羊？"老师告诉他们："学校来了新领导，正好春天到了，羊是滋补品，给大家肉吃是为了锦上添花，热上加热。"女学生很认真："我家是医院的，我懂点医学，虚弱的人可以补，强壮的人会受损。"

课就这样讲砸了。我们这些不该滋补的老师，被多余的养分折腾得寝食不安。吃泻药也没用，甚至吃了巴豆，一天蹲茅坑三十八次，胃囊都要抖出来了，快要脱肛了，依然摆脱不了垃圾样的阴影。

王根老师的教室静悄悄的，王老师侃侃而谈一副教授模样，所讲内容杂乱不堪，板书也不成系统，而学生却如痴如醉，脸上全是圣徒般的表情。

我们面面相觑，恍如梦境，王老师肯定掌握了某种高深的功夫，比如气功。气功是可以改变一切的，气功师是我们地球上最美丽的树，孔子再世也比不上他们丹田如豆的气团。据说孔子讲课的最佳境界是三月不知肉味，王老师的学生都流哈喇子。讲课到这种程度还有什么说的？

　　王根老师毫无张狂之色，态度谦逊，问我们课咋样。我们如实相告："味道好极了。"王根老师哈哈大笑："不知咋搞的，学生喜欢我嘴里的气味，我快成烹调师了，学生听我说话马上就想到肉，就流哈喇子，跟巴甫洛夫的狗一样。"

　　"你唤起了他们最原始的欲望。"

　　"欲望还有原始的现代的？"

　　教务主任打圆场："原始欲望层次低了点，可那是人的生存基础，王老师也有长处呀。"

　　王根老师没接触过马斯洛心理学，不懂人的需求层次。我们问他是否在练气功，王根老师矢口否认，有人说是香功，王根老师生气了：那是女人练的！有人靠近闻他嘴里的味儿，那味儿膻膻的，绝对是肉香，但无法断定它是猪肉还是羊肉或者其他野味。有人怀疑是毛驴子肉，吃过驴肉的人介绍说："驴肉细嫩味美能激发人的性欲；女人总是把心爱的男人称为毛驴子。"王老师满脸通红出气很粗：流氓才吃那玩意儿。

　　王根老师身上既无流氓色彩又无男性魅力，不会与驴子有瓜葛。我们劝王根不要多心，男人有点毛驴子劲儿会讨女人欢心的，至少可以保证老婆不给你戴绿帽子。全世界的男人都担心这个。王根老师怦然心动，问我们哪儿有毛驴子肉。我们嘲笑他得陇望蜀，吃了羊腿不知足。王根期期艾艾：羊腿是羊腿，驴子是驴子，效果不一样。

在我们新疆，毛驴子跟羊一样多，吃驴肉是很容易的。人们习惯吃肥羊，却忽略了驴子的魅力。驴子瘦巴巴的，它的肉只有天鹅才能相比。

王根老师茅塞顿开，面对新大陆惊讶得叫不出声来。几条羊腿就让他翻身得解放了，我们不敢想象驴肉对他的影响。

我们去医院做全面检查，检查结果竟然是脑功能衰退。我们都是吃智力饭的。这不是要人命吗？医生劝我们多吃点肥肉。

"学校给我们的全是肥肉，肥肉把我们吃坏了。"

"肉没毛病，是你们自己有病，领导为什么给你们重点分肥肉？因为你们脑子有毛病，你们不是吃多了，而是吃得不够，头昏脑晕供血不足供热也不足。"

"我们都流鼻血了。"

医生很吃惊，检查我们的鼻腔，每个人都有血痂。医生面面相觑：再先进的仪器也有局限性，可你们的脑子出毛病是一定的。医生劝我们再吃点肥肉试试。

离开医院，我们绝望沮丧，比患癌症还要可怕。我们唯一能做的事情就是任其自然，坚信自己是个好老师。我们钻研教材批改作业，一心扑在学生身上，可收效甚微。在那种羊肉面前，智慧经验和信念全都垮了。

老婆劝我们别犯傻，关键时刻娘儿们比我们清醒，她们一针见血，告诉丈夫："你们不是校长实验田里的苗苗，你们是自己长出来的。"

自治区检查验收团光临学校，领导让王根老师做示范教学，王根老师鼻梁冒汗，让我们干。多少年来，示范教学一直是我们的强项。副校长很不高兴：叫你上你就上，他们不行了，你最受学生欢迎。副校长是个鹰派，不容王老师辩解，就大声介绍："王老师是位后起之秀，特别是我来这里工作后，进步很快，可以说是突飞猛进。"副校长扫我们一眼："诸位落后啦，要承认这个现实，迎头赶上。"

尽管如此，王根老师还是战战兢兢放不开手脚，讲几句，就瞟一眼副校长。副校长希望他拿出绝活。

学生神情呆滞，满脸虔诚，验收团的人很吃惊，学生痴迷的样子把他们打动了。就在大家愣神的工夫，验收团的人也开始痴迷起来，个个露出贪婪相，嘴里吧唧吧唧响，像吃泡泡糖。哈喇子首先从学生嘴里流出来，听课老师和领导也流这玩意，大家顾不上斯文，掏出手绢你揩你的我揩我的，越揩越多。王根老师讲得更起劲了，那不是讲课，而是一种奇妙的功夫，每个动作带着功，嘴唇的一张一合，眼皮的一眨巴都带有巨大威力。下课铃对王根没有作用的，也不用做板书设计，甚至不涉及教材内容，讲台只需要他这个大活人。大家把王根团团围起来，王根因激动而结巴。这种情况下，人最容易说实话，副校长青着脸，不停地咳嗽。王老师更紧张了，小便失禁一般泄露了那个最大的秘密："羊、羊、羊腿，全是瘦的！"副校长说："人人有份，不光他一个。"副校长问我们是不是人人有份，我们声音很小："我们都是肥的。"

"肥的瘦的都是肉，天下没有绝对公平的事！"

验收团的人不管这些，他们拉住副校长嗷哟嗷哟叫，副校长心里直发毛，眼睛挤得又圆又小，目光如豆，上下翻滚。验收团的人说："那些肉都是你分的？"

"我搞来的当然我分，可那是别人喂养的。"

"关键是过了你的手。"

"我的手没问题呀！"

"你的手有问题，有很大的问题。"

副校长抓住王老师，王老师结结巴巴：二十只羊，人人有份，羊腿不光我一个。验收团的人哈哈大笑："那羊腿是带了功的，气功师都是这样发功，比如给病人身上用兑符水写字。"

"这、这都是副校长的功劳。"

副校长瞠目结舌，大家非要看他的手不可，他在裤腰带上抹两下，乖乖举起手来，那双手肉乎乎的又宽又厚像牛舌头。大家非要问个水落石出，可副校长确实说不出什么。王根老师说："副校长这只手摸过我的头。"王老师摸一下前排学生的头，学生嘿嘿一笑，一脸福相，王老师说："副校长你忘了，你就是这样摸我的。平时你只拍大家的肩膀，那天你可能带功了，在我头上摸了两圈，我跟触电一样麻丝丝的。"

"哪天？"

"宰羊那天。"

"噢——我记起来了，我带屠夫去羊圈，羊认生，乱跳乱叫，屠夫没法下手，让我管教管教，他奶奶的，我是管人的，羊听我的吗？他们叫我试试，我就试试，我小声对羊说：听话——嗯，听话才是乖娃娃！它们把头伸过来，我挨个儿摸，摸过的羊都很乖，积极配合屠夫的工作，屠夫干得很顺手。屠夫说你这校长当得，连畜生都服你。我当时没在意，真的没在意，畜生比人好管多了。人多复杂多难弄，我真不知道我有什么鸟气功。"大家说："当几十年领导了，经验还是有的。"王根老师画龙点睛："经验就是气功。"

"君子养浩然之气，百年积德百年养气，这是百年大计啊。"验收团的人理论水平高，三分析两分析就有了高度："气是中国文化的精神和底蕴，一股相沿相承的气是维系民族健康发展的根本。以往我们太不注意这些了，任由这气那气冲激回荡，不晓得自己的一股气该往哪里引。"验收团的人拍拍副校长的肩膀："这样的好同志太难得了，一定要把这股气养好。"

"一定一定，不但养气还要培气！"副校长斜着肩膀，很想让验收团领导摸自己的头，人家也看出这个意思，人家含笑不语，他已经五十多了，脑袋上没几根毛毛，那么荒凉的地方是不会有东西降临的，更不用说别人的手了。可脑袋这玩意儿天生是让人摸的，尤其是显要人物的手，能把荒漠变成绿洲。有这么一位领导，拉住他的手，语重心长地说："气是要养的，要养浩然之气。不能硬来，硬提气，提上来的，也只是一股子毒气、浊气和邪气！真要养气，不那么容易！"副校长满脸沮丧，那位领导说："共产主义不是一个早晨就能实现的，浩然之气是百年大计，急不得呀！不能搞'大跃进'，'大跃进'时老天爷狠狠饿了我们几年，那是要死人的。""所以我们把这项工作落实在生活上，从吃开始，让大家得到实惠，民以食为天，在吃肉的过程中融入领导意图，大家就容易消化。"那位领导愣了，像看天外来客，惊讶得说不出话。其他领导打圆场："奇迹是人创造的，校长同志的工作很有创造性嘛！"大家频频点头，副校长很感动。

大家走出教学楼，仿佛做了一场梦，感慨万千。王根老师手搭额头，站在阳光底下一动不动，就像一尊雕像，我们不敢靠近他，只能在远处瞭望瞻仰。雕像的意义就在这，它需要大家仰视，任何平视的目光对它都是一种亵渎。

副校长送领导上车，目送车队出校门，转身时发现了王根老师。王根老师一声一声呼唤他，原来他在老师的梦里。白日梦可不是什么好事。副校长重重地拍了王根老师一下，王老师一声惊呼，告诉他："那是一场虚幻，连我自己都没想到会说那种话。"副校长责备王根老师不该胡编乱造蒙骗领导，好像我们是江湖骗子，王根老师大叫："问题的关键就在这里，刚开始我也知道是在说谎，说了两句竟然真有了那种感觉，你的手真的落在我头上，你的手咋摸我的我就咋说。"副校长瞅瞅自己的手，惊奇得不得了："难道它会飞，跟鸟一样？"

"精神变物质么。"

"这么说我真有气功？"

"领导都肯定了，还会有假？！"

"我真不敢相信！"

"那是你太兴奋太激动，应该相信自己。"

果然有一股气在副校长肚子里盘旋，像草原上的鹰，迅猛而苍劲。王根老师说那是浩然之气，不要乱动，小心受损，动胎气就麻烦了。

"快给我纸，快给我纸。"

副校长抓起学生作业本朝厕所奔，像去炸敌人碉堡的勇士，腹部中弹，跟跟跄跄，勇往直前。厕所近在咫尺，可每前进一步都很困难。大家把垃圾倒在那里，大堆小堆，臭气熏天，通向厕所的路蜿蜒其间，走不好便有摔倒的危险。副校长果然四脚朝天，倒在那里，手忙脚乱，扯开裤子，肛门如同山洪暴发轰轰响起来，响了整整半个小时。

王根老师在操场翘首以待，副校长摇摇晃晃走过来，脸色苍白，像个产妇，王老师要换扶他，他不让，他操心那堆排泄物。王老师心领神会，跑过去一瞧，好家伙，河流似海一大片，绿头苍蝇蜂拥而来，气势汹汹，仿佛希特勒军队的轰炸机群。王根老师跑回家，掂来一把铁锨，原打算覆一层干土，粪便太多，根本盖不住，只好挖坑深埋。副校长反复查看，看不出一点破绽。

"这玩意是不是邪气浊气，这么臭？"

"气从嘴里出，不走肛门。"

"会不会是冲底？"

"你有气功，怕什么。"

"哪有粪便带功的？"

"狗尿就带着功，狗撒尿的地方长蘑菇。"

副校长狠狠地摁王根老师的脑袋："我咋没想到呢！"王根老师拍胸脯让副校长放心："这块宝地交给我了！"

王根老师精心护理，那片宝地一直保持最佳状态。大家问王根里边种了什么宝贝，王根警告大家别乱来，里边撒了种子，要长出最珍贵的东西。大家上厕所时小心翼翼，好像穿越雷区。

家务活老婆全包了，这件事关系到丈夫的前程。功夫不负有心人，那块地发面似的膨胀了，泥土散出浓烈的臭味。大家问王老师施的什么肥，比粪便还臭。王老师说是进口肥料。大家笑："外国肥料跟白砂糖一样不是这味儿。"王老师说："这正是人家的妙处，装在袋里像白砂糖，撒进地里比屎尿还臭，不影响人类健康。"

那块地与厕所为邻，厕所反而不臭了。

天气转暖，臭烘烘的味儿弥漫了整个校园，王根嘴里的气味也开始变臭。老婆劝王根上医院，王根心中有数，搪塞过去。跟老婆同床时老走神，有时还冒出一句浇水浇水，老婆发现浇的不是自己，老婆越发狐疑，不依不饶非问个水落石出不可。

"我在干一样精细的工作。"

"什么工作啊，比跟老婆睡觉还重要？"

人类所有的工作中，总有一样最紧要最精细的工作，王根把它悄悄地转移了。王根哀求老婆："这都是为了我的前程，好不容易碰到一次可以进步的机会，要是错过了，要后悔一辈子。"

老婆转怒为喜，帮他筹划，王老师实力大增，尤其是两只眼睛，浊气一扫而光，贼亮贼亮。他告诉大家："信念可以改变人的一切。"大家问他的信念是什么，他秘不示人，大家开玩笑，王根不禁逗，告诉大家，他搞的是一门科学。大家马上联想到副校长带功的手。气功确实是一门科学。王老师纠正道："是生命科学！"

回去讲给老婆听，老婆很高兴，丈夫不但受领导重用，连同事也刮目相看。老婆美滋滋乐了一阵，又感到一种莫名其妙的烦恼："领导一重用，怎么就干不成那种事了？"

"全神贯注，一心不能二用。"

"领导白天用你，晚上又不用你。"

"晚上得想白天的事儿，总结经验，为明天做打算。"

"那生活还有什么意思？"

"生活就是这样，顾了这个顾不了那个。"

"让老娘活守寡啊！"

"等打开局面就好了，苦尽甘来。"

王根已经预感到那美妙的时刻了，王根奔到垃圾场，那里长出一片白蘑菇，肥大鲜嫩，有一股淡淡的清香。泥土这么奇妙，能把令人作呕的粪便变成鲜美的野味。而这地球上奇妙的事情不止这一桩：副校长就能让羊咽下腐烂的树叶，让它们长膘，让他这样的人优秀起来。世界就这样成了童话。

王根一下子年轻了许多，王根拔一颗蘑菇还嫌不够，再拔一颗，用上衣兜起来，小心翼翼捧回家。

中秋节拜见岳父岳母，王根可以大大方方跟连襟们坐一起，抽烟说笑话。

两位姐姐一口咬定老三吃了那玩意儿。老三跟王根相视一笑，算是默认。二姐不相信老三吃这么多，大盆大盆地吃，而且包饺子。大姐只尝试过两次，就不敢再吃了，那东西死贵，一小盆二三百元。二姐把那玩意儿当饭吃，可收效不大，便怀疑买的是假货。老三说："我亲眼见过，不会有假。"二姐拿出两盒，有六七百元的，有一千元的，每盒四十多个小袋，跟泡菜一样。老三怕露马脚，胡乱诌道："我吃的是鲜货，当然见效快。"

二姐大叫："仙妮蕾德有鲜货呀，从美国运来得多少钱？"

老三不动声色："我天天吃，没费几个钱。"

大姐说："小米发达了，有人送到家，花什么钱呀。"

老三说："别人给他菌种，他自己培育，想吃多少培多少。"

姐姐们不相信王根有这本事，搞仙妮蕾德的老板是个美国博士，王根怎么能跟人家比？老三懒得费口舌，打开窗户让姐姐们睁大眼睛，瞧个明白："太阳亮还是妹妹我的脸蛋亮？"

老三璀璨夺目，完全代替了太阳的位置。

仙妮蕾德的英文意思就是太阳升起。仙妮蕾德的金子上印着醒目的文字：超力能，加力能，维体福，佳莉剂。

老三告诉姐姐们："我们王根老师搞来的宝贝，既是活力源也是再生源，跟白牡丹一样好看，吃到肚子里既能加力，又能超力。"

妹妹仙人儿一般，妙不可言，两个姐姐看呆了，半天回不过神。老三款款走来，两个姐夫也在注意她，说她亮得像原子弹，能把地球震灭。他们要王根老实交代，王根喝口热茶，大谈他的菌种是带气功的，从下种开始就带着一团气，吃一颗就等于吃了地球上所有的植物，以一当十，以十当百。吃草本植物的人呢就跟植物一样，青枝绿叶，温温顺顺。它滋养五脏六腑，使内脏得以调理，阴阳得以平衡，人也就和和美美，平平安安。

二姐夫大吃一惊，问王根，是不是这个？王根看不懂二姐夫奇怪的手势，他比画了半天，王根还是迷迷瞪瞪真不懂。二姐夫直抽冷气，把话挑明了："你没有《黄金事业手册》，怎么讲的全是那上边的话？"

"我不知道什么《黄金事业手册》，我是个穷教师，领导看重我罢了。"

二姐夫刚刚加入仙妮蕾德传销系统。仙妮蕾德不做广告，不上柜台出售，它依靠的是直接传销，布网组线，由会员们各显神通。

二姐夫说："你讲的跟我们老板讲的一模一样，我还以为你跟他直线联系呢。"

大姐夫说："王根的思维跟科学家暗合了。"

王根很谦虚："我们是教育单位，用行政手段是不行的，得讲科学，气功是最高深的科学。"

"它能比上原子弹？"

"原子弹算什么？物质跟物质的对抗，气功是生命科学，调教人的。"

二姐夫摸王根的手："这家伙有那么点气，练的还是药养的？"

"给你说了，传的，副校长给我传的！"

"兄弟你露馅了，这是童子功，娶媳妇前就要练，你这明明是吃药养的！"

王根差点说出蘑菇，他媳妇说："我们吃的是仙妮蕾德。"二姐夫奸笑两声，猜出了七八成："你们吃的绝不是仙妮蕾德。"王根媳妇冲过来："我们的气色咋这么好？"二姐夫嬉皮笑脸："人家王根功夫好啊！"王根忙说："殊途同归，殊途同归，条条大路通北京。"他媳妇不屈不挠："我们这条路最近，二姐跑冤枉路了，明年也到不了北京。"

三姐妹嘻嘻哈哈，到小房子里去闹。

大姐夫说："那玩意是唐僧肉吗？"

二姐夫说："屁！那叫心理药，跟老太太求神拜佛一样，闲得没事干，到处乱跑，活动筋骨，百病不生，自己把自己的病治了，还以为神仙附体。说穿了是地地道道的封建迷信。"

"知道是封建迷信你还花那么多钱？"

"我是花钱买轻松，你二姐活活一个悍妇，凶悍无比，吃了仙妮蕾德一下子变乖了，温温顺顺，和和气气，跟小猫似的。起先我以为遇上什么高人了，跟踪调查，大礼堂里全是娘儿们，台上坐一个戴眼镜的广东佬，从生物学生态学一直讲到易经八卦阴阳术。台下好几千娘儿们个个像圣徒，我敢肯定，她们绝没有用这种神态瞧自己的丈夫。我私下找到那位先生，他看了我的名片，马上给我一个头衔，让我负责北疆所有的会员。像我这种有钱有门路的阔老板，他们求之不得呢。第二次讲座，我跟广东佬一起坐台上，你二姐那个惊讶，跟见了伟人一样，我一下子成了她心中的太阳！"

王根的失落是实实在在的，王根要看他的植物。仙妮蕾德就是一种植物，培植成药风靡全世界。他的植物静静地生长着，在厕所和垃圾拖斗之间，开出一片灿烂的新世界。

从厕所出来的人都要放慢脚步，看一看欣欣向荣的蘑菇，身上的臭气、心中的晦气被荡涤一空。大家仿佛去了一趟五星级宾馆当了一回绅士，风度翩翩，情绪高涨，连老婆都要偷偷看他们几眼。

自从那里长出蘑菇，大家有事没事总要去厕所蹲蹲。茅坑成为大家心灵的家园，一天不去，就凄凄惶惶，失魂落魄。王老师及时提出改建厕所的建议，副校长心领神会，狠狠搋一下王根的脑袋，像农民拍打成熟的西瓜，脑袋发出梆梆的响声。

新厕所竣工了，由于特殊的原因不能搞剪彩活动，可大家的心愿是一致的，都想成为第一个蹲茅坑的人。明明知道不可能，越是不可能越要做这种梦。

新厕所矗立在校园西侧，仿佛那是一座教堂。副校长在王根的陪同下不紧不慢地走过去，离厕所三四步远，王根很知趣，收身回到大家中间。所有人都体会到了副校长的快乐，那种欢愉就像射精，让人回味无穷，永生难忘。那时，大家的目光多么复杂啊！北疆铁路的火车正在轰隆轰隆奔驰，副校长在新厕所里也是这么气势磅礴地排泄。

大家面面相觑，然后一齐掉头看王根，因为王根是唯一陪同副校长的人，王根的感觉比别人真实，比别人丰富，王根的嘴跟虫子一样蠕动半天，谁也不清楚他在说什么，他脸上全是沮丧。大家说他不该这样，分享不到你的快乐反而让大家承受不幸，王根有口难辩，告诉我们："他不是火车，他跟大家一样没有那种轰轰隆隆的气势。"

说完王根就进了新厕所。

北疆铁路静悄悄，铁路从我们这里一直到阿拉山口，穿越俄罗斯和西亚直到大西洋，那种一泻千里的痛快劲儿不是我们所能体会的。谁也不知道铁路边有这么一座教堂似的厕所，有人在淋漓尽致地排泄，王根渴望成功，渴望那种妙不可言的感觉，至少也应该有蛐蛐那样的叫声，也就满足了。

有人拿它跟仙妮蕾德相比，王根媳妇撇撇嘴："仙妮蕾德，是仙妮蕾德！"大家很吃惊，不知仙妮蕾德是什么。王根两口子乐滋滋的，那是他们的秘密武器，那种优越感，只有核俱乐部成员国的领导人才能体会到。他们明显跟大家拉开了档次，那是全方位的。

懂英文的老师恍然大悟，他们不但读出了仙妮蕾德的英文单词 sunrider，而且大胆加工，把 sunrider 说成太阳升起。

我们就是在这个时候察觉到王根媳妇的卓越风采的，她离开大家向自家小院走去，太阳在林带上空飘浮着，我们目睹了它怎样在这位丽人面前衰败下去。

我们问王根："你媳妇这么鲜嫩，你给她吃了什么灵丹妙药？"王根笑而不答，我们理解做丈夫的这种自豪，实习工厂和食堂的师傅们却不这样认为，他们都是些粗人，甚至有蹲过大牢的，经验证明，他们往往能把握历史，也能把握生命的真实。他们毫不客气地抓王根的裤裆，这是关键，阶级斗争一抓就灵，要年年抓月月抓天天抓，时时刻刻不停地抓；哪里的阶级斗争抓上去了，哪里的形势就一片大好，哪里的女人就漂漂亮亮像早晨初升的太阳。王根的裤裆跌宕起伏，可嘴里还在嚷嚷仙妮蕾德。师傅们骂他虚伪，一针见血地指出："女人的美丽风景全是男人辛辛苦苦耕耘出来的。"他们一口咬定王老师裤裆里的玩意是康拜因。王根老师呆若木鸡，他被自己的鸡巴吓坏了！任何一个男人，一旦发现自己的鸡巴高耸坚挺如金字塔，他都会吃惊的。

任何一个丈夫，不可能不考虑妻子无穷魅力的真正原因，越是跟自己无关，这种疑心就越大。王根就这样变成了神探。

王根搞来高倍望远镜和潜望镜，老婆上班的地方全暴露在他眼皮底下。

那是一家大公司，老婆跟经理是隔壁。大约十点半，老婆抱着表册敲经理办公室的门，白嫩的手指"哪哪哪！哪哪哪！"，像啄木鸟给树看病。那扇门老是不开，老婆白嫩的手指便卧在那儿，不屈不挠。女人的手差不多要占去她们大半魅力，经理这个混蛋，肯定把敲门声当成音乐了，欣赏完之后，便从转椅上下来，轻快地奔过去拉开门，满脸堆笑："小米呀，请进！"女人侧着身子穿越经理与门夹起来的隧道，女人的身体要高高耸起才能通过那里，那完全是芭蕾舞的动作，脚尖绷直，胸脯挺起。经理的手垂直降落，准确无误地落在女人的丰臀上，长长地划一下，那手掌就红起来了，像火柴头，噗，燃起枫叶一样的火苗。女人不生气，还笑了两下，女人的笑从来都是带火星的，属于易燃易爆品。

王根痛苦地闭上眼睛，等待轰轰的爆炸声，或者是原子弹的蘑菇云，王根相信一定是后者，是蘑菇云。人类第一颗原子弹就是这样爆炸的，女人的无穷魅力就是从蘑菇云里滋养的。仙妮蕾德！老婆！老婆！胆大妄为的美国人，把核弹试验场比基尼岛开辟为游览区，女人们便用比基尼来展示自己的风采，这还不够，那个美籍华人博士甚嚣尘上，把草木的灰粉装进小袋让女人喝。

枯枝败叶就这样奇迹般复活了，从无数张俏丽的脸上太阳般升起。

在这种时候，骂经理是没用的，只要是男人，他都会对你老婆怦然心动，他的手脚会跟鹰一样朝她美妙的屁股降落。

王根不可能听到他所期望的爆炸声，经理跟他老婆什么也没干，老婆完好无损，习以为常，款款地坐在沙发上，还拉了拉裙摆，尽量减少白嫩大腿的暴露程度。经理的眼睛躲藏在茶色镜片后边，飘忽不定，忽明忽暗，令人难以捉摸，那根粗壮的雪茄散出青青的烟团，像热带雨林里宽大的叶子。经理藏得严严实实，倾听下属汇报工作。老婆从容不迫，吐字清晰，有条不紊。经理很满意，从转椅上站起来，送女下属出去时那只手又变成了鹰，毫不客气地落下去，从女人的肩膀滑到后背直到紧绷绷的屁股。女人一下子高昂起来，出了经理室，在走廊里越走越挺拔，就像科普影片中幼苗长成大树的蒙太奇镜头。

一连好几天，老婆总是十点半去见经理，经理的手总要变成鹰，盘旋而下，在她屁股上划拉一下，悠长如歌。女人便兀自亮起来，很挺拔地离开经理。那只手肯定带了功，有些功在药品上，有些功在粪便里，经理的功绝对在手上。

晚上，王根试探性地伸出手，一次又一次向老婆美妙的屁股俯冲降落，老婆毫无动静，眼睛瞄着电视，啪啪吐瓜子皮。王根有点怀疑自己的手不够苍劲不够老辣不够潇洒，顶多是一只山雀儿，绝不是鹰或者秃鹫那样的猛禽。

王根无法攻占那座高地，王根就这样沦为残兵败将。

老婆打王根一下："手怎么啦？抽筋吗？你太紧张了，人一紧张就会抽筋。"老婆要王根放松，王根无法放松。老婆丢下瓜子关掉电视机，把王根平放在枕头上，小手翻飞如鸟，百般抚慰，王根不抽筋了，可胯下的孽根却成了老虎，气势汹汹不可一世。眨眼间，躺在枕头上的成了老婆。老婆觅死觅活大呼小叫，可那脸蛋偏偏没有太阳的光芒，王根既不是仙妮蕾德，也不是鹰，竟然把老婆搞成了呻吟不断的病人。

夜就这样沉下去，星星全被淹没了，多么荒凉的夜！连风都没有。老婆的屁股松塌塌的，怎么弄也翘不起来，还有脸蛋，那么灰暗，王根手忙脚乱不知所措。

天亮了，老婆忙着做饭。化妆时，镜中的脸蛋瘪瘪的，费尽心机也掩饰不住那要命的憔悴。老婆叹气很轻，连鹅毛都吹不动的一点微息，然后抹上蛇油膏。老婆的铠甲很单薄，无法抵抗户外的强光。老婆还是出去了。

十点半，王根支好高倍望远镜，王根目睹了老婆那美妙的一瞬。经理的手刚刚举起，刚刚摆出鹰的样子，老婆的脸就亮起来，憔悴和疲惫奇迹般化为春天的青枝绿叶，迎风招展，光彩四溢。连经理也愣在那儿，像在看魔术。

女人毫无察觉，坐沙发上从容不迫汇报工作。经理还在发呆，经理难以理解如此奇妙的魔法，经理忍不住伸出自己的手，这双手给经理带来好运，但没想到会变成鹰，会把女人变成初升的太阳。一切都是在秘密状态中发生的。女人问经理怎么啦，经理摆摆手。女人离开时很不自然，因为经理的手没有像往常那样，沿着肩膀和后背往下滑落直到美妙的丰臀。女人空落落的，叹息一声，那微息只有自己听得见。到门口时她不由自主侧过身子，很挺拔地走出去。很长时间里她都是挺拔的、高耸的，双乳坚挺，丰臀翘起，在自己办公室里走来走去。或者站立办公，以延长那美妙的瞬间，下班铃也不能中断这种激扬饱满的状态。

她的那些同事疲惫不堪步履蹒跚，宛若衔山西沉的夕阳，人们很容易把下班看作太阳下山。而她却如日初升，鲜亮动人。人们在她的背影里大张嘴巴，惊讶得说不出话。人流车辆和灰尘很快淹没了他们，尘嚣容不下他们这副嘴脸。

王根就这样荒凉了，浩瀚无垠，漫无边际，毛孔里全是沙土和砾石。在西城腹地，稍不留意就会沦为荒漠，这种地方别说种庄稼，连野草也活不下去。

就在王根渴望雪水的时候，有人走过来解开裤子，整整大便了两小时。稠厚的粪便覆盖了荒原，那里破天荒长出了蘑菇，那么挺拔那么鲜亮！老婆"哇！"一声叫出来，拉开灯，惊喜万分，察看王根双腿间的那条孽根。靠近厕所的地方才能长出肥壮的植物，老婆一口咬定这是蘑菇的功劳。蘑菇长在厕所旁边，王根的孽根则靠近肛门，都属于近水楼台先得月。王根情绪高涨，老婆积极配合，直到天亮，真正的太阳升起来老婆也没有成为太阳。

老婆升起的时间是十点半，办公楼才是她的扶桑之地。

王根老师心跳如兔，这个征兆很不吉利，新疆兔子总是在戈壁滩上奔跑，它们难以摆脱荒凉之地。

王根老师去找副校长，走到门口就想好了要说的话。副校长拍手称好："王老师真不简单啦，计划是你提出来的就由你负责吧！"

下午，全校教师开会，副校长强调指出："公开教学听课打分，目的有两个：一是提高教学质量；二是评出教学状元。这些都跟评职称涨工资连在一起。"大家跃跃欲试，情绪高涨。我们都拿出了看家本领，展示自己的水平。

那段时间，校风大变，老师们上课的花样翻新，一天一个秘密武器，始终处于亢奋状态。

王根老师领着副校长挨个儿听课。大家得分都很高。我们纳闷：为什么不见王根老师上场？王老师说："我是给大家服务的。"

王根果然请来记者。报纸整整一版报道这次活动，惊动了主管部门。高潮就这样出现了，上级派人来了解情况，总结经验，特意安排了一次观摩教学，上场的是王根。按照惯例，每个教研组都要有一位老师上场，可这次没有按惯例来，只上王根，就这样把我们涮了。

观摩课一完，上边的人坐小车回州上。州机关在五百公里以外的伊犁河谷，他们听不到我们的愤怒。即使听到，从奎屯到伊犁的千里荒漠，足以把我们的呐喊变成蚊蝇之声。

当我们冷静下来时，王根老师已经红艳艳从校园里冉冉升起。这是一颗货真价实的太阳，王根拿到了梦寐以求的高讲，部门主任的任职报告也打上去了。

冬天就这样过去了，我们刚习惯过寒冷的日子，又面临喧嚣的春天。树叶堆积如山，冰雪无法阻止它们腐烂，臭味很快弥漫校园。

牧羊人赶来整整一百只羊，是去年的两倍。它们哪儿也不去，无比虔诚地迈向垃圾场，分享自己的那份盛餐。

我们做掷钱游戏，赌一赌是否可以分到羊腿。羊腿可以创造奇迹，至少可以生存下去。即使我们成不了仙妮蕾德，也不至于熄灭，漆黑如炭。

我们如愿以偿，分到的肉肥的不少，羊腿就在它们中间。

副校长笑呵呵地举起手要摸我们的头，我们也笑呵呵地拨开他的手，告诉他："应该摸小孩。"我们把他的手牵到娃娃头上，娃娃头圆溜溜，而且百无禁忌。在古老的传说中，连鬼神也对娃娃让三分。校长可以摸他们的头。

副校长继续笑："大人头也可以摸嘛！"

王根老师责备我们："你们真是的，摸一摸有什么关系？"副校长的手便成了鹰，迅猛准确地落在王老师头上。响应的人很多，我们一下子孤立了。

这跟肉有什么关系呢？尽管羊吃了那么多腐烂的树叶，只要我们的头高昂着，枯枝败叶就不可能燃成篝火，更不可能烧出一颗太阳。

太阳后边总要跟一群向日葵。

王根老师之后，学校出现一大批这种型号的人。他们不可能创造王老师那样的奇迹，也不可能威胁到王老师，王老师还是感到不痛快。

刚刚十点半，王老师发现一位女同事坐在副校长办公室里，跟副校长谈得热火朝天。女同事站起来，副校长也站起来，毛茸茸的手像条疯狗迅猛异常，蹿上女人的肩头，从那儿往下一直摸到屁股蛋，女人哎哟哎哟又蹦又跳，黄色到了极点。让人难以忍受的是门大开着，外人不易怀疑，他们明火执仗干好事儿。

王根老师就在对门办公室，无须高倍望远镜和潜望镜，从报纸的边角就可以一览无余。窥探是格外紧张的，王根连呼吸都没有了，王根究竟在等待什么？王根不可能听到爆炸声，也不可能看到原子弹的蘑菇云。世界发展到了今天，所有的爆炸都安装了消音装置，悄无声息把什么都干了。

那个女人很一般，胸脯是块平板。对善于创造奇迹的人来说，这正好是用武之地。奇迹就这样发生了，副校长的手刚落在女人的屁股上，女人的脸蛋就有了风景，板结的胸脯一下子高耸起来，那是真正的原子弹爆炸。美国当年试验这玩意的时候，目击者用一千颗太阳来形容它的辉煌。

那耀眼的光芒把王根老师吓坏了，副校长和女同事早已离开大楼，王根还心有余悸。外边空荡荡的，王根小心翼翼仔细察看，他老婆在经理那里绝不是一千颗太阳的光辉，这远远超出了他的思维。

第二天十点半，王根又看到了那可怕的一幕，副校长和女同事制造黄色故事。王根忍不住关上门，骚味破门而入，沁入肺腑，弄得王根心烦意乱。打开门一看，女同事光彩四溢站在过道里，大家都说她像早晨初升的太阳。女人得意洋洋，瞟了一眼副校长，那笑容多么黄色多么下流啊！大家毫无察觉，只有王根看清楚了。

王根找这个女人个别谈话，王根的种种暗示，让女同事火冒三丈："校长给你的多还是给我的多？我就搞张烂文凭，你他娘的职称有了官也当了，你说你是怎么回事？"

王根老师张大嘴巴，惊讶得说不出话，女同事无意中说出了真相。王老师惊恐万状："你怎么知道的？"王根连连追问，根本不希望她来回答，她那句话本身就回答了王根。

"这不是我一个人的问题，你和我，我们是怎么回事？"

"这样下去很危险，大家很容易把我们跟婊子联系在一起。"

他们同病相怜，女同事一下子恨上了副校长："都怪他，把技校搞成了妓校。"他们的声音开始变小，那种嘀咕声传到了谁耳边，谁都会感到难堪，难堪之后便咬牙切齿怒火万丈。

他们很快就行动起来了，写联名告状信，搜集材料，安排证人。像副校长这样的人，稍留点神可以编几本书，还不包括各种版本的民间故事。他当年就是这么干的，他要发挥余热，就把自己提拔上来的年轻人一个一个放倒，有些人还蹲了几年大牢。

工作组进驻学校，找副校长个别谈话。气氛相当尴尬，搞他的人全是他一手提拔的，败局已定，谁也没办法。他告诉工作组的人："这是一次销赃活动。"工作组的人莫名其妙，我们都笑了，毕竟是老同志，看问题总是那么一针见血。

冬天就这么过去了，我们看着冰雪消融，我们扒下厚厚的棉衣，出神地望着天空，连我们自己也不明白我们在想什么。王根老师通知大家开会，新校长来了。王根老师这么高兴，是因为他的任职文件也下来了。

春天就这样来到我们身边，我们惊讶得说不出话。卖豆腐的老头一声比一声高，一声比一声悠扬，很快从墙那边转过来。他不管我们有没有胃口，他总要卖他的豆腐，他总要光顾我们的家门口。

树绿了，花红了，它们又给春天写出了漂亮的广告词：青枝绿叶，多美好！

我的父亲

——代后记

杨　扬

我的童年是在新疆度过的。

我们一家刚开始住在伊犁州技工学校的家属楼。这种楼带有一层地下室，冬暖夏凉。新疆夏天很热，好多人会把西瓜等水果放到地下室里，有人甚至直接住在里面避暑。这种楼叫作塔式楼，至于为什么叫这个名字，我也记不清了。现在想起来，伊犁州技工学校占地面积很大，大门外就是公路，那条路上经常会有奔驰而过的大货车、油罐车，货车上拉的是扎成捆的棉花，远看很像白白的方块糖（新疆特有的一种糖，用白砂糖制成）。

后来，我们家搬到塔式楼附近的平房里，我们在那里度过了在新疆最后的时光。平房有个比较大的院子，院子里有个小小的花圃，种着可以缠绕在走廊上的啤酒花。经过花圃和走廊就是房子的正门。进门左手边是厨房，厨房还挺大，可以容纳三个人；右手边有两间卧室，这两间卧室一样大，我住在厨房旁边的那间卧室，那儿也是父亲夜间创作的空间。

小时候，父亲在我心中是高大的、伟岸的，总觉得他无所不能。送我上学的路上，他会拿本《唐诗三百首》，一边走一边教我念，这种记忆将让我铭记一生。他会变魔术，会讲故事，会做各种小玩意逗我玩。记忆当中，父亲是个爱锻炼的人，一年四季，每天早晨早早出去跑步，回家后还要做俯卧撑。冬天，他穿着短袖衫和短裤在雪地里跑步，洗冷水浴，当时很多人对此感到震惊，觉得不可思议。后来，听父亲说，跑步锻炼是他从小养成的习惯，洗冷水浴也一直坚持了很多年。

1995年，父母办好了调动手续。调走之前，技工学校的老师、学生帮我们整理行李。父亲的书很多，打包后装了好多箱子。离开的那天，学校几乎所有的老师都来相送，我还记得庞琦阿姨给我们端来了一大盘馓子。汽车队的叔叔送我们一家前往乌鲁木齐。上火车时，爸爸的朋友张海生提着行李箱，家里的家具四散出去，最后一件家具留给了王树萍叔叔。

绿皮火车在陇海线上摇晃了三天三夜才到达目的地。到宝鸡的那天，天已经快亮了，灰蒙蒙的。我们一家到宝鸡火车站后，大姨和姨夫来接我们，这就开启了我们在宝鸡的十年生活。

初到宝鸡，我很不适应。我从小在新疆长大，头一回听到陕西方言，有点不知所云。刚入学那会儿老是迟到（迟到是因为作息习惯不同，新疆的冬天早上九点才天亮，下午大概七点放学），经常被叫家长。

相比新疆的自由、豁达和"野性生长"，到了新环境要"深谋远虑"。另外，见识了新疆瓜果的浓香和遍地的牛羊，这里就显得有点"贫瘠"。最让我意外的是，陕西这边吃西瓜是切成一片一片的。新疆那边吃西瓜是一刀劈开，然后用勺子挖着吃，吃完了再把馕泡进去吃。

在宝鸡的十年，是父亲创作的高峰期，他的很多经典作品于此时诞生。十年间，父亲带着我走遍宝鸡市的各个角落，每家新开的书店乃至路边的旧书摊都被我们"扫荡"了好多遍，淘书成了每个双休和假期的必修课。

同我们一家回到宝鸡时一样，我们仍是踏着初冬的白雪离开这座城市。2005年11月，我们一家迁居古城西安。

来到西安后，父亲的创作激情比以前更高涨。他的精力也让我们很惊讶。他从不午休，甚至整晚不休息，要么在创作，要么在看书。早晨，父亲还会做好饭等我和母亲起床。我曾经问过父亲：这样作息不会累吗？父亲告诉我：他这些习惯是从小养成的。小时候家里条件很差，为了看书学习，只能后半夜趁大家睡着了，自己去厨房点个油灯看书，直到天亮。至于旺盛的精力，得益于父亲孩童时代和少年时期坚持锻炼。听父亲说，他小时候，家里的很多重体力活都是他去做，上山砍柴、打猪草等等。中学时期还和同学一起学过武术，练就了

363

强健的体魄和坚韧的意志力。

父亲最喜欢国外的历史名人，尤其是德国、俄罗斯等国历史上的强者。他最喜欢听的是德国和俄罗斯的经典乐曲，最喜欢看的也是这些国家的文学、历史和哲学名著等。他三次游历俄罗斯，俄国历史上的文学巨匠的故居和墓地他都一一凭吊过。去英国时，还参观过英国海军学校。记得父亲说：这所海军学校当年住过很多平民学子和贵族子弟。那些贵族子弟住的校舍是最简陋的，连窗户都没有，床就是一张铺着厚厚稻草的木板，这是为了让他们不要耽于安逸和享乐。

父亲很喜欢强悍勇敢的英雄人物，父母去新疆时，和他们同行入疆的人很多。父亲和他们一路畅谈，和不少人结下了深厚的情谊。在新疆那段时间，父亲和边疆的驻防军人及老一辈的革命军人相识相知，构思了一部作品——《创世记——老兵的故事》，这部作品不仅仅是讲述边疆驻防军人的故事，更是探寻祖父年轻时的经历。

父亲去世后，我在网上看到过好多纪念他的文章。有的读者以为父亲在新疆当过兵，还有人以为父亲当年是一个人去新疆的，我和母亲两人在陕西生活，等等。其实，我父母是在大学期间认识的，相识后两人一同去往新疆。当年因为父亲家里条件不好，没有举办婚礼，他们是在新疆伊犁州技工学校办的婚礼，我也是在那里出生的，我父母都是陕西关中西府人。

父亲在少年时代就大量阅读文学、历史、地理方面的书籍，中学时期就开始发表诗歌，后来在新疆开始小说创作。他的很多作品都是大学甚至少年时代就开始构思的，比如《准噶尔之书》《西去的骑手》《太阳深处的火焰》《长命泉》；去新疆后，那里的风土人情和少数民族史诗更激发了他的创作潜能。父亲曾说：新疆，包括整个西域，是个无尽的"宝藏"，这个宝藏包含的不是狭义上的资源，而是整个西域的文化，这些灿烂的文化直接或间接地影响过我们的文明。

父亲整理创作的长篇小说《准噶尔之书》，详尽描述了准噶尔盆地及周边的风土民情。这部作品从文学、历史、地理等不同角度将准噶尔这个丝路交通的必经之地作为核心，链接起西域文化。

父亲做事细心认真，待人很随和。他讲课前一个星期就把要讲的内容整理好并打印出来，等上课时发给每一个学生。父亲讲课从不带讲义，上课期间也不喝水，永远站着上课。他曾说：海明威就是站着写作的，那样更有灵感。父亲将自己的毕生所学通过笔触融入文化"丝绸之路"，并投注了一生的心血。

2020年年初，疫情席卷全国，我和母亲也同样"猫"在家里。最初的日子里，就是每天看看媒体的报道。外面的街道空空如也。我偶尔拿着单位开具的出入证明去值班，时间好像突然静止了一样。

有一天，母亲突然对我说："咱们在家待着哪儿也去不了，除了看新闻还是看新闻。我们两个把你爸的作品整理整理，有很多以前的手稿都在箱子里，时间久了就更不好整理了。"我想了想，母亲说的也是，这些资料很多都是二十多年前的，甚至是手写稿。想到这儿，我们立马行动，把书房所有的箱子搬到客厅，一箱一箱地找。杂志书籍归为一类，报纸归为一类，手写稿另外整理好放在一个地方。在整理的过程中发现很多曾经出版或者未出版过的作品，其中就有《创世记——老兵的故事》《准噶尔之书》。发现它们的时候，我和母亲心情无比激动。我们仔细地翻看了好几遍这两部作品，一来是确定这是没有出版过的；二来是确定它的内容和篇幅，这两部长篇的雏形原来是这样的。

2020年3月，父亲的中篇小说集《跃马天山》收入了河南文艺出版社出版的"百年中篇小说名家经典"丛书，收到样书时得知编辑王宁女士正在洽谈该书的海外版权，便试着将《创世记——老兵的故事》《准噶尔之书》《惊魂未定》三部书稿交给王编辑，不久便得到河南文艺出版社经过论证同意出版父亲这几部遗稿的消息。

父亲去世已经五年了，还有很多朋友、读者记挂着他，作为家人，我们深感欣慰，也唯有以他的作品回报大家。

图书在版编目(CIP)数据

准噶尔之书/红柯著. -- 郑州:河南文艺出版社,
2023.10

ISBN 978-7-5559-1442-6

Ⅰ.①准… Ⅱ.①红… Ⅲ.①长篇小说-中国-当代
Ⅳ.①I247.5

中国国家版本馆 CIP 数据核字(2023)第 110151 号

选题策划	李建新　王　宁
责任编辑	王　宁
责任校对	梁　晓
装帧设计	书籍/设计/工坊 刘运来工作室

出版发行	河南文艺出版社	印　张	12
社　　址	郑州市郑东新区祥盛街 27 号 C 座 5 楼	字　数	236 000
承印单位	河南瑞之光印刷股份有限公司	版　次	2023 年 10 月第 1 版
经销单位	新华书店	印　次	2023 年 10 月第 1 次印刷
开　　本	889 毫米 × 1194 毫米　1/32	定　价	68.00 元

印厂地址　河南省武陟县产业集聚区东区(詹店镇)泰安路
邮政编码　454950　　电话　0371-63956290